ダントン派の処刑

小説フランス革命17

佐藤賢一

集英社文庫

ダントン派の処刑　小説フランス革命17

目次

地図・関連年表デザイン／今井秀之

【前巻まで】

1789年。飢えに苦しむフランスで、財政再建のため国王ルイ十六世が全国三部会を召集。聖職代表の第一身分、貴族代表の第二身分、平民代表の第三身分の議員がヴェルサイユに集うが、議会は空転。第三身分が憲法制定国民議会を立ち上げると国王政府は軍隊で威圧、平民大臣ネッケルを罷免する。激怒したパリの民衆がデムーランの演説で蜂起。王は革命と和解、議会で人権宣言も採択されるが、庶民の生活苦は変わらず、女たちが国王一家をヴェルサイユ宮殿からパリへと連れ去る。

議会もパリへ移り、タレイランの発案で教会改革が始まるが、難航。王権擁護派のミラボーが病死し、ルイ十六世は家族とともに亡命を企てるも、失敗。憲法が制定され立法議会が開幕する中、革命に圧力をかける諸外国との戦争が叫ばれ始める。

1792年、威信回復を目論む王と、ジロンド派が結び開戦するが、緒戦敗退。民衆は王の廃位を求めて蜂起、新たに国民公会が開幕し、ルイ十六世が死刑に。フランスは共和国となるが、対外戦争に苦戦し内乱も勃発。革命裁判所が設置され、ロベスピエール率いるジャコバン派が恐怖政治を開始、元王妃やジロンド派、エベール派が次々に断頭台へ送られた。

革命期のフランス

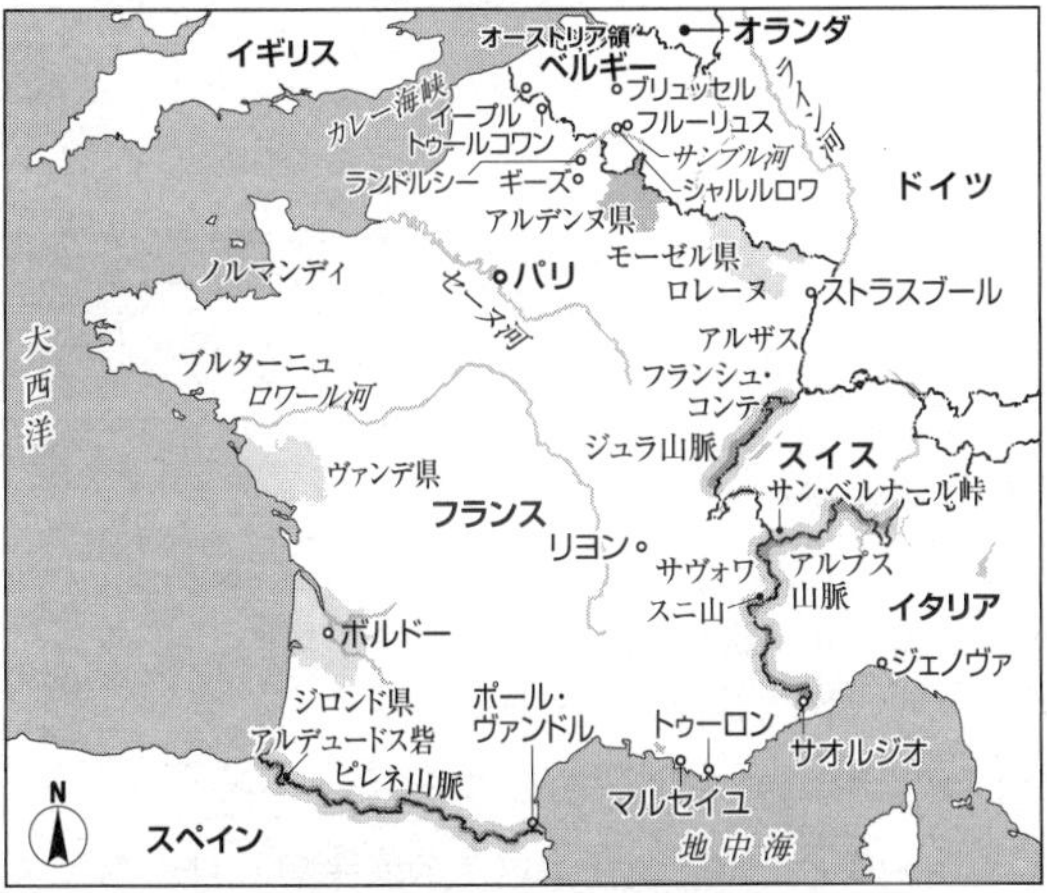
イギリス
オーストリア領
ベルギー
オランダ
カレー海峡
イープル
トゥールコワン
ランドルシー
ギーズ
ブリュッセル
フルーリュス
サンブル河
シャルルロワ
ライン河
ドイツ
アルデンヌ県
モーゼル県
ロレーヌ
ストラスブール
ノルマンディ
パリ
セーヌ河
アルザス
大西洋
ブルターニュ
ロワール河
フランシュ・コンテ
ジュラ山脈
スイス
ヴァンデ県
フランス
サン・ベルナール峠
リヨン
サヴォワ
アルプス山脈
スニ山
イタリア
ボルドー
ジェノヴァ
ジロンド県
ポール・ヴァンドル
トゥーロン
サオルジオ
アルデュードス砦
ピレネ山脈
マルセイユ
N
スペイン
地中海

革命期のパリ市街図

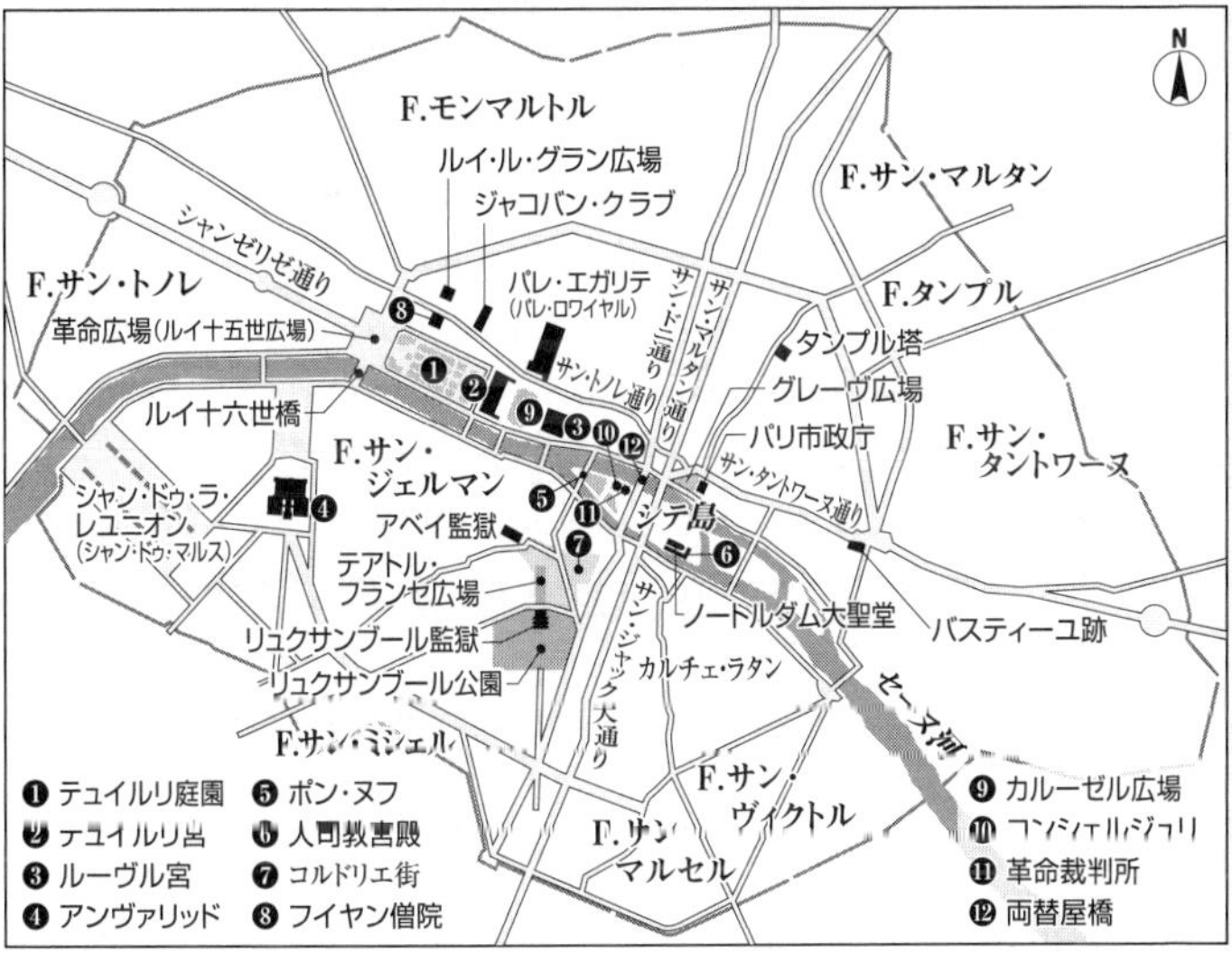
N
F.モンマルトル
ルイ・ル・グラン広場
ジャコバン・クラブ
F.サン・マルタン
シャンゼリゼ通り
F.サン・トノレ
パレ・エガリテ
(パレ・ロワイヤル)
サン・ドニ通り
サン・マルタン通り
F.タンプル
革命広場(ルイ十五世広場)
タンプル塔
サン・トノレ通り
グレーヴ広場
ルイ十六世橋
パリ市政庁
F.サン・ジェルマン
F.サン・タントワーヌ
サン・タントワーヌ通り
シャン・ドゥ・ラ・レユニオン
(シャン・ドゥ・マルス)
シテ島
アベイ監獄
テアトル・フランセ広場
サン・ジャック大通り
ノートルダム大聖堂
バスティーユ跡
リュクサンブール監獄
カルチェ・ラタン
リュクサンブール公園
セーヌ河
F.サン・ヴィクトル
F.サン・マルセル
❶ テュイルリ庭園
❷ テュイルリ宮
❸ ルーヴル宮
❹ アンヴァリッド
❺ ポン・ヌフ
❼ コルドリエ街
❽ フイヤン僧院
❾ カルーゼル広場
❿ コンシェルジュリ
⓫ 革命裁判所
⓬ 両替屋橋

＊主要登場人物＊

ロベスピエール　国民公会議員。公安委員
デムーラン　新聞発行人。国民公会議員
ダントン　国民公会議員。元法務大臣
サン・ジュスト　国民公会議員。公安委員。ロベスピエールの側近
リュシル　デムーランの妻
クートン　国民公会議員。公安委員。車椅子の闘士
フーキエ・タンヴィル　革命裁判所の訴追検事
エルマン　革命裁判所の裁判長
ドラクロワ　国民公会議員
フィリポー　国民公会議員
エロー・ドゥ・セシェル　国民公会議員。元貴族
ディロン　アイルランド出身の軍人。元貴族
ダヴィッド　国民公会議員。保安委員。新古典派の画家
サンソン　パリの処刑役人
エベール　元新聞発行人、元パリ市第二助役。1794年３月24日、死刑に

La révolution est glacée, tous les principes sont affaiblis,
il ne reste que des bonnets rouges portés par l'intrigue.

「革命は凍りついた。あらゆる原理は骨抜きになるだろう。
残されたのは、そのなかに陰謀を隠している
赤帽子くらいのものだ」
（サン・ジュスト　1794年4月5日　ダントンの処刑について）

ダントン派の処刑

小説フランス革命17

1――その日

デムーランは泣いた。こんなときにメソメソ泣いている場合じゃないとは思いながら、どうしても泣かずにはいられなかった。

窓から忍び入る青い朝日を受け止めたのは、卓上に置かれた白いばかりの手紙だった。故郷ギーズから届けられた、老父ジャン・ニコラ・ブノワ・デムーランの手紙だ。

――母さんが死んだ。

老母マリー・マドレーヌ・デムーランが亡くなった。それは訃報《ふほう》を伝える手紙だった。ああ、優しかった母さん。いつも味方してくれた母さん。泣き虫だった僕を励まし続けてくれた母さん。

「なんてことだ」

「本当に、カミーユ、なんてことなんでしょうね」

つきあうのは、リュシルだった。デムーランが寝椅子《ねいす》で頭を抱えるほどに、その日も妻は背中から肩に手をかけ、ずっと側《そば》にいてくれた。

「母さんには心配ばかりかけた気がするよ」

「そんなことないわ、カミーユ」

「いや、そうだよ」

デムーランの胸に自責の念が渦巻いた。ちょっと成績がよかったからと、パリの学校に進んだ。卒業すれば弁護士になるなり、父親の跡を継いで判事の道に進むなり、いずれにせよ、ギーズに戻るものと思いきや、そのまま都会に住みついた。しかも司法畑を堅気《かたぎ》に歩くのでもないというのだ。

「作家になるだなんていいながら……」

そのうち政治に関《かか》わるようになり、過激な新聞を出し始めて、何度か告発沙汰《ざた》にもなった。ややあって法務省の書記官長に抜擢《ばってき》されたと報告してきたかと思えば、ほどなく国民公会《コンヴァンシオン》の議員になり、今度こそ無難に務めるかと思えば、またぞろ煽動的《せんどうてき》な新聞を発行しと、パリの息子の話は田舎《いなか》まで聞こえてくるほど、母親の心を苦しめたはずなのだ。

「僕は長男だったというのに……」

なんの責任も果たしていない。デムーランはガリガリと髪の毛を掻《か》きむしった。ああ、ひどい息子だ。いよいよ死なれる段になっても、帰郷ひとつ果たさなかったのだ。

弟アルマン・ジャン・ルイは軍人となり、ヴァンデ戦争で戦死した。もうひとりの弟ラザール・ニコラ・ノルベールは、やはり共和国の軍隊に身を投じ、マーストリヒトの戦いで捕虜に取られたまま、未《いま》だ消息がつかめていない。弟たちに代わりを頼める状況ではなかったのに、変わらずパリに居続けた。病に倒れた母の看病も、今わの際《きわ》の立ち会いも、あげくの葬式に至るまで、父とマリー・エミリー、アンヌ・クロチルド・ペラジー・マリーという二人の妹に、すっかり押しつけてしまったのだ。

「なにをしているんだ、僕は……」

なにもできなかったどころか、母が危ないということさえ知らずにいた。昨夜の芽《ジェルミ》月《ナール》十日あるいは三月三十日に老母の訃報が届けられるまで、故郷の家族のことなど真実ちらとも考えたりしなかった。まだ日付は変わらなかったとはいえ、かなり遅い時刻のことで、アパルトマンに訪《おとな》いを入れられたときは、まったく別なことを思って、見当外れに戦慄《せんりつ》してしまったほどだ。

「母さんが死んだというのに、自分の逮捕を恐れるなんて……」

かえすがえすも、政治という怪物に呑《の》みこまれたような日々だった。そう後悔しながら、同時に、泣いてなどいられないと自戒するのも、それゆえの話だった。

大詰めに来たという感は否《いな》めなかった。

共和暦二年または一七九四年、芽月二日あるいは三月二十二日、ダントンはロベスピエールと話した。居合わせたルジャンドルたちの話では、和解なったとして過言ではないということだった。ロベスピエールは来るときは険しい表情だったものの、帰り際は晴れた笑顔になったというのだ。

当のダントンからして、まんざらでない様子だった。楽観は口にしなかったものの、ロベスピエールは迷っている、すぐに決断できる状態ではない、という読みを寄せた。

「まあ、みてな。エベール派の処刑だって、ひとまず回避されるから」

ところが、である。エベール派もしくはコルドリエ派は、芽月四日あるいは三月二十四日に有罪の宣告を受け、そのまま夕《ゆうべ》には断頭台に送られた。

――もう後には戻れないという意味だ。

実際、ロベスピエールの独裁は強化されるばかりだった。

芽月七日あるいは三月二十七日には、ロンサンの革命軍が解散させられた。砲兵隊だけが存続とされ、国民衛兵隊司令官フランソワ・アンリオの指揮下に置かれることになった。

エベール派の消滅により、パリ市政庁も完全に掌握した。芽月八日あるいは三月二十八日の刷新人事で、逮捕されたショーメットに代わり、第一助役となったのがクロード・フランソワ・パヤンだが、これがロベスピエールの最近の気に入りなのだ。

ドーフィネ出身の元砲兵将校は、ジロンド派が煽動した連邦主義者の反乱のときに、南フランスのジャコバン派を団結させて、これに当たったという功労者なのだ。

俄《にわ》かに暗雲が立ちこめた。左を切れば、右も切らなければならない。独裁に物申す党派は、やはり容認しない。次はダントン派の番だ。そう考えざるをえなくなって、こちらの動きも急に慌《あわただ》しくなった。

ヴェステルマン将軍はヴァンデ軍の鎮圧で名を上げて、ちょっとした「ときの人」というくらいの人気がある。この将軍が根っからのダントン派だった。不穏な気配を嗅《か》ぎつけるや、迷わず協力を申し出た。

「クー・デタを起こすなら、力になろう」

そんな大袈裟《おおげさ》な、とダントンは相手にしなかったが、警告は意外な方面からも寄せられた。ひとつが亡きマラの妹アルベルティーヌからで、もうひとつが自ら公安委員会の一員であるロベール・ランデからだった。

いずれもダントン派の逮捕は確実で、しかも遠い話ではないと知らせてきた。あげく双方とも口裏を合わせたように、二者択一を勧めてきたのだ。

「ただちに逃げるか、あるいは議会で公安委員会を告発するかだ」

ダントンは聞かなかった。逃げろと強く求められれば、声を荒らげるばかりだった。

「我が祖国を靴底に隠せるとでも思うのか」

祖国そのものに準《なぞら》えて、今この局面における自らの存在感の大きさを訴えながら、断固として逃亡は拒絶したのだ。

といって、告発する道も受け入れない。ダントン自ら演壇に立つならば、国民公会は動くに違いない。ロベスピエールを告発することだって、可決されないとはかぎらない。そういって説得すると、今度のダントンは涙ぐんでしまうのだ。だって、告発は革命裁判所に送ることだろう。革命裁判所は被告を断頭台に送ることしかしない。だから、俺《おれ》は嫌なのだ。ああ、マクシムを殺したくないのだ。

「俺は誰かを断頭台にかけるより、自分が断頭台にかけられるほうがいいんだ」

結局のところ、ダントンの結論は最初から決まっていた。

「俺はマクシムを信じる」

最後の最後まで信じる。そう宣言したきり動かないので、寛大《アンダルジヤン》派としても動きようがなくなった。

ロベスピエールは本当に翻意するのか。いや、今日にも逮捕されてしまうのではないか。いや、いや、エベール派と同じに扱えるはずがない。そうやって、考えを行きつ戻りつさせながら、デムーランも数日を戦々恐々としてすごした。だからこそ、大切な家族の訃報を寄せられても、逮捕の使者が来たのではないかと怯《おび》えてしまったのだ。

鳥たちの囀《さえず》りが聞こえた。窓に満ちる青い光はどんどん白に近くなり、シトロン色の暖かみまで紛《まぎ》れさせ始めていた。時計に目をやれば、もう朝の六時だ。

まんじりともできないうちに、夜が明けた。パリの食糧不足が改善していたならば、そろそろ牛乳売りが歩きまわり、その声を界隈《かいわい》に響かせるころだ。

「……………」

なにか聞こえた。だんだん大きくなるころには、ザッザッザッと足音を刻んで、それも一人や二人ではないことがわかった。なにかの行進のように聞こえるが、いずれにせよ物音が憚《はばか》られる早暁《そうぎょう》には、いかにもそぐわない物々しさである。

リュシルは魚が跳ねるような印象で動いた。とはいえ、昨夜夫と一緒に訃報を受け取ったときのようには慌てなかった。

「軍隊の出征かしら」

それにしては、喇叭《らっぱ》も太鼓も聞こえないけど。そう続けた妻に答えながら、デムーランも寝椅子から立ち上がった。

「逮捕だよ」

「な、なにいってるの、カミーユ。どう考えても、なにかの行進じゃない。行進なら軍隊しかないはずでしょ。逮捕に軍隊を使うなんて、聞いたことがないわ」

「それでも、逮捕だよ。あれはダントンのところに行くんだ。あの巨漢に『フランス式ボクシング』で暴れられると、巡査の二人や三人じゃあ、とても逮捕できないからね」

「……………」

「二人や三人といえば、ダントンのところからは近所だからね。それくらいが途中で分かれて、うちのほうに来るんだろうね」

とうに朝日が明るいからには、リュシルの顔のほうが青ざめたということだろう。妻は飛びこんでくる動きで、こちらの左右の腕にすがった。

「逃げて、カミーユ」

「逃げられないよ」

「おかしな意地はってる場合じゃないわ。お母さまが亡くなられて、自暴自棄になっているのかもしれないけど……」

「違う。意地でもなければ、自暴自棄でもない。軍隊が来ているんだよ。逃げたところで、コルドリエ街を出る前に捕まえられてしまうよ」

「………」

「それに僕が逃げてしまったら、間違いなく、リュシル、君が逮捕される」

「そんな馬鹿なことって……」

「エベールの奥さんは逮捕されたからね」

薄い唇を嚙《か》みながら、リュシルは立ち尽くすことしかできなかった。ちらと奥をみたからには、心の内は透けてみえている。自分ひとりなら、構わない。けれど、今は子供がいる。オラースのことを考えなければならない。

「当然だよ」

2――ちょっと行ってくるよ

軍隊が行進する物音は遠ざかった。リュシルがいうようにサン・ジャック門から戦地に向かったのかもしれないし、デムーランの読み通りダントンのアパルトマンに向かったのかもしれないが、いずれにせよ、界隈《かいわい》には静けさが取り戻された。

その間にデムーランは上着を羽織った。かたわらの椅子《いす》の背にかけておいたものだ。隠しを確かめると、二フラン分の金貨もあった。うん、これだけあれば通行料も払えるだろう。

「天国に入る門の……」

そう呟《つぶや》いたのと、ほぼ同時だった。呼び鈴が鳴らされた。

ほっそりした手で口許《くちもと》を押さえると、リュシルは今にも崩れ落ちそうだった。少し休んだほうがいい。肩を支えて、空いた寝椅子に座らせて、デムーランは自分で玄関に出た。

扉を開けると、待っていたのは涙を溜《た》めた赤い目だった。

「逮捕状が出ています」

そう告げたのは、マラ区の住民ヴォヴェルだった。反革命が疑われる人間は、街区民で告発ならびに逮捕ができると、それは嫌疑者法の適用だった。が、公安委員会なのか保安委員会なのか、あるいは命令を回されたパリ市政庁なのか、いずれにせよ上からの命令があり、嫌々ながらの出動であるようだった。

街区《セクシオン》代表の背後には、国民衛兵が二人だけ控えていた。みたこともない顔だったが、二人とも大柄で、素人兵にしても強そうだった。聞かれることを恐れる小声で、ヴォヴェルは告げてきた。

「すいません、デムーランさん」

やはり涙声だった。デムーランは無言で相手の肩を叩《たた》いた。それから関係ない問いを発した。それで、僕はどこに連れていかれるんだい。

「リュクサンブール監獄です」

「わかった。それじゃあ、少しだけ待ってくれるかい」

「いや、待てな……」

割りこもうとした鼻先に掌《てのひら》が差し出された。国民衛兵を抑えて、ヴォヴェルは答えた。

「もちろんです、デムーランさん」

「勝手なことをいうな」

「逮捕するのは、私なのだ。私のすることが不服なら、きさま、きさまは、自分の権限で逮捕するがいい」

そう背後に怒鳴りつけ、再び正面を向いたとき、ヴォヴェルの目からは遂《つい》に涙が一粒零《こぼ》れた。

ありがとう。小さく謝意を述べてから、デムーランは踵《きびす》を返した。

リュシルは立ち上がっていた。休めといわれて聞けないのは、無理もない話だった。

「やっぱり逮捕だったよ」

いいながら、デムーランは妻を抱きしめた。それは骨がないかに思われるくらい柔らかく、それだけに折れるのではないかと心配になるほど華奢《きゃしゃ》な女の身体《からだ》だった。

リュシルは変わらない。温室の花のようだったお嬢さんの頃《ころ》から、みたところは本当に変わらない。けれど、そのリュシルも中身は強くなったのだ。

「カミーユ、まだあきらめることはないわ」

妻は顎《あご》の下から覗《のぞ》き上げていた。その目に応《こた》えて、デムーランは頷《うなず》いた。

「そうだね。ああ、いきなり殺されるわけじゃない。議会が動くかもしれないし」

「革命裁判所でも大騒ぎしてやるわ。ええ、心配しないで。カミーユ、わたし、パリのみんなを連れていくから」

「わかった。ああ、ありがとう、リュシル。心から愛しているよ」

そう告げてから、デムーランは今度は奥の寝室に揺りかごを覗きにいった。

オラースは寝息を立てていた。てんてんと達者に歩くし、舌足らずながら言葉も喋《しゃべ》るようになったが、子供というより、まだまだ赤ん坊という感じだ。それにしても赤ん坊というのは、どうして万歳の格好で眠るのだろうか。目いっぱいに腕を伸ばして、なにかをつかむ夢でもみているのだろうか。

父親譲りでクルクル巻いた、ひどい癖毛の前髪を上げながら、デムーランは息子の額に唇を押しつけた。あまり強く押しつけすぎて、せっかくの眠りを妨げることを恐れながら、そっと、そっと。

あらためて玄関に向かえば、その途中で再びリュシルを抱きしめずにはいられなかった。涙に濡《ぬ》れた冷たい頬《ほお》を頬に感じて唇を重ねながら、ほの温かな妻の身体を容易にあきらめることができない。

思いきるためには、大したことではないかの暗示が必要だった。

「じゃあ、ちょっと行ってくるよ」

「ちょっと、だなんて」

「ちょっと、さ。だって、リュクサンブール監獄だもの」

それは王弟プロヴァンス伯が所有していた離宮、かつて「リュクサンブール宮」と呼ばれた施設を、そのまま監獄に流用したものだった。

徒歩で五分とかからない、建物の角を抜ければ、もうみえてくるほどの近所だ。その庭園の散策を日課にしていて、カミーユ・デムーランはリュシル・デュプレシと出会ったのだ。

「うちの庭のようなものだろう」

「そうね。本当に、そうだわね」

リュシルは泣き笑いだった。

ダントンがやってきたのは、リュクサンブール監獄に収監されて間もなくだった。ドラクロワとフィリポーが先に逮捕されていて、次がデムーラン、最後がダントンであれば、やはり相当暴れたのかと思いきや、軍隊の出動がすっかり無駄になったくらい。それは滞《とどこお》りない逮捕劇だったらしい。

いくらか手こずったとすれば、ダントンの異常なくらいの陽気さにあてられたせいだ。あるいは興奮気味というべきか。

まだ姿がみえないうちからわかった。普段より五割増の大股《おおまた》で、元宮殿という牢獄《ろうごく》の大理石の床を踏みながら、ずんずんと進んでくるダントンは、その間もがなるような大声で喋り続けだった。

最初に声をかけたのが、トマス・ペインだった。元がイギリス人で、アメリカの独立運動に功績あり、ならば今度はフランスでもと、この国の革命に身を投じた。国民公会《コンヴァンシオン》の議員に当選したまではよかったが、ジロンド派として活動したため、今は獄中の身の上というわけである。

「こんにちは、ミスター・ペイン、少なくとも自分の祖国は弁護できたなんて、まったく君が羨《うらや》ましいよ。俺《おれ》は同じようには、自分の祖国を弁護できないようだ」

ダントンは嘘《うそ》か本当か知れない英語まで使った。断頭台に送られるかもしれないが、まあ、みててくれ。陽気にやるさ。あげく豪快に笑いながら、仲間のところまでやってきた。

「ああ、いたな、みんな」

「残念なことになったね」

デムーランは力ない笑顔で迎えた。真顔に変わりながら、ダントンはこれに大きく頷いて答えた。ああ、残念だ。が、こうとなれば、仕方がねえ。

「戦闘開始だ」

「戦うのかね」

励まされたような顔になって、ドラクロワが確かめた。そうか。議会を動かすか。いよいよ反撃の狼煙《のろし》を上げるか。

「不可能な話じゃないよ」

同じように俄《にわ》かに顔を輝かせ、受けたのはもうひとりのフィリポーだった。なるほど、国民公会の今の議長は、我らが同志タリアンだからな。それにジャコバン・クラブの代表はルジャンドルだ。あそこの会員を巻きこめれば、世論も練り上げられる。

早くも作戦が立てられ始めれば、デムーランも確かめないではいられなかった。

「ということは、ダントン、とうとうマクシムと戦う覚悟を決めたんだね」

「マクシムと？　いや、カミーユ、そいつは違う」

そう返されて、デムーランは首を傾《かし》げた。例の大きな掌でバンバン背中を叩いてきながら、ダントンは打《ぶ》ち上げたものだった。いや、違う。マクシムと戦うはずがない。

「今から俺が始めるのは、マクシムを救うための戦いだ」

あいつを救わなければならん。あいつが救われなければ、革命も救われん。だから、さあ、やるぞ、みんな。リュクサンブール監獄の元宮殿らしい高天井に響いて、その野太い声は耳に痛いくらいだった。

3——逆襲

芽月《ジェルミナール》十一日あるいは三月三十一日、国民公会《コンヴァンシオン》で開会一番に発言したのは、オート・ガロンヌ県選出議員デルマだった。

発議するだに可決されたのは、公安・保安両委員会委員の出席要求である。

呼び出されて、サン・ジュストは「からくりの間《マシーヌ》」に向かった。審議の開始は知っていたが、その日は遅れることにしていた。自分が登院するまでは、重大な議題もないはずだった。大勝負を控えているという意識から、サン・ジュストはむしろ努めて休んだのだ。

徹夜で朝を迎えていた。同僚の多くが議会を欠席していたのも、委員会の仕事が長引いたからだった。

休まなければならない。束《つか》の間《ま》でも仮眠を取ろう。そう努めたことは事実だが、すぎた仕事で神経が興奮していて、なかなか寝つかれずにいたところでもあった。

――ちょうどよい。

熱をもった目玉が重く、いくらか頭も痛かったが、同じテュイルリ宮の「緑《ヴェール》の間」での話であれば、登院そのものは難儀というわけではなかった。

「…………」

異変は委員会席に着くや、すぐに感じられたほどだった。いつもの議会とは違う。なにが違うといって、そこはかとない冷ややかさが、一面の空気に紛《まぎ》れているような気がした。

――それを敵視といわないまでも……。

なにごとが起きるのかと身構えれば、勢いこんで発言を求めたのが、パリ選出議員ルイ・ルジャンドルだった。

案山子《かかし》を思わせる長身の痩《や》せ男は、元肉屋という変わり種である。今も前掛け姿というわけではないが、白い鬘《かつら》をかぶっても粉は振らず、赤の胴着には色の落ちた紺の上着を重ねと、身だしなみは心がけても心がけても、野暮ったいままだ。だから気取った話なんかするつもりはねえ。ただ自由とは何かっていって、俺《おれ》くらい自由の賜物《たまもの》だって人間もいねえ。俺の来《こ》し方は造られたものじゃなく、そのまんまの素《す》なんだ。

「だからこそ、市民諸君、もうひとついわせてもらうが、ダントンだって俺と同じくらいに純なんだって信じてる」

証《あかし》を立ててみせろって、あの八月十日の日に、敵はパリの門前に迫ろうとしてたんだぜ。そのときダントンが来た。その考えひとつで祖国は救われた。またあいつも自由の権化《ごんげ》なんだって証拠だろう。つまりは天衣無縫の生きた人権宣言なんだ。わかるような、わからないような物言いで、ルジャンドルの語りは場末の居酒屋で聞く与太話のようだった。それでも議場は反応したのだ。少なくとも、全体なんの話だとは問わないのだ。

「ルジャンドルはダントン派の生《は》え抜きだろう」

「ああ、昔からの同志だ。デムーランの新聞じゃないが、〝コルドリエ街の古株《ル・ヴュー・コルドリエ》〟のひとりさ」

「王政時代にはこのテュイルリ宮に乗りこんで、ルイ十六世を脅《おど》したこともあるらしい」

「なるほど、王政に引導を渡したのがダントン派だ」

サン・ジュストは全身が耳になったような気分だった。

「ときにダントンが逮捕されたというのは本当なのか」

「まさか、あの愛国者が……」

「共和政を打ち立てた功労者だぞ。ルジャンドルがいうような純か不純かは別として、あのダントンが反革命の輩《やから》であるはずがない」

「いや、逮捕の話なら、私も聞いた。デムーラン、ドラクロワ、それにフィリポーまで、一緒に捕えられたとか」

「リュクサンブール監獄に連行される姿をみたものもいるそうだ」

「しかし、逮捕はおかしいぞ。ダントンはまだ告発もされていないんだ」

それでも事実として、ダントン派は逮捕されていた。

サン・ジュストはギリと奥歯を噛《か》みしめた。不測の事態だ。官憲の出動は朝六時すぎの話であり、まだ二、三時間しかたっていない。それでも逮捕の一件は知られているのか。みる間にパリ中に広まったというのか。

エベール派が処刑された時点で、ダントン派の逮捕も近いと、ある程度はあらかじめ予想された事態である。現実のものになるや、ルジャンドルはじめ残りのダントン派が大騒ぎで広めたのかもしれないが、それにしても公安・保安両委員会の予測より遥《はる》かに早い。

騒然となった議場は、なにもダントン弁護の一色に染まったわけではなかった。仮にそうだとしても、いっそうの勢いで潰《つぶ》してやろうとばかりに、山岳《モンターニュ》派の議員たちが介入する。

「なにが、ダントンは純だ、だ。漠然とした物言いで、問題をぼやかすな」

「ああ、これは犯罪の問題なのだ。ダントンを弁護するにも、問題の所在というものがある。告発がまだだというなら、まずはその告発を聞かないことには始まるまい」

「下がれ、ルジャンドル。ダントンの力になりたいのなら、おまえが下がるのが最初だぞ」

そうやって野次られ、大袈裟《おおげさ》な身ぶり手ぶりのルジャンドルも、しばらくは声のほうが掻《か》き消されて、ぱくぱく、ぱくぱく、口だけ動かしているようにみえた。

「議長、言論の自由を守れ」

身を乗り出した肥満児は、これまたダントン派の議員クローゼルだった。身体《からだ》の割にやけに甲高い声を出し、確かに通りもよかったが、それにしても上手に届く。鐘を鳴らし、議場の静けさを無理にも取り戻しながら、受けたのが議長のタリアンだった。

「心得ております。心得ております。仰《おっしゃ》る通り、言論の自由は守られなければなりません。ええ、議長として、私は国民公会における言論の自由を守ります。ええ、議員諸君は存念を自由に開陳してよろしい」

いうまでもなく、タリアンもダントン派だ。生え抜きというわけではないが、現下での距離は近い。これも派遣委員として飛んだとき、地方で無茶をしたという口だけに、あるいは寛大《アンダルジャン》派の他には身の寄せどころがなかったのかもしれないが、いずれにせよダントンの力になりたい意欲は疑いえない。

もちろん、それは山岳派でも全員が周知の事情だ。

「自由も結構だが、議長は議論の公平性にも留意せよ」

「自由を否定するのではない。ただ言論の自由とさえ唱えれば、どんな出鱈目《でたらめ》も許されるわけではないというのだ」

「順序を踏めといっているだけだ。ルジャンドルの話は要領を得ないのだ」

「議事が混乱するだけだ。議長は発言を取り消させろ。議事録から削除させろ」

それでもタリアンは再び鐘を取り上げて、激しく鳴らしてみせた。

「ルジャンドル君の発言を認めます」

「議長、あなたも話がわからない人だ。いいですか、これは……」

「私が認めるといったら認めるのです」

「…………」

「なんとなれば、私は議長だ。私たち皆は自由を救うために、ここに集っているのではないのですか」

「どういう意味だ」

「今日こそ議長の裁定において、議事が全《まっと》うされなければならないというのです。議場の無秩序に押し流されるまま、議長が無視されるべきではないのです。そうすることで今再び、議会の権威を失墜《しっつい》させてはならないというのです」

そう切り返された日には、山岳派も弱かった。

ひとつにはジロンド派を追放したときの経緯があった。フランスにとっての害悪であり、排除されるべき害虫であったことは間違いないが、事実上の暴力をもって強行したからには、やはり汚点として胸に刻まれざるをえない。

ジロンド派の追放を暴力、つまりは蜂起《ほうき》という手段で主導したのがエベール派だったが、それがパリ市政庁や陸軍省を足場としていたからには、議会は院外勢力に屈服させられたことにもなる。かかる暴力は悪だとして、エベール派を排斥《はいせき》しているからには、またぞろ議会の権威を無視して、エベール派のような振る舞いを繰り返すわけにもいかなかった。

――いや、まともな議長なら無視などしない。

サン・ジュストがどれだけ口惜《くちお》しく思っても、タリアンが正式な手続きを経て選出された議長であるという事実は、容易に変えられるものではなかった。

タリアンの白々しい建前論に、議場では拍手まで起きていた。まして歯がゆいというのは、ジャコバン・クラブの顔見知りまで手を叩《たた》いていたからだった。

なるほど、ルジャンドルは今のジャコバン・クラブ代表であり、それとして一定の発言力を振るう。前もって何か吹き込まれていたのかもしれないが、やはりサン・ジュストは思わずにいられないのだ。

――おひとよしにも程がある。

4――手順

拍手が引いていく潮を捕えて、ルジャンドルが再開した。だから、よ。だから、百歩譲って、ダントンの逮捕は起こっちまったことだとしても、だ。

「俺《おれ》たち議員に直《じか》に訴えられるように、あいつらは議会に呼ばれるべきじゃねえか。告発者の弁論が許される前に、その弁明が許されるべきじゃねえのか」

「なるほど、市民ダントンほどの重要人物は裁判所に送られるのでなく、議会で裁かれるべきだという御提案ですな」

タリアンは議長として、またしても取り上げた。妄言《もうげん》を取り上げる気にもなれたはずで、またも議場には包みこむような拍手の波が起きていた。それは穏やかでありながら厚みがあり、なんら汚い言葉を走らせることなしに、山岳《モンターニュ》派の野次まで綺麗《きれい》に掻《か》き消すほどの拍手だった。

平原《プレーヌ》派か、とサン・ジュストは思いついた。議会の多数派をなす中道ブルジョワたちまでが、ルジャンドルやタリアンに少なからず取りこまれているのか。

――ちっ、この二人も逮捕するべきだったか。

サン・ジュストは遂《つい》に舌打ちした。悔しさのあまり、帽子を床に投げつけたい衝動にさえ襲われた。が、それは惜しくも果たせなかった。手を伸ばしても自前の髪があるばかりで、被《かぶ》りものはなかったからだ。気に入りは昨夜遅く、暖炉に投げこんでしまったのだ。

――甘かった。

深夜に及んだ公安・保安両委員会の合同会議において、ダントン派の告発と即時の逮捕を提案したのは、他でもないサン・ジュスト自身だった。

提案自体は容《い》れられた。が、その手順については、サン・ジュストも折れなければならなかった。

国民公会《コンヴァンシオン》で告発を演説し、賛成多数の可決で大義名分を手に入れ、そのうえで官憲に逮捕させる。エベール派のときと同じに、そうした当たり前の手順を考えていたところ、公安・保安両委員の猛烈な反対に迎えられたのだ。

わけても、ヴァディエとアマールは強硬だった。いわく、エベール派は院外の勢力であり、だからこそ議会で弁護に回る議員は少なかった。これと違って、ダントン派は数多《あまた》議員を輩出している立派な議会勢力である。日和見《ひよりみ》な平原派を懐柔して、議会における多数派をなすことも不可能ではない。

「だから、ダントン派を逮捕するなら、今すぐだ。でなければ、永遠に逮捕できない」

「先に議会に告発をかけたのでは、どんな逆襲をくらうか知れたものではないぞ。ああ、国民公会は反乱を起こす。我々のほうが断頭台に送られる」

「もはや獄《ひとや》にあるという既成事実をもって、ダントンに味方したい連中には、時すでに遅しの諦念《ていねん》を余儀なくさせることだ」

「実際のところ、それなら逃亡も、蜂起《ほうき》も、議会での多数派工作も、全て手遅れにならざるをえないからな。議会での告発こそ、全ての反撃を封じてしまってからでも遅くはない」

当然サン・ジュストは抵抗した。が、普段は気弱な面々も、いや、気弱な面々だからかもしれないが、昨夜ばかりは絶対に譲らなかった。逮捕は後というならば、ダントン派の告発からして認められないと、その固執の仕方といえば、ほとんど常軌を逸しているくらいだった。

――そんなに怖いのか、ダントンのことが。

そう問いたくなるほどに、悔しくて、悔しくて、同僚の異論を容れる腹いせに、サン・ジュストは「緑の間」の暖炉に自分の帽子を叩《たた》きこんだのである。

「こんな姑息《こそく》な手を用いなければならないのか、高《たか》がダントンごときに」

気に入りが燃えていく様を睨《にら》みながら、そうも声を荒らげたものだが、数時間後の今にして、自分の甘さを痛感させられる思いなのだ。

なんとなれば、逮捕という既成事実を拵《こしら》えてなお、ダントン派は侮《あなど》れない底力を振るい続ける。少なくとも議会においては、その余力すら恐れるべきものなのである。

「しかし、おかしい。それでは、おかしい」

ファイヨーが声を上げた。このヴァンデ県の選出議員は山岳派である。

「ジロンド派の裁判は、そうではなかった。ダントン派でも、すでに逮捕されているファーブル・デグランティーヌやシャボは違った。どの議員も革命裁判所に引き渡される前に、議会で弁明を許されるというようなことはなかった。ダントンにだけ特例を認めて、なぜ不公平な裁判をしなければならないのか」

正論である。が、それが容易に通用しない。邪《よこしま》な理屈のうえに立つ正論だからだ。ドブリィ、クルトワ、デルマといった、ダントン派の議員ないしはダントン派寄りの平原派の議員は、現に遠慮する素ぶりもない。

「不公平じゃない。不公平じゃない。ジロンド派も、ファーブル・デグランティーヌも、シャボも、その他の議員だって、逮捕される前に議会で告発されている。その告発が賛成多数で可決されたがゆえの逮捕であり、裁判だったのだ」

「いいかえれば、逮捕も、裁判も、その前に議会でなんらかの吟味がなされなければならない」

「少なくとも、議員の場合はそうだろう。正式な選挙で選ばれた国民の代表を、逮捕して獄につなぎ、あるいは革命裁判所に送ろうというのだからな」

サン・ジュストは舌打ちだった。ちっ、これも姑息《こそく》な手段に訴えた報いか。

「告発なしの裁判は、明らかに違法だ。そういう法律がないとしても、理屈に合わない」

「暴挙だ。暴挙だ。公安・保安両委員会に猛省を促す」

「いや、この不祥事の責任をとって、公安・保安両委員会の現委員は、速やかに辞表を提出せよ」

もはや名指しの非難さえ控えられることがない。あげくが大合唱なのだ。

「独裁者どもを倒せ。暴君どもを追放しろ」

独裁者どもを倒せ。暴君どもを追放しろ。議場全体が波を打っていた。

立ち上がり、拳《こぶし》を突き上げ、足を踏み鳴らしながら、明らかにダントン派だけではなかった。やはり平原派も一緒だ。すでにダントン派は多数派を懐柔してしまったのか。それが議場全体をうねらせながら、壇上の公安・保安両委員会に凶暴な大波を浴びせかけようとしているのか。

——あるいは……。

俺の脳髄《のうずい》が揺れているのか。くらくらする感覚を頭に抱えながら、茫然《ぼうぜん》と騒ぎの物音を聞くうち、サン・ジュストの心に失意の言葉が浮かび上がった。もしかするとダントン派は、革命裁判所には送れないかもしれないな。既成事実を狙《ねら》った逮捕さえ、取り消すことになるかもしれないな。とはいえ、この勢いなのだから、まともに議会にかけても告発など可決されず、やはり逮捕には漕《こ》ぎ着けられなかったに違いないがな。

――ダントンという男は、これほどまでに大きかったのか。

いや、あんな汚れた男がと、直後の心が反発した。ああ、どれだけ大きな男でも、俺は負けない。小さくても正しいかぎり、負けてはならない。いや、正しさにふさわしいほど綺麗ではないこの俺は、贖《あがな》うために剣になると決めたのだ。この身もろともに斬《き》りこんで、まっさきに敵の血を浴びてやると、とうに覚悟はできているのだ。

自分に言い聞かせると、サン・ジュストは両足に力を入れた。告発状を読んでやる。いくらか遅れたかもしれないが、議会にかけろというならば、堂々とかけてやる。ああ、そのつもりで原稿はもってきてある。

が、サン・ジュストは演台に向かうことすらできなかった。立ち上がりかけたところで、腕を取られたからだ。ハッとして顔を向けると、壇上の公安委員会席に並んでいたのは、車椅子《くるまいす》の闘士ジョルジュ・オーギュスト・クートンだった。

「やめるんだ、サン・ジュスト」

鰍《しわ》の多い相貌《そうぼう》で、クートンは老人が諭《さと》すような口調だった。

「しかし、クートンさん。奴《やつ》らは告発状が望みだというのです。それならば……」

「読んでも、反発されるだけだ」

「そうかもしれません。いえ、きっとそうでしょう。けれど、この私が読み上げるなら……」

「誰が読み上げても同じだよ。よく考えてみろ、サン・ジュスト。そんな上等な告発状じゃないだろう」

返す言葉はなかった。実際のところ、反革命の容疑をかけるにも、まさに山盛りの体《てい》だった。ミラボーに買収されていた、オルレアン公の子飼いだった、フイヤン派と結んでいた、ジロンド派と通じていた、わけてもデュムーリエと一緒に王政復古のクー・デタを企《くわだ》てた、今も地下の王党派から金をもらっている等々と、悪意の中傷を盛りこめるだけ盛りこんだような告発状なのだ。

「強引に読み上げれば、議会に反乱が起きる」

クートンの物言いは決して大袈裟《おおげさ》ではなかった。ああ、もとより我々が告発しようとしているのは、ルイ十六世ではない。ジロンド派でもなければ、エベール派とも違う。

「ダントンなのだ」

繰り返された名前に、サン・ジュストは倍して打ち据えられた思いがした。やはり、あの男は巨大なのか。この俺が総身で刃物と化しても斬《き》れないほどの巨岩なのか。何故《なにゆえ》こうまで大きいかと問うならば、ダントンがまさしく汚れているからなのか。人間という生き物の大半が汚れているからこそ、それを集約できるダントンは大きいのか。

——美しい徳の政治は、その汚れに敗北するのか。

たとえ恐怖をもってしても、この世界を浄化することはできないのか。サン・ジュストは委員会席で頭を抱えた。そうして、うなだれたときだった。

頭上が暗くなるのがわかった。それほど大きな影ではなかったが、車椅子のクートンではありえなかった。が、だとすれば、こんなときに誰が立ち上がるというのだ。

顔を上げると、小さな背中が演台に向かうところだった。隣のクートンは早口の慌て方だった。やめたまえ、ロベスピエール。なにをする気だ、ロベスピエール。

ロベスピエールは立ち止まらず、ちらりと振り返りさえしなかった。耳が聞こえなくなったのかと思うくらいの、完全な無視だった。

こちらに背中を向けたまま、まっすぐ演台に直進して、その表情は遂に窺《うかが》えなかった。

「なにをする気だ、ロベスピエール」

そうしたクートンの言葉は、サン・ジュスト自身の問いでもあった。

5――不安材料

手には告発状が筒にして握られたままになっていた。昨夜、いや、今朝方《けさがた》までの合同会議で、公安・保安両委員会の委員に示し、合意を取りつけた書類一式である。壇上の委員会席に留《とど》まるまま、それをサン・ジュストはこっそりと開いてみた。

丸く癖のついた紙をめくっていくと、最後の一枚には署名が入れられていた。告発と逮捕に合意した印として、両委員会の委員に求めた署名である。

とはいえ、出張中の委員がいて、また公安委員会のランデと、保安委員会のリュールが拒否したこともあり、全部で十八人分しかない。

委員に上下の序列はないという建前から、十八人分の署名は紙面いっぱい、あちらこちらに散らばっていた。それでも、誰がどういう順番で書いたか、どういう状態で書いたかは、署名の位置取りであるとか、筆致の様子であるとかから、自《おの》ずと浮かんでみえてくる。

最上段の、それも左端にあるのは、ビヨー・ヴァレンヌの署名だった。実際に一番にペンを取ったし、告発にはサン・ジュストに劣らないくらいに熱心だった。そうした内情は、大きく、しっかりした筆致の力強さにも表れている。

とすると、順番が遅れて右に行き、あるいは下段に遅れとなるほどに、文字が小さく、筆致が弱く、インクも掠《かす》れがちになるのは、一種の法則のようなものだ。

——ロベスピエールさんの署名は……。

最下段の右隅から数えて二番目だった。しかも「ロベスピエール」と綴《つづ》る文字は、誰の署名よりも小さかった。弱々しく、頼りなく、今にも泣き出しそうな顔が、自ずと浮かんでくるような署名だ。

事実、ロベスピエールは最後の最後まで逡巡《しゅんじゅん》した。いや、議論の転がり方によっては、ダントン派の告発に反対する寸前までいった。それを皆で説得したのだ。エベール派を処刑してしまったのだから、もう後戻りはできないのだと、それこそ情理を尽くして説いたのだ。

——しかし……。

署名の刹那《せつな》は丸い眼鏡《めがね》が曇っていた。硝子板《ガラスいた》の奥に隠れた双眼に、ロベスピエールは涙を隠していたのかもしれなかった。少なくとも悲愴《ひそう》な溜《た》め息は何度も吐《つ》いたし、また血の気が失《う》せた相貌《そうぼう》は幽霊を思わせるほどだった。

そうしたロベスピエールの態度がサン・ジュストには、今このときに至るまで消えない不安材料になっていた。いつものように高《たか》がダントン派と勢いで押しきれない理由も、大方がそれなのだ。

そのロベスピエールが委員会席から立ち上がった。しかし、なにをする気だ。ここぞと怒号を渦巻かせる議会と正対しようというのか。

いや、迷いに捕われたまま、中途半端な発言を繰り出したとて、どうにかなる情勢ではなかった。あるいは態度を翻《ひるがえ》して、ルジャンドルらに同調する気か。議会における弁明を認め、はたまた逮捕を取り消し、悔い改めの衝動を告白しながら、告発の計画を反故《ほご》にするところまで行くのか。

「議長、発言を求める」

ロベスピエールの声が響いた。タリアンは断らなかった。というより、容易に声も出ない様子で、ただ何度か頷《うなず》いただけだった。

ロベスピエールがどんな表情を浮かべているのか。議長が、あるいは議席が目撃した顔は、全体どんな感情を映していたのか。背後から窺《うかが》うサン・ジュストには、依然として知れなかった。

独裁者を倒せだの、暴君を追放しろだの連呼していた議席も、まるで潮が引いていくように静かになった。なにをする気なのか。なにが起ころうとしているのか。やはり容易につかめないながら、大物は大物の登場であり、独裁者といい、暴君といったとき、誰より最初に念頭に置いていた人物の登場だけに、ひとまずは固唾《かたず》を呑《の》むしかなかったのだろう。

「市民諸君。長くそうは意識されてきませんでしたが、この問題はずっと議会を捕えてきました」

と、ロベスピエールは始めた。声は今にも泣き出しそうなままだった。が、先刻にはみられなかった切れと張りが、いくらかは感じられたような気がした。これは煩悶《はんもん》も行くところまで行って、ふっきれたということなのか。

とにかく演説を聞くことだと、サン・ジュストは小さな背中に目を注いだ。とすると、遠景の議席をぼんやり陰に追いやりながら、演台に組みつく身体《からだ》は青白い光に包まれているようにみえた。

「ルジャンドルが第一声から打ち上げた煽動《せんどう》により、そのことに今日こそ容易に気づけたことと思います」

ルジャンドルは降壇しようとしていた。自分の席に戻る途中で名前を出され、背後を振り返っていた。

「なるほど、この場の利害を大いに左右する問題です。祖国に優先されなければならない人間がいるのかどうか、はっきりさせるという問題だからです」

ルジャンドルは戸惑い顔だった。ロベスピエールの意図が、みえてこないからだろう。表情を観察できても、まだなにも推し量れないからだろう。

「いえ、それは議会の構成員の、それも自由の守り手たちの牙城《がじょう》を任じて、自らの誉《ほま》れとしていた大胆な面々たちが、その原理原則から導き出してきたものでもあります。その変化を、いかに考えるべきなのか。私には理解できません。少し前には犯罪であり、蔑《さげす》むべきとされていた原則が、なにゆえ今日には打ち立てられなければならないのか」

ざわと議会に小さな波が立った。演説の、少なくとも向く先ばかりはみえていた。現にロベスピエールはそこに猛烈な風を吹きつけて、さらに大きな波にせんとばかりに声を尖《とが》らせていった。

そしてファーブル・デグランティーヌのために、ダントン自身によって提案されたときは、あえなく否決された発議であるにもかかわらず、ややあって迎えた今日の日には、同じ議会の議員たちによって、それも一定以上の数で、なにゆえ歓迎されてしまうのか。

「なにゆえか。なにゆえなのか。到底理解できないからこそ、私は黙っていられなくなったのです。偽善的な野心家たちの利益がフランス人民の利益に優先されうるのかどうか、今日こそはっきりさせることが重要ではないだろうかと思ったのです」

サン・ジュストは確信とともに、卓の陰で拳《こぶし》を握った。来た。来た。待望の援護が来た。ロベスピエールさんは変節したわけではなかった。

が、それだからと楽観はできなかった。ダントン派の底力は侮《あなど》れないのだ。さすがの公安・保安両委員会も、今日の議会では旗色が悪いのだ。

議席では山岳《モンターニュ》派が拍手していた。いや、拍手の渦を起こそうと、懸命に手を叩《たた》き、また足を踏み鳴らしていたのだが、それが容易に広がっていかなかった。このままでは野次が湧《わ》き上がるのは必定《ひつじょう》だ。咎《とが》めない議長タリアンの黙認に乗じながら、ダントン派が野次りにかかるに違いないのだ。

実際に反感が具体的な形を取ろうとする、ある種の気配は感じられた。が、議場が今にも揺り返そうとする、その機先をロベスピエールは強引に制した。

「ルジャンドルは……」

再び名前を出されて、階段通路のルジャンドルは目をつぶり、首を竦《すく》めた。なるほど、相手の心臓を一打ちせずには済まない、それほどの切れを持つ一撃だった。

「ええ、さきほどのルジャンドルは、逮捕されたのがダントンひとりでないことも、また逮捕された他の諸氏の名前も知らないような口ぶりでした。国民公会《コンヴァンシオン》の全員が知っているというのに、です」

戸惑い、様子見、そして警戒と、今や議場の空気は完全に変わっていた。まだ告発もされていない人間の逮捕を、あえて認めてかかる論法は、それ自体が居直りの凄《すご》みを感じさせないではなかった。が、今度は悪に居直るわけではないのだ。かえって相手の悪を責めるのだ。

「ダントンの友人であるドラクロワも、逮捕されたひとりです。にもかかわらず、どうしてドラクロワを無視しなければならなかったのでしょうか。いうまでもありません。恥という言葉を知るなら、罪多きドラクロワを弁護することなどできないからです。ダントンについてだけ語ろうとしたのは、なにゆえのことでしょうか。この名前にはある種の特権が付与されていると、そう考えたからに違いありません。ところが、なのです」

そこでロベスピエールは一拍置いた。大きく息を吸いこんでから、一気に吐き出された声は、その刹那に刃物すら連想させる冷たい硬さを帯びていた。

「特権などというものはない。もう我々は偶像を望んでいもしない」

飛んできた投げ槍《やり》かなにかに胴を射貫《いぬ》かれたかのように、今度のルジャンドルは階段にペタンと尻餅《しりもち》だった。それを助け起こそうと、ばらばら議席に動きはあったが、なにくそと演壇の男に反撃するまでの行動には、誰をも結びつけることができなかった。

それどころか、野次の声を上げることすら忘れている。サン・ジュストは首を傾《かし》げた。猛獣のようだった議会が、もはや飼い猫よりも大人しい。どうしてだ。確かに鋭く、確かに切れはあり、また確かに正しくはありながら、それにしてもロベスピエールさんの言葉は、どうしてこうまでの力を持つのだ。

6——悲しい……

事実として議場に響くのは、ロベスピエールの声だけだった。我々は今日こそ、はっきりさせなければなりません。国民公会《コンヴァンシオン》は、いわゆる堕《お》ちた偶像を破壊することができるのか。それとも、その堕落に同道して、自らとフランス人民を粉々に砕き捨てるのか。ダントンについて提起された問題は、ブリソにも、ペティオンにも、シャボにも、はたまたエベールにも、あるいは嘘《うそ》の愛国主義で派手な評判をとり、それをフランス中に喧《けん》伝《でん》した他の者たちにも、適用できるものなのか。いいかえれば、ダントンの特権とはいかなるものか。ダントンはその同僚たちであるとか、あるいはシャボやファーブル・デグランティーヌといった、熱心に庇護《ひご》しようとしてきた友人や腹心たちであるとかに、いかなる点で優越するのか。

「嘘つきたちが、あるいは嘘つきではない者もいるかもしれませんが、いずれにせよ、ダントンの後に続けば、富や権力を手にすることができるだろうと、ダントンの周りに集まったからではないでしょうか」

わかっている、とサン・ジュストは思う。ロベスピエールさんもダントンの大きさを、そしてその理由をわかっている。が、世に「清廉の士《アンコリュプティブル》」と呼ばれる男は、やはりそれを許さないのだ。

「であるならば、ダントンは心からの信頼を捧《ささ》げた愛国者たちを騙《だま》してきたことになります。ダントンはそうした自由の友たちの峻厳《しゅんげん》さをこそ、努めて感じるべきだったにもかかわらず、です」

です、です、ですと語尾が天井に跳ね返り、三重にも木霊《こだま》した。国民公会は静寂が支配する場所と化してしまった。

誰も声を上げられない。なるほど、富や権力を手にしたいと、ダントンの近くに集まった嘘つきなのだと、自ら認めることになるからだ。すでにして告発の短刀は、遠い余人を脅《おびや》かすものでなく、自身の喉元《のどもと》に当てられているのだと、皆が心得ざるをえなかったからだ。

「ゆえに市民諸君、今こそ真実を口にするときではないでしょうか。様々な議論から私が読み取れるのは、自由が破壊され、原理原則が退廃に陥るという、不吉な前兆だけです。実際のところ、個人的な結びつきのためだとか、また、ことによると恐怖を加えられたからだとかいいながら、祖国の利益を犠牲にしようという人々は、全体どういう了見でいるのでしょうか。せっかく平等が勝利を収めたにもかかわらず、この囲いのなかで暗躍し、それを台無しにしてやろうと画策する輩《やから》は、一体どうしたものでしょうか。質《たち》が悪いというのは、その者たちは権力の濫用《らんよう》と、もっともらしい言葉にしながら、諸君らを怖がらせようとしているからです。けれども、この国家の権力というものは、諸君らが行使するものなのであり、断じて少数の手にだけ存するものではないのです」

ロベスピエールが息を継ぐと、その合間を捕えて、議場に拍手が起きた。あちらこちらに、ばらばらと起きたのではない。今度は火がついたような満場の拍手だった。やはり山岳《モンターニュ》派が焚《た》きつけた感はあるにせよ、それに平原《プレーヌ》派の少なからずが応じたということだ。土台が臆病心《おくびょうごころ》の虜《とりこ》になっていればこそ、他の皆も巻きこまれざるをえなかったのだ。

——それにしても、ロベスピエールさんの言葉は、どうしてここまでの……。

サン・ジュストが再びの自問に駆られた間にも、演説は先を急いだ。もうひとつ付け加えましょう、とロベスピエールは話を転じたようだった。

「危険は私にまで及ぶと、そう警告する声があります。ダントンを責めるなら、次なる処断はきっと私に下されるだろうと、そう私に信じさせようとする向きがあるのです」

サン・ジュストは考えてみた。そうした恐怖を克服した強さが、ロベスピエールさんの言葉の強さになっているのだろうか。

「そうした筋はダントンを、私が縋《すが》らなければならない人間として、私を守ることのできる盾として、また突き崩されたが最後で、あとの私は敵の矢尻にさらされるしかないという城壁として、巧みに描いてみせたりもします」

ロベスピエールは続けた。ダントンの仲間たちは、私に手紙もよこしました。演説で悩ませようとしたことも一再ならずありました。ダントンと私の古い思い出であるとか、また結局は偽物だったその徳を、かつて信じたことがあったという事実が、自由に寄せる私の熱意と情熱をにぶらせると考えたのでしょう。

「上等です。ここに宣言しておきましょう。そうした全ての企《くわだ》ては、ほんの軽度の印象としてさえ、私の魂には残らなかったということを。私自身、かつてはペティオンの友でした。が、ペティオンがすっかり仮面を外してしまったとき、私はあの男を捨てました。ロランとつきあいがあったことも認めます。けれど、ロランが私を裏切ったので、私も切り捨てたのです。ペティオンとかロランとか、そうした者たちと同じ立場を、ダントンも自ら任じるものなのかもしれません。しかし、この私の目にはダントンなど、もはや祖国の敵としかみえない」

耳に飛びこんでくるほど、サン・ジュストは嬉《うれ》しかった。本当に嬉しい。いよいよもって、胸が震えるばかりだ。はっきりいってくれたからだ。曖昧《あいまい》な言葉で誤魔化《ごまか》したり、あるいは名前を出さなかったり、そうした無難な仄《ほの》めかしに逃げるのでなく、はっきり

「祖国の敵」と呼びながら、ダントンのことを全否定してくれたのだ。

——しかし、どうして他の皆までが……。

いよいよ議場は演説に魅了され、それに聞き入るような雰囲気だった。どうしてだろう。ロベスピエールさんの言葉は、どうしてこうまで力があり、またどうしてこうまで耳を傾けられるのだろう。

そこまで自問を続けたとき、サン・ジュストは気づいた。というより、横顔だけだが、ようやくみえた。ロベスピエールは眼鏡《めがね》を外し、その硝子《ガラス》の曇りを少し斜めになりながら、上着の袖《そで》で拭《ふ》いたのだ。その動きで背後からでも、横顔ばかりはみえたのだ。

——なんて悲しい……。

またも眼鏡は涙で曇ったようだった。なるほど、悲しい。友を糾弾《きゅうだん》しなければならないことは悲しい。その種の痛みを解するからこそ、ダントンは優しく、また大きいのだろう。が、ロベスピエールさんは違う。その痛みを強引に乗り越える。人一倍に理解し、理解するがゆえに苦しみ、それでも祖国のため、革命のためと克服して、いいかえれば自分の心を殺すのだ。

——その強さに誰もが胸打たれてしまう。

演壇のロベスピエールは遂《つい》に拳《こぶし》を突き上げた。

「ですから私は、こうも宣言いたします。ダントンを危険に晒《さら》せば、次は私が危険に晒されるという話が仮に真実だとしても、貴族たちが私に毒手を向けることを逆に助ける愚挙でしかないとしても、それを私は公《おおやけ》の不幸と同じにはみなしません。ええ、危険なんかなんだというのです。私の生命は祖国のものだ。私の心に恐怖はない。もし私が死んだとしても、なんの非難も加えられないし、なんの不名誉も与えられない」

ロベスピエールは拍手の渦に包まれた。称賛の声に送られながら、演台を後にすることに成功した。他方、ルジャンドルは退散して、もう影すらみつけられない。議長を務めるタリアンは、さすがに逃げることはしなかったが、こちらも青ざめた無表情で、もう抗戦の意志などは微塵《みじん》も感じさせなかった。

ロベスピエールは公安委員会の席に戻ってきた。表情はやはり悲しげだった。無理もない。政治家として成功するほど、またひとつ自身は不幸になったのだ。そう心に呻《うめ》いて、嗚咽《おえつ》に襲われそうになったときだった。

不意に肩を叩《たた》かれた。

「さあ、サン・ジュスト、君の番だ」

「はい、ロベスピエールさん」

ふたつ返事で応じるほどに、サン・ジュストの胸には戦意しかなくなった。ああ、私も働かなければならない。死に物狂いで働かなければならない。小さな弱虫なりに、できることはしなければならない。

まっすぐに突進して、サン・ジュストは演台についた。握り続けた書類を大きく広げながら、同時に議場を睨《にら》みつける。ああ、今こそ告発状を読み上げる。直後に可決を動議して、堂々の正面突破を図る。ダントンのように好かれようとは思わない。ロベスピエールさんのように尊敬されたいとも願わない。ああ、恨まれようと、蔑まれようと構わない。いや、それこそ俺《おれ》には本望なのだ。

「市民諸君、革命は人民とともにある。数人の名声のなかにあるのではない。こうした真実の考え方こそ正義の源であり、自由な国家における平等の源だ。かような精神に満ち満ちた諸君らの公安・保安両委員会は、私をして諸君らに、祖国の名における政治を要求せよと使命を与えた。行使するのは長らく公を裏切ってきた連中に対する正義だ。ありとあらゆる陰謀を通じて、奴《やつ》らは諸君らに戦争をしかけてきたのだ。ああ、オルレアン派と組んで、ブリソ派と、エベール派と、エロー・ドゥ・セシェルやその他の策謀家と組んで、あるいは今このときも共和国を憎んで団結する諸王と結びつきながら、ダントンたちは卑劣な陰謀をたくましくしているのだ」

7——戦闘開始

革命裁判所は芽 月《ジェルミナール》十三日あるいは四月二日、午前十時をもってダントン派の裁判を開始した。

この日までに被告人は十四人に増えていた。

芽月十一日あるいは三月三十一日におけるダントン、デムーラン、ドラクロワ、フィリポーの逮捕に先がけて、すでに投獄されていたのが、ファーブル・デグランティーヌ、シャボ、バズィールである。

これにエロー・ドゥ・セシェルが加えられた。ダントン派というわけでなく、共謀を働きかけた別勢力の扱いだ。

裁判が始まるまでに、さらにドゥローネイ、デスパニャックというような政界筋の人間、オーストリア出身のシモンとエマヌエルのフライ兄弟、スペイン出身のグスマン、デンマーク出身のディデリクセンというような財界筋の人間が、新たに逮捕されてきた。

これを裁く判事は、裁判長アルマン・マルティアル・エルマンを筆頭に、エティエンヌ・マソン、エティエンヌ・フーコー、フランソワ・ジョゼフ・ドゥニゾ、シャルル・ブラヴェと全部で五人だった。

訴追検事はアントワーヌ・カンタン・フーキエ・タンヴィルと、その補佐として加わるジャン・バティスト・エドモン・レスコ・フルリオの二人。

陪審員がトランシャール、ルノーダン、ドゥボワゾー、ラポルト、ゴーティエ、ディ・オー、リュミエール、ガネイ、フォーヴェティ、ディディエ、トレイ、トピノ・ルブラン、スーベルビエイユの十三人。

革命裁判所の陣容は、エベール派を裁いたときとほとんど同じだった。当たり前だというのは、まだ十日とたっていないからだ。起きているのは犯罪であるより、一種の政変だということだ。自立した機関として、精力的に審理をこなしているというより、革命裁判所は今や粛清の道具と化しているのだ。

――ならば、戦いだ。

そうした認識は、デムーランにもあった。自分も含めた皆が考えているように、それがロベスピエールとの戦いなのか、あるいはダントンが打《ぶ》ち上げているようにロベスピエールのための戦いなのか、いずれか定かでないにせよ、戦いであることには変わりなかった。

――ならば、顔を上げろ。

後ろ暗い罪人として、裁かれるのではない。より良い祖国を願う革命家として、信念を曲げない政治家として、堂々と顔を上げ、雄々しく戦わなければならない。

「僕はカミーユ・ブノワ・デムーラン、三十三歳、イエス・キリストと同じ年齢だ。作家で、愛国者のために論説を書いている。ギーズのヴェルヴァン郡の生まれだが、今はパリ在住で、テアトル・フランセ広場の界隈《かいわい》に住んでいる」

初日の人定質問《じんていしつもん》において、そうデムーランは名乗りを上げた。本当は三十四歳になっていたが、その死した年齢を持ち出して、どうしてもイエス・キリストに準《なぞら》えたかった。革命裁判所を、あるいは保安委員会を、公安委員会を、神の子を裁いた暴君の一党、すなわちピラトであり、カイフであり、ヘロデであると責めることで、相手の心理に牽制《けんせい》を加えたかったのだ。

革命裁判所の陣容は前と大差ないとしても、背後の保安委員会、とりわけ公安委員会は、自らの手に権力を刻々と集中させていた。

わけても昨日の芽月十二日あるいは四月一日、それこそリュクサンブール監獄の奥にいても聞こえてきたほどの改変は、本当の衝撃だった。

内閣に相当する執行評議会とその大臣職が廃止されていた。かわりに公安委員会の監督下において、十二の執行理事会が置かれることになった。また新たに警察局が創設され、これも公安委員会の直属とされた。人事の一新で事実上パリ自治委員会《コミューン》を掌握したことは周知の通りだが、その食糧供給に関する諸々《もろもろ》の権限を取り上げて、民衆蜂起《ほうき》の温床を自らの厳格な管理下に置くことも達成した。

——まさに暴君、いや、すでにして絶対君主……。

エベール派が裁かれたときより、敵は強大になっていた。それを向こうに回しながら、エベールのように萎縮《いしゅく》してしまうのでなく、勝つ気で戦わなければならない。

——それも同じような短期決戦を制して、だ。

エベール派の裁判は四日間で終了した。ダントン派の裁判とて、それ以上の時間がかけられるとは思えなかった。いや、いつ乱暴に切り上げられてしまうとも知れず、まさに明日さえ覚束《おぼつか》ない戦いになる。

初日は主《おも》に東インド会社の解散にまつわる横領事件の審理だった。ファーブル・デグランティーヌ、シャボ、バズィールらが告発されていた事件であり、おかしな言い方になるが、ダントン派にかけられた容疑のなかでは唯一の犯罪らしい犯罪である。

審理らしい審理にもなったが、他面で政治闘争ではなかった。金額を示す数字ばかりが頻発《ひんぱつ》する展開は、戦いだと肩を怒らせて乗りこんできた身には、肩透かしの感さえあった。

——もしや、これきり幕を引かれてしまうのか。

深読みのデムーランは、そうとまで勘繰《かんぐ》らずにおけなかったが、不安な夜が明けて、裁判はなんとか二日目を迎えるようだった。

今日芽月十四日あるいは四月三日は、午前九時の開廷だった。リュクサンブール監獄からは、馬車でシテ島まで運ばれた。法廷に入るときは、ボンベック階段と呼ばれる、狭く暗い被告人専用の裏階段からだった。

エルマン裁判長は審理の冒頭、ヴェステルマン将軍の逮捕を発表した。前口に身柄を確保された将軍は、もう今日には革命裁判所に送られてきていた。ほどなく廷吏《ていり》に導かれて入廷すると、被告人席の雛壇《ひなだん》に一緒に並ぶことになった。

これで被告人は、全部で十五人になる。

「では、本日の審理に移りましょう」

いわれて席から立ち上がるのは、訴追検事フーキエ・タンヴィルだった。黒々とした髪を全て後ろに撫《な》でつけて、狭い額を露《あらわ》にしながら、そこに太眉《ふとまゆ》でVの字を描く異形《いぎょう》の面構《つらがま》えは、ぎょろりと大きな目の印象もあいまって、ふてぶてしい感に満ちている。

——いや、顔つきだけじゃない。

とも、思わずにいられない。実のところデムーランは初日の審理で、陪審員のひとり、ルノーダンの排除要求を出していた。ジャコバン・クラブの会員だが、かねて対立してきたのみならず、こちらの追放を画策したことさえあったからだ。

「公平中立の陪審員とはいえません」

それが排除を求めた理由だったが、裁判長エルマンは拒否した。根拠というのが、訴追検事フーキエ・タンヴィルの建言で、被告人デムーランには偽証の疑いがある、ジャコバン・クラブの活動において該当《がいとう》の事実はないと請け合ったのだ。

――おまえこそ嘘《うそ》つきじゃないか。

おまえのような卑劣な男はみたことがない。憤りを込めながら、デムーランは今日も被告人席から睨《にら》みつけてやった。フーキエ・タンヴィルのほうでも気づいたようだったが、まさに顔色ひとつ変えずに無視した。訴追検事として告発状の読み上げにかかるのみだった。

陰謀云々《うんぬん》、密約云々と、それは国民公会《コンヴァンシオン》でサン・ジュストが読み上げた告発状の内容だった。東インド会社絡みの横領というような、いわば尋常な犯罪を裁くに留《とど》めず、あることないこと、かけられるだけの容疑をかけた、ほとんどいいがかりのような告発についても、きちんと審理の時間が費やされるようだった。

――それとして、訴追検事のポストにありつけたのは……。

誰のおかげだと思っているんだ。僕のおかげじゃないか、とデムーランは思わずにいられなかった。ああ、しつこいようだが、フーキエ・タンヴィルなんか、元が同郷だの親戚《しんせき》だのといって、僕に近づいてきた男にすぎないのだ。就職の便宜《べんぎ》をはかってやらなければ、今頃《いまごろ》は日々の暮らしも立たない貧乏を余儀なくされていたはずだ。だから、法律を曲げろ、審理に手心を加えろとはいわないが、それでも恩人は恩人なんじゃないのか。申し訳なさそうな表情のひとつくらい、嘘でも作ってみせるのが普通じゃないのか。

——あるいは、おまえが追従するのは権力のみか。

あのとき僕におべっかを使ったのも、法務省の高官として、ほどなくは議員として、僕が権力を振るえたからと、ただそれだけの理由だったのか。

いくら心で続けても、フーキエ・タンヴィルは告発状の読み上げを止《や》めなかった。無視されるほどに腹が立ち、デムーランは本当に唾《つば》まで吐いた。

「ぺっ、権力の犬め」

「ああ、そうだな」

小さな声で受けたのは、隣にいたダントンだった。ああ、とりあえずは犬どもを片づけるか。飼い主に手を伸ばすのは、そのあとの仕事ということになる。

あとに続いたのが、雷鳴を思わせる大声だった。

「デュムーリエがどうしたって」

不敵な表情は不変で、ぴくと動きもしなかった。が、さすがのフーキエ・タンヴィルも、読み上げは中断しなければならなかった。

「市民ダントン、被告人は尋問されたときのみ発言する決まりです」

「まともな尋問をしたいんだったら、検事さんよ、馬鹿も休み休みいってくれや」

「国民公会の告発状にのっとって、審理を進めようとしているだけです」

「なにが、国民公会の告発状にのっとって、だ。俺《おれ》やカミーユやフィリポーが告発されることになったのは、俺たちのほうが告発しようとしてたからじゃねえか」

「………」

「公安・保安両委員会の暴政を告発しようとしてたんだよ。そのための特別委員会の設置を、国民公会に要求しようとしてたんだよ」

「しかし、そのような話は当法廷の与《あずか》り知るものでは……」

ダントンはバッと動いた。あっと思う一瞬に、もう訴追検事の鼻先まで詰めていた。

「フランス式ボクシング」でみせる踏みこみさながらの、鋭い身のこなしだった。一緒に拳骨《げんこつ》を突き出していれば、フーキエ・タンヴィルなど「三メートル」くらいは飛んでいたはずだ。

拳《こぶし》のかわりに訴追検事が浴びたのは、唾まじりの怒号だった。

「下劣なペテン師どもを呼べ。人民の制裁を受けずに済ませている奴《やつ》らの仮面を、この俺さまがひんむいてくれる」

8――厚顔

　フーキエ・タンヴィルは嫌そうに顔を背《そむ》けた。遅れながら防御の構えのように肘《ひじ》を上げ、そのまま怯むのではない意思を表すと、また敵もさるものだった。ぎろりと眼光もろともに睨《にら》みつけ、ダントンに返した言葉が、次のようなものだった。

「私に触れたら、お終《しま》いですよ。たとえ指一本でも、そのときは法廷侮辱罪《ぶじよくざい》だ」

「法廷侮辱罪だと。上等じゃねえ……」

　吠《ほ》えるダントンを遮《さえぎ》ったのは、百年の敵《かたき》を打ち据えるかの勢いで連打された木槌《きづち》の音だった。

「市民ダントン、市民ダントン」

　裁判長エルマンがその端整顔を真っ赤にしながら介入した。ええ、そうした態度はいただけませんぞ。ええ、ええ、君も弁護士出身ならば、法曹の仕事くらい理解しているはずだ。

「全ては法律に基づいて進められる。弁明したいというなら、法の秩序が命ずるところに従いながら、存分に弁明するがよろしい」

「いわれるまでもねえ。そのつもりだ」

そうダントンに応じられて、エルマンはひとつ頷《うなず》いた。それからフーキエ・タンヴィルに目を送り、審理の再開を指示した。手ぶりでダントンに下がるよう促すと、訴追検事は改めた。ええ、それでしたら、早速尋問に入ることにいたしましょう。

「市民ダントン、国民公会《コンヴァンシオン》は貴市民をデュムーリエのために便宜《べんぎ》を図ったとして告発しております。すなわち、自由を抹殺《まっさつ》せんとした計画に加担し、共和国政府を破壊するために軍隊をパリまで進め、王政を復古せんとしたデュムーリエのために……」

「人民の大義のため、その利益を守るためなら、いつだって耳を傾けられてきた俺《おれ》さまの大声だが、誹謗中傷《ひぼうちゅうしょう》の声を圧殺することまではできないようだな」

下がれといわれたダントンだが、被告人席までは戻らなかった。途中で不意に立ち止まり、再び大声で始めた場所が、ちょうど法廷の中央だった。

V字の太眉《ふとまゆ》を吊《つ》り上げて、訴追検事は今度も露骨に嫌そうな顔だった。

「なんです。なんの話です」

「だから、検事さん、そんな風に悪口をいう卑怯者《ひきょうもの》どもが、この俺さまに面と向かって同じように責め文句を吐くもんかね。のこのこ出てきやがったら、それこそ汚辱の底

「念のため、誹謗中傷ではなくて、これは正式な告発状の一条です。本題の尋問に戻るなら、はっきり仰《おっしゃ》ってほしいのは、デュムーリエのために……」

「いや、本題じゃなくたって、俺はいうぜ。何回でも繰り返す。死んだって、黙らねえ。ああ、俺の家はすぐ壊されてなくなるだろうが、俺の名前はパンテオンに送られるだろう。斬《き》り落とされれば、俺の頭だってそこに安置されるに違いねえ。その頭が何回でも繰り返すのさ。なんにだって答えてやるのさ」

ぶんと手を振り、右を指差し、かと思えば左に拳《こぶし》を突き出しながら、ただでさえ目立つ巨漢は法廷を独り占めするようにもみえた。

多分に芝居がかる感じもあり、あるいは舞台を我が物顔に縦横する、名物俳優さながらというべきか。いやはや、ちょうど良かったぜ。人生って奴《やっ》は俺には重すぎる。ああ、この責め苦から解放されるのが、俺には遅すぎたくらいだ。

裁判長は再びの木槌で介入した。

「市民ダントン、市民ダントン、いいかね」

そうして声を張り上げてから、エルマンは自分を宥《なだ》めるかのように、ひとつ大きく息を吐《つ》いた。

「厚顔な態度は犯罪の属性だ。静けさこそ罪なきことの属性なのだ。弁明は疑いもなく合法的な権利だが、それは慎ましさと穏やかさのうちにおいてこそ説得力を増すと自ら心得たうえでの弁明のことだ。あらゆる相手を尊重し、告発した相手のことまで敬うつもりでなければ駄目なものなのだ」

「告発した相手を敬う、だと。あのペテン師どものことを？　こそこそ逃げ隠れればかりしているような？」

「誰のことをいっているのか知れないが、いいかね、市民ダントン、君は国の権威の第一人者たちによって吟味されたのだ。その命令には平伏しなければならない。それは君に寄せられた告発の諸条項を、ひとつひとつ否定していくことのみに、ひたすら専心するということだ。分けて事実を際立《きわだ》たせるような、もう少し詳細な弁明を要望する」

「了解した。が、その前にこれだけはいわせてもらう。さっき厚顔といったようだが、個人的な厚顔なら確かに咎《とが》められるべきだろうさ。しかし、この俺さまに関していえば、だ。そんな風に咎められたことは、これまでだって一度もねえ」

「市民ダントン、だから、市民ダントン、弁明はもっと具体的に」

「具体的な話じゃねえか。この俺さまが世に手本を示してきたのは、国民の代表としての厚顔なんだ。それを通じて、何度も皆のために尽くしてきた。だからこそ、俺さまの厚顔は許されてきたのさ。ああ、革命にとっても必要なものだった。この厚顔を俺は誇りにこそ思え……」

「デュムーリエとの共謀について聞いております」

太眉を険しくしながら、またフーキエ・タンヴィルが前に出た。狂ったような木槌も再び猛《たけ》り始める。法廷侮辱罪に問いますよ。このままだと、本当に法廷侮辱罪に……。

「いわせてやれよ、それくらい」

傍聴席から、ひとつ声が投げこまれた。誘われたように、ふたつ、みっつと後に続いた。

「そうだ、そうだ、裁判長。それくらいで、裁判が台無しになるもんじゃねえだろ」

「被告人、被告人って、検事も端《はな》から悪者扱いしすぎなんだよ」

「…………」

エルマンも、フーキエ・タンヴィルも、容易に言葉を返せなかった。革命裁判所を革命裁判所とも思わない発言に、木槌くらいは打ち鳴らされそうなものだったが、それが完全な音無しだった。

自ら控えたというより、力ずくで押しこめられたというべきか。裁判長も、訴追検事も、それを感じ取れないほど鈍感ではなかったのだ。

傍聴席に渦巻いているものがあった。

その日の革命裁判所も満席、いや、立ち見まで立錐《りっすい》の余地もなく、人が廊下《テルール》に、階段にと、法廷の外まで溢《あふ》れるくらいだった。司法に敬意を払うのか、あるいは恐怖政治の一翼に恐れをなしたというほうが正しいのかもしれなかったが、いずれにせよ群集はこれまで嘘《うそ》のように静まり返っていた。

が、なにも感じていないわけではなかった。むしろ外に出さなかった分だけ、パンパンになるまで内に溜《た》まり、どんどん発酵するまま、ぐんぐん温度を上げていた。いや、いくらかは外に洩《も》れるのか、耳鳴りのようなものが微かに聞こえていた。裁判長も、訴追検事も、悟らざるをえなかった。それが爆発寸前になって……。

「ふざけるな、革命裁判所」

「こんな出鱈目《でたらめ》な裁判に、侮辱も糞《くそ》もあるもんか」

「だいたい、おまえら、偉そうなんだよ。ンな上から目線で、てめえら、これまで、ダントンを見下《みくだ》せるくらいの、全体なにをしてきたっていうんだよ」

9――法廷は燃える

風が起きた。口々に張り上げられた大声が一に合わさり熱風と化していた。いざ表に出されてみると、やはりといおうか人々の怒りの色は、燃える炎の赤だった。

吠えると同時に、それまでポッシュに隠していた赤帽子《ボネ・ルージュ》を、ここぞと被《かぶ》る輩《やから》は少なくなかった。ブルジョワ寄りといわれたダントン派ながら、サン・キュロット（半ズボンなし）に人気がないわけではなかった。いや、草の根の政治活動というならば、ダントンこそ元祖なのだ。ブルジョワも、サン・キュロットもなく、全てを糾合《きゅうごう》できる大きさここそ、ダントンの真骨頂なのだ。

「来たぜ、ダントン。俺《おれ》たちが来てやったぜ」

「おお、パリが味方だ。自治委員会が玉をなくしちまったからって、パリまで腰抜けになったと思わないでくれ」

「どうしてって、来ないじゃいられないだろう。なんたって、ダントン、あんたの大声は裁判所の外まで響いて聞こえてくるんだ」

「聞こえないわけがねえ。ダントンの声は、どこまでも届くんだ。どうしてって、そいつは祖国を救った声だからだ」

爆発した法廷は、その炎を高く、高くと、巻き上げるばかりだった。のみならず、できうるかぎり火の粉を飛ばして、より広く、より大きくと、横にも走らせようとする。

「フィリポー、フィリポー、あんたの毒舌は、どうした。逮捕されたからって、まさか枯れちまったわけじゃねえだろ」

「エロー・ドゥ・セシェルの旦那《だんな》も、いつもながらの気取り方で、なんかいってみなよ」

「デムーラン、パリの英雄デムーラン、俺はあんたの言葉が聞きてえ。革命裁判所を風刺した、うまい言葉が聞いてみてえ」

そう声をかけられれば、被告人席の皆も張り切らないわけにはいかない。裁判長にも、訴追検事にも、まだ発言が許されていないからと、律儀《りちぎ》に遠慮する謂《いわ》れもない。

「いや、私だって裁判に参加したいと望んでいるんだ。形ばかり立派で、なんの中身もないような裁判でなく、それが本当の裁判だというのならね」

「と申しますか、度を越えた形式主義、形だけの独り歩きは、もともと啓蒙主義《けいもうしゅぎ》思想がカトリック信仰に加えた最大の批判のひとつなのです。アンシャン・レジームの当時は耳も傾けられなかったものですが、そのあげくに現今の教会ときましたら、なんといいますか、ねえ」

「滅びるんだ、滅びるんだ」

デムーランも声を張り上げた。ああ、フィリポーにも、エロー・ドゥ・セシェルにも、後《おく》れを取るわけにはいかない。ああ、中身がないものは、早晩滅びるしかないんだ。

「形だけといえば、この裁判自体が形だけだ。その実は政治に他ならない。けれど、その政治だって、そもそもは僕らのものじゃなかったのか。僕らを追い出し、こんな裁判に追い払って、あとの政治にどんな中身が残ってるんだ」

革命だって、もはや形だけなんじゃないか。それを僕らが取り戻さないかぎり、フランスは滅びてしまうんじゃないか。そう叫んで、いや増すばかりの歓声を呼びこみながら、デムーランは傍聴席に目を凝《こ》らした。

探していたのは、どんな騒ぎの渦中にあっても、超然として静かな、それでいて華やかな、懇《ねんご》ろに手入れされることに馴《な》れた花のような女だった。

――いや、さすがに今日のところは花とはいかないか。

リュシルはいた。実家の母親に付き添われながら、オラースを抱いて来ていた。

傍聴席の騒ぎに驚いたか、息子までが火がついたような泣き方だった。大丈夫かい。そう問うたところで目が合うと、すぐにリュシルは頷《うなず》きを返してきた。が、作り笑顔を浮かべた頬《ほお》は痩《や》せ、一房の髪がほつれるほどに青白く、その日の妻ときたら充血した目に煉瓦色《れんがいろ》の隈《くま》が添うほど、色づけに失敗した蠟人形《ろうにんぎょう》のようだった。

あるいは疲労困憊《ひろうこんぱい》するまで、頑張ってくれたということか。デムーランは目頭が熱くなる思いだった。

——さすがに、やつれた。

リュクサンブール監獄に入れられてからも、手紙のやりとりはできた。裁判が始まる前日に、リュシルは書いてよこしていた。急ぎ掻《か》き集めた千リーヴルをばらまいて、パリの民衆を動員すると。ダントン派もしくは寛大《アンダルジャン》派の逮捕には、巷《ちまた》の皆も憤慨しているから、きっと多くが集まってくれるだろうと。

——本当にやってくれたんだ。

こうまでの人出の秘訣《ひけつ》を、ダントンの人気、寛大派の底力とばかりはいえなかった。それらが仮に本物であるとしても、手を尽くして人を集める者がいないでは始まらないのだ。

——それでも無理はしてくれるな。

手紙が検閲される恐れもある。そうデムーランは返信したが、本気だったといえば虚勢になってしまう。戦うと決めたからには、ときには無理もしなければならないのだ。

自分でできることが限られているのなら、あとは妻に頼むしかない。国民公会《コンヴァンシオン》を動かすはずの仲間が、議員の結集に失敗してしまった今や、巨大な敵を打ち倒せる武器は民衆の力だけしか残されていない。

傍聴席の騒ぎは続いた。手を叩《たた》き、足を踏み鳴らし、唇に指を挟んで、甲高い口笛まで響かせたかと思えば、持参した鍋釜《なべかま》の底を打ち合わせて、ガンガンやらかす輩《やから》もいた。そうした騒ぎに向けて、ダントンはその太い腕を高く差し上げてみせた。さあ、そろそろ再開するぜ。

「具体的に弁明すりゃあいいんだな。それも告発状の中身に即して。ああ、上等だ。サン・ジュストの奴《やっ》に答えてやろうじゃねえか」

そこでダントンはひとつ大きく鼻を啜《すす》った。分厚い上下の唇も傷跡もろとも大きく歪《ゆが》んで、刹那《せつな》の顔はいかにも不愉快そうだった。

「この俺さまがミラボーに買収されていた？　オルレアン公にも？　デュムーリエにも？　この俺さまが王党派に？　王政復古を狙《ねら》う一味に？　おいおい、俺は革命政府の執行権者だったんだぜ。反革命の連中ときたら、誰を毛嫌いしてるかって、俺ほど嫌いな人間もないほどだったんだぜ。なのに買収されていたなんて、これほど馬鹿げた矛盾もないじゃねえか」

「はん、まともに答えてやるまでもないよ、ダントン」

「フィリポーのいう通りだ」

「いや、答えてやれ、ダントン。いちいち論破してやることで、こんな告発をするのは、どれだけ下らない連中なのか、この際だから、とことんわからせてやろうじゃないか」

デムーランは再び声を張り上げて、フィリポーとドラクロワのあとに続いた。ああ、わかったと、ダントンの声も響く。

「ミラボーと内通してたっていうが、俺がミラボーと戦っていたことくらい、ことごとく自由に禍《わざわい》をもたらすように感じられて、それこそ出す計画、出す計画に反対していたことくらい、みんな知ってるはずだ。あの横柄な男にマラが攻撃されていたときは、弁護を試みたことだってある。ミラボーのために沈黙を守ることなんかしなかったぜ」

「知っている、知っている、このカミーユ・デムーランが請け合う」

「ありがとう、ありがとう。ルイ十六世のことだって、みんな知っているはずだぜ。あの暴君がサン・クルーに行くってえのを、皆で邪魔しようってなったとき、そのテュイルリに俺はいなかったっていうのかよ」

「いた、いた、君は人集めの天才だった」

「コルドリエ区じゃあ、蜂起《ほうき》の必要さえ訴えたぜ」

「聞いた、聞いた。誘われたこともあるし、参加したこともある」

「てな調子だ。具体的な証言が望みだってんなら、いくらでも喋《しゃべ》れるぜ。ああ、俺さまの頭のなかには、ぱんぱんに詰まってるんだ。俺を告発した連中と、いつでも力比べをしてやるよ」

10——証人を呼べ

攻勢は続いた。オルレアン派との交友、フイヤン派に図った便宜《べんぎ》、ジロンド派との提携と、全て虱潰《しらみつぶ》しに否定していきながら、ときおり被告人席から投げ入れられる援護を含めて、もはや革命裁判所はダントンの独演会だった。

訴追検事の尋問もなければ、裁判長の介入もない。それこそ裁判の形式すら危ういくらいだったが、それは仕方ない運びだった。革命裁判所からして、まともな審理にする気がなかったからだ。それが証拠に革命裁判所が用意した証人は、ひとりだけなのだ。

証言台に立つのは、垂れ目に二重顎《にじゅうあご》という福々しい感じの男だった。ピエール・ジョゼフ・カンボンはエロー県選出の議員で、党派をいえば山岳《モンターニュ》派である。が、国民公会《コンヴァンシオン》では党派色で論じられるより、財務委員会の重鎮として知られていた。「財政のロベスピエール」とも、事実上の財務大臣ともいわれ、しばしば国庫の出納《すいとう》にも立ち会っていた。

かかるカンボンが証人となれば、求められるのは財務関係の証言だけである。まともな審理が行えるのは、東インド会社絡みの横領事件でなければ、あとは不正経理の追及くらいのものだ。

「ですから、市民ダントンがベルギーに出張したとき、私は四十万リーヴルを渡しました。秘密経費ということでした。しばらくあとで監査すると、市民ダントンはまだ十三万リーヴルを金庫に保管しておりました」

「だから、二十万リーヴルは正しく出費したっていったろう。残りはファーブル・デグランティーヌと、それにビヨー・ヴァレンヌに分けて与えた」

「おお、そのビヨー・ヴァレンヌとやらは、今も公安委員会の委員に名を連ねている、あのビヨー・ヴァレンヌのことなのか」

「へへ、いくらエベール派が気に入らないからって、嫌みにも程があるぜ、フィリポー」

「嫌みじゃないよ、ダントン。エベール派が生き残っているなんて、私だって俄《にわ》かには信じられないくらいだよ」

「ドラクロワのいう通りだ。公安委員会のやることなんか、チグハグなんだよ。保安委員会の命令からして、気まぐれなものでしかないんだよ」

掛け合いのように続けられて、カンボンはといえば、すでにして所在なげな様子だった。こうなるとダントンの話しぶりは、いよいよ思いやりあふれるようにも聞こえてくる。

「なあ、カンボン、金勘定の問題じゃないんだって、あんたもわかっているはずだ。俺《おれ》たちがどうして法廷に立たされてるのかと問えば、へへ、そいつは、俺も、カミーユも、みんなも、そろって陰謀家だからなのさ。反革命の輩《やから》だからなのさ」

「いや、それについて、私には証言する資格がないと……」

　裁判の形が危ういどころか、攻守の立場が逆転してさえいた。今やダントンは尋問するかの口ぶりで、それにカンボンが冷や汗を掻《か》いているのだ。

「いや、カンボン、確かに証言は必要さ。証明されるべき真相はあるからな。俺が確信するところ、国民公会報告のなかで、嘘《うそ》に嘘を重ね、出鱈目《でたらめ》に出鱈目を上塗《うわぬ》りしながら、俺たちのことを陰謀家だの、反革命だのと、皆に信じさせようとした奴《やつ》がいるからな」

「そ、そうなのですか。しかし、それについても……」

「とぼけるなよ。俺は下《げ》種《す》野郎《やろう》のサン・ジュストの話をしてるんだぜ」

「下種野郎と申されましても、私にはなんとも……。サ、サ、サン・ジュスト君は素晴らしい、ええ、素晴らしい市民であると考えておりましたもので」

「まあ、どうだっていい。とにかく、あんたに数字を挙げてもらっても、なんにもならねえ。この裁判で意味を持つ唯一の証言は、サン・ジュストの嘘と出鱈目を証明するものだけなんだ。とすれば、俺たちはどうしたらいい」

「さあ、私などには……」

「簡単な問題だろう、カンボン。また別な証言を集めるのさ」

「なるほど」

声も消え入るばかりに掠《かす》れて、事ここに及んでカンボンは白いハンケチも忙《せわ》しなく、額の汗を拭《ふ》いているばかりである。

「てことだから、頼んだぜ、検事さん」

呼びかけられたフーキエ・タンヴィルはといえば、顔こそ向けてきたものの、その刹《せつ》那《な》も無表情は変わらなかった。いや、ないがしろにされ、勝手に裁判を進められ、その無表情こそ不服の表れと取るべきか。

「なにを頼むというのです」

訴追検事は興味なさげに、それでも確かめてきた。

「俺は十六人の証人を要求する。十六人の議員の喚問だ」

いいながら、ダントンは隠しから一枚の紙を出した。ずんずんと歩みを寄せると、それをフーキエ・タンヴィルの胸元に押しつける。

「ここに一覧にしてある」

傍聴席はその音と温度と存在感を一段、二段と高くしながら、またも騒然となった。

新しい証人を呼ぶのか。なるほど、どうにも裁判て気がしなかったのは、まともな証人がいなかったからか。ああ、これが政治でも粛清でもなく、きちんとした裁判だというならば、真相を明らかにしてくれる新証人は不可欠でしょうな。

「しかし、そんなことできるのか」

「ああ、ダントンは被告人だ。被告人が自分で証人を呼ぶなんて、これまで聞いたことがねえ」

そうまで聞こえてきたからこそ、ここぞとデムーランは前に出た。

「マラの裁判と同じだよ」

あのときも逆に証人を要求した。それもブリソというジロンド派の要人を名指しした。ブリソの召喚は実現せず、それ以前に普通は相手にもされないはずだった。が、マラのときは少なくとも形式的には要求が容《い》れられたのだ。

「そういえば、そうだったな」

「ああ、どんな大物も、呼んで呼べないことはないんだ」

「てえか、呼ばないじゃあ、俺たちが納得しねえぜ」

「ああ、証人を呼べ。十六人の証人を呼べ」

石壁の部屋だけに耳が痛かった。

「十六人の証人、十六人の証人」

連呼の大合唱が始まっていた。

「十六人の証人、十六人の証人」

言葉にする皆の吐息が合わさって、僅《わず》かながらも風まで起きた。

「十六人の証人、十六人の証人」

法廷の面々が被る鬘《かつら》の毛先までそよぎ始め、現実の力として届くものがあったからには、すでにして暴力である。ああ、こうでなくちゃあ、証人喚問など容れられない。ああ、マラのときも群集が騒いでくれたのだ。

——違うのは、フーキエ・タンヴィルの立場だ。

とも、デムーランは思いあたった。マラの裁判でも訴追検事を務め、あのときは審理を巧みに操作してくれた。ブリソの証人喚問を容れたのも、直接的にはフーキエ・タンヴィルだった。なるほど、この男は権力の犬だ。まだジロンド派の天下だったが、もう長くはないと読みきって、だからこそマラに味方してくれたのだ。

——今は、どうか。

マラのときは民衆の圧力に背を押されていた。が、今のフーキエ・タンヴィルはそれを跳ね返すというのか。普通なら堪えられないほどの圧力だが、ふてぶてしい訴追検事は鉄の仮面をつけたような無表情のままではないか。

——やはり外野ごときには屈しないのか。

権力の犬は権力にしか従わないのか。公安委員会に力があり、ロベスピエール＝サン・ジュストに力があるかぎり、フーキエ・タンヴィルは何物にも動じないのか。

——いや。

狭い額がテラと光ったような気がした。デムーランは目を瞬《またた》かせた。汗なのか。冷や汗なのか。こいつが冷や汗を掻くなんて初めてみた。ということは、フーキエ・タンヴィルは慌てているのか。内心は追い詰められているのか。あるいは権力の犬は、権力の所在が覆《くつがえ》りかねない気配を、敏感に嗅《か》ぎ取ったということなのか。

——ダントンは復権するかもしれないと。寛大《アンダルジャン》派こそ明日の政権を掌握するかもしれないと。デムーランは密《ひそ》かに拳《こぶし》を握り締めた。いける。これなら、いける。

事実、フーキエ・タンヴィルは紙片を受け取っていた。押しつけたダントンから逃れるように、判事席に流れていった。小声の囁《ささや》きで相談されれば、萎縮《いしゅく》していた裁判長も、また木槌《きづち》に手を伸ばさないではいられなかった。がんがん打ち鳴らすことで、なんとか法廷の権威を保とうとするも、叫べる言葉はそうは多くないようだった。

「休廷、休廷、いったん休廷とする」

11――泣き言

「今日の審理が始まった瞬間から、げに恐ろしい波動はうず高く猛《たけ》るばかりです。身の毛もよだつような声が、議員諸氏の出頭と聴取を要求しているのです。すなわち、ジモン、ゴスアン、ルジャンドル、フレロン、パニス、ランデ、カロン、メルラン・ドゥ・ドゥエイ、クルトワ、レニュロ、ロベール・ルード、ロバン、グーピヨー、ルコワントル・ドゥ・ヴェルサイユ、ブリヴァル、メルラン・ドゥ・ティオンヴィルという諸氏の。被告人たちはあまねく人々に、証人喚問は拒否されるかもしれないと、大いに非を鳴らしており、煽《あお》られて正気をなくさんばかりの状態は、もはや十全にはお伝えできないくらいになっています。法廷は身動きが取れなくなっていますが、あなた方が我々が取るべき行動の指針を示してくださるなら、それは束《つか》の間《ま》のことでしょう。唯一の解決の手段は、我々が事に備えられるような法令を、我々に与えてくださることなのです」

サン・ジュストは手元の紙片を読み上げた。ええ、こういう泣き言めいた手紙を、フーキエ・タンヴィルは送ってきたのです。

「革命裁判所の訴追検事ともあろう者が、情けない」

ダントン派の裁判は確かに大荒れになっていた。もはや、このままでは裁判所の面目が丸潰《まるつぶ》れになるというほどの危機である。それにしても、国民公会《コンヴァンシオン》に新法を作ってほしいなどと、司法の自覚に欠けるにも程がある。公安・保安両委員会に助けを求めてくるなど、自ら無能を認めたようなものだ。そう吐き出しながら、サン・ジュスト自身が忸怩《じくじ》たる思いだった。

ふと目を動かせば、窓の向こうはよく晴れた早春、芽月《ジェルミナール》十五日あるいは四月四日の早朝だった。降り注ぐ陽射《ひざ》しは柔らかなものだったが、まだ庭木は冬枯れたまま、節々も無骨な枝を無造作に四方に伸ばすだけだった。

手入れを怠らない並木に、白砂と砂利を合わせて、見事な幾何学模様《きかがくもよう》を描き出すような大庭園とはいかなかった。当たり前だ。この窓辺はテュイルリ宮殿の「緑の間《ヴェール》」ならぬ、デュプレイ屋敷の上階のそれにすぎないのだ。

こぢんまりした佇《たたず》まいから、長閑《のどか》だった。ここでは大声が叫ばれるでも、木槌《きづち》が打ち鳴らされるでもない。ただ雀の群れが囀《さえず》りを競い合い、あるいは大型犬が時おり低い声で吠えるだけだ。ダントン派の裁判など嘘《うそ》のように感じられる。長居するほど、まるで別世界である。

いや、のんびりしている場合ではない。今は大変な難局なのだ。闘争から逃げるわけにはいかないのだ。内心に言葉が続けば、サン・ジュストは気さえ咎《とが》めた。が、これで遊んでいるわけではないのだ。

デュプレイ屋敷にわざわざ足を運んだのは、いうまでもなく、ロベスピエールに面会するためだった。

ロベスピエールは下宿に籠《こも》りがちになっていた。少なくともダントン派の裁判が始まってからは、デュプレイ屋敷を出ていなかった。それをサン・ジュストが訪ねたからには、フーキエ・タンヴィルに頼られた公安・保安両委員会にしても、誰かの指示を仰《あお》がずにはいられなかったということだ。

――またロベスピエールさんの手を煩《わずら》わせてしまった。

そう思うほどに、サン・ジュストは自責の念に駆られてしまう。ああ、俺《おれ》こそ無能だ。無分別で、無計画だ。逮捕然《しか》り、告発然り、議会対策然り、あげくが裁判対策まで行き届かず、またぞろロベスピエールさんに縋《すが》ろうとしている。

「証人喚問に応じるわけには、いかないな、やはり」

と、ロベスピエールは立ったままで始めた。

落ち着いた声だった。こちらの心情からすると歯がゆいほど、穏やかで、落ち着いている。表情にも歪《ゆが》みはみられず、ダントン派の裁判の難航に、かえって安堵《あんど》しているようにもみえる。

サン・ジュストは心の奥に隠すような気分で思う。ダントン派の断罪には、やはり前向きではないのか。正式な裁判を経て、それで無実の判決が出るならば、むしろ重畳《ちょうじょう》という考えなのか。が、少しでも冷静に考えるなら、ゆめゆめ安堵できるような状況ではないのだ。

現下の窮地をマラ裁判の再現というならば、告発したジロンド派は、ほどなくして破滅している。なるほど、それが政治というものだ。容易に抗《あらが》いようのない、ある種の流れができてしまうのだ。

――とすると、今回のダントン派の裁判では……。

告発した山岳《モンターニュ》派が破滅する。当面は政権を維持できても、早晩失脚を余儀なくされる。それは今や、直《ただ》ちに死を意味してしまう。なんらかの比喩《ひゆ》でなく、断頭台に送られての、あっという間の死だ。それを仮にダントンが望まなくても、周囲は決して許さないのだ。

「応じられません」

と、サン・ジュストは答えた。ダントンが勝手に突きつけた要求です。被告人が自ら証人喚問を要求するなど、聞いたことがない。いくらダントン自身が弁護士だったといっても、です。革命裁判所において、その資格を認められたわけではないのです。

「それでも民衆は騒ぐのだろう。だから、無視できないのだろう」

「それは……、ええ、そうなのですが……」

「証人喚問に応じれば、我々の負けになるかね」

そう確かめたロベスピエールは、「我々の負け」といった。単に革命裁判所の面子《メンツ》の問題ではない。しごく政治的な裁判なのだと、きちんと自覚はあるようだった。

「恐らくは、負けになります。ダントン派に有利な証言ばかりになるでしょうから」

「あまりに一方的な展開で、無理に有罪にしようにも、陪審員に因果を含める術《すべ》がなくなってしまうと」

「はい」

「それに、裁判の展開によっては、サン・ジュスト、君まで呼び出されかねないな」

「マラ裁判のときのブリソのように……。ええ、ありえます」

認めながら、サン・ジュストは唾《つば》を呑《の》んだ。ひとり敵地に放り出されるも同然だが、それは嫌だとはいえなかった。人々の怒りの渦に放りこまれる格好だが、それを怖いなどとは、ましていいたくなかった。

「しかしながら、そのとき革命裁判所は無法地帯になっているでしょう」

「公安委員会の一員まで引きずり出して……。民衆の猛威こそ支配者となり……。つまるところ、それに掣肘《せいちゅう》を加えられないかぎり、我々は決して勝てないということだな」

そこでロベスピエールは腕を組んだ。ううむ、しかしだ。

「ダントンが喋《しゃべ》るかぎり、民衆は応じるのだろう。だからといって、ダントンを黙らせるわけにはいくまい。無論のこと正式な手続きは踏ませなければならないにせよ、被告人に発言を認めないわけにはいかないからな」

裁判なのだからと続けたロベスピエールは、確かに道理を述べていた。

エベール派の裁判のときは、エベール自身が意気消沈して喋らなかった。ジロンド派の裁判のときは、そのエベールが証人席で暴れたし、なにより傍聴席の民衆が被告人たちのことを憎んでいた。しかし、それは単なる幸運にすぎなかったのだ。当たり前と考えるほうが油断に他ならないのだ。

ダントンは黙らない、民衆まで騒ぐ、これこそ当たり前だ。

――それでも……。

静けさを手に入れる方法がないではなかった。

かなり強引な手法だが、ないではない。自分ひとりで踏み出す勇気もなければ、自分ひとりで公安・保安両委員会の面々を説得できる自信もないながら、ロベスピエールが支持してくれるなら、やれると思う秘策がないわけではない。

12――リュクサンブールの陰謀

「フリットという男がいます」

サン・ジュストは話を変えた。国民公会《コンヴァンシオン》の議員で、以前は共和国のフィレンツェ公使を務めた人物ですが、今は反革命の容疑で逮捕されていて、リュクサンブール監獄の囚人になっています。

唐突に聞こえたらしく、ロベスピエールは目を何度か瞬《またた》かせた。みえるものは変わらないのに、眼鏡《めがね》を直すことまでしたが、構うことなくサン・ジュストは先を続けた。

「そのフリットが獄内でカード遊びの仲間としていたのが、やはり勾留《こうりゅう》中のディロン将軍と、それに同じく国民公会の議員シモンだそうです」

「カード遊びが、どうしたというのだ」

「カード遊びは関係ありません。ただディロンはアイルランド系ですから、勇敢な半面で、ひどい飲んだくれです。酔うと、口も軽くなる。カード遊びをしていたときも、ほろ酔い加減の上機嫌だったといいます。あげくに饒舌《じょうぜつ》になったようなのです」

はじめロベスピエールは怪訝《けげん》な顔をした。が、頭の回転を速めることで、おおよその見当をつけたらしく、すぐに険しいものに変えた。

「それでディロンはフリットとやらに、なにをいった」

「実はシモンと二人で、ある計画を進めている。それに君も加わらないかと」

「その計画とは」

「ダントンとその一派を解放する計画です」

「また新たな陰謀か」

ロベスピエールは吐き出した。思った通りだとも付け足さんばかりの苦渋顔だった。サン・ジュストはゆっくりと頷《うなず》いてみせた。

「ディロン、シモン、それに密約を結んだ仲間たちは一斉に行動を起こし、まずは典獄を襲うつもりだそうです。リュクサンブール監獄の鍵《かぎ》を強奪して、一気に外に飛び出すや、次には公安・保安両委員会を急襲して、委員たちを殺害する計画だというのです」

「いつだね」

「早ければ今夜、遅くとも明日には」

「…………」

「これは大それた計画だとして、フリットは我々のところに文《ふみ》を差し向けてきたのです。

もちろんフリットの意図としては、密告の手柄をもって特赦されたいのでしょうが」

「しかし、それは本当の話なのか。つまりは、きちんと裏が取れている話なのか」

ロベスピエールは確かめてきた。ということは、やはり裁判は負けたいのか。ダントンたちを救いたいのか。どこか踏み止《とど》まり、あるいは引き返せる点を探して、今も心は彷徨《ほうこう》しているというのか。

――けれど、ロベスピエールさん、それは許されるものではないのです。

サン・ジュストは心に叫んだ。が、実際に声に出す分には、あえて淡々とした話し方を用いた。

「被告人のひとりデスパニャックの従兄弟《いとこ》が、サユゲエ将軍です。リムーザンに駐在していますが、これにデスパニャックが手紙を書き、部隊を率いてパリに来てくれるよう頼んでおります。検閲でわかったことです」

「デスパニャックが……」

「ブリューヌ将軍にも手紙が宛《あ》てられました。今は軍人ですが、元がコルドリエ・クラブの一員だった人物です。ええ、軍隊の動員まで画策して、ほとんど蜂起《ほうき》の計画です」

「まて、サン・ジュスト、まちたまえ」

ロベスピエールのほうは早口になった。信じられないというのだろう。あるいは信じたくないのかもしれないが、そうとはいえない分だけ心が急《せ》くのだろう。いや、ありえないとはいわない。ああ、リュクサンブールは確かにダントンたちが入れられている監獄だ。同獄のディロンやシモンとなら、謀《はかりごと》を巡らせることもできる。

「が、計画には少なからぬ危険も伴う。ダントンたちのためにそこまでして、ディロンやシモンに全体どれほどの得があるというのだ」

「フリットの話によれば、獄内に噂《うわさ》が飛び交っているそうです。すなわち、革命裁判所は不調だ。合法的にダントン派を葬ることは難しい形勢だ。それでも公安・保安両委員会は一派を殺さずにはいられない。首尾よく目的を達するために計画したのが、九月虐殺の再現だ。不穏な噂を広めて、民衆を煽動《せんどう》して、あるいは赤帽子《ボネ・ルージュ》を被《かぶ》せた密偵たちに暴徒のふりをさせながら、いずれにせよ、あのときのように監獄という監獄を襲わせて、そのドサクサでダントンたちを殺す気なのだ……」

「馬鹿な。荒唐無稽《こうとうむけい》にも程がある」

「それでも一度は起きた出来事なのです。あの九月虐殺のパリを知る者は簡単に信じます。少なくとも疑心暗鬼には駆られます。それは無理からぬ話です」

頭痛を堪《こら》えるように右手の親指と中指で両のこめかみを押さえながら、ロベスピエールはしばらく黙った。が、ややあって俯《うつむ》かせていた顔を上げたからには、決断したということだろう。

「陰謀は未然に防がなければならない」

「はい」

と、サン・ジュストは答える。仮にデマの類《たぐい》であるにせよ、国民公会で正式な告発を行い、またリュクサンブール監獄に国民衛兵隊を派遣して、敵の機先を制するべきでしょう。

「そうだな」

ロベスピエールも頷《うなず》いた。それから、ダントン派の裁判でも、告発条項を増やさなければならないな。そう続けて、ハッと思い出すような顔になり、しかし、サン・ジュスト、と質《ただ》してきた。

「しかし、サン・ジュスト、それでダントンは黙るのか。また火のような弁明を展開されるだけでは……」

「黙らせます」

「どうやって」

「黙らせる法令を作ります。リュクサンブールの陰謀が、つまりは蜂起《ほうき》の陰謀が疑われるかぎり、人々を煽動するような暴力的な発言は、厳に禁じられなければならない。ええ、治安の見地から、それは禁じられなければならないのです」

顎《あご》に手を当て、また少し考えてから、ロベスピエールは重々しく言葉を吐いた。

「荒業《あらわざ》だな」

「いくらか強引であることは自覚しています。けれど、他に手がないのです」

「その手でダントンを黙らせることができたとして、だ。サン・ジュスト、そのとき人々は納得するだろうか。密《ひそ》かに蜂起を画策するような男だからと、ダントンを見限るだろうか」

「それは、ええ、見限るでしょう」

ロベスピエールは今度は驚いたような顔になった。

「見限る、のか。これほど支持している男を、そんなにも簡単に……」

「見限ります。もともと民衆の支持などなかったのです」

「どういうことだね」

「デムーラン夫人が金をばらまいていました」

「…………」

「千リーヴルもの大金です。デムーラン夫人にはリュクサンブールの陰謀に加担した節もあります。というより、恐らくは夫人こそ蜂起の首謀者でしょう」

「どうして、そうなる」

「デムーラン夫人はディロン将軍に手紙を書いていました」

サン・ジュストは続けた。ええ、これも検閲でわかったことです。デムーランさんが逮捕された直後の話です。ええ、ええ、ディロン将軍というのはダントンというより、むしろデムーランさんと前から懇意だったのです。そのサロンに頻繁《ひんぱん》に出入りして、だからこそ夫人とも馴染《なじみ》になっていたようです。

「リュシルが……」

そう呻《うめ》くと、ロベスピエールは虚《うつ》ろな指先で椅子《いす》を求めた。崩れるような感じで、がくんと腰を落としてしまうと、そこで丸い眼鏡《めがね》を外した。リュシルが……。どうして……。

13——友人の妻

リュシル・デムーランの手紙は、確かに配達されていた。

「わたしたちを反革命の企《くわだ》てに、祖国に対する裏切りに問うているのは、本当にあなたなのですか。わたしたちがひとえに祖国のためにしてきた努力で、あなたは何度も助けられたはずなのに。

カミーユはあなたのなかに思い上がりが生まれるのをみていました。カミーユはあなたが辿《たど》るであろう道を予感していたのです。

けれど同時に、あなたとの間の古い友情を思わずにはいられませんでした。あなたの今の友人のサン・ジュスト、あの方の無神経からほど遠く、自分の嫉《しっ》妬《と》深《ぶか》い心根をもみつめました。あげくに夫は学校の友達を、そして仕事の仲間を問責しようなどという考えから、すっかり身を引いてしまうことにしたのです。

今あなたの手を急《せ》かせようと、こうして動いているわたしの手にしましても、しばらく前から手伝い仕事もなくなっていましたので、羽根ペンに触れもしなくなっていました。自分の筆ではあなたを称賛できないと、そう悟ったときからカミーユは本当に……。

ひるがえって、あなたはどうなのですか。

あなたは夫たちの死を望んでいるといわれています。けれど、ロベスピエールさん、あなたはそんな悲痛な計画を全《まっと》うできまして。あなたを取り巻いている浅ましい者たちが、あなたに吹きこんだ計画なんだということは、知らない者もないくらいだというのに。

ほろりとすることなしには思い出せないカミーユとの絆《きずな》を、あなただってお忘れではないのでしょう。

わたしたちの結婚式のとき、わたしたちの手に御自分の手を重ね合わせながら、ともに祈りを捧《ささ》げてくださいましたものね。わたしたちの息子にも笑いかけ、その小さく愛らしい手を何度も撫《な》でてもくださいました。それなのに、わたしの願いを撥《は》ねのけることが、果たしておできになるのですか。わたしの涙を嘲笑《あざわら》い、わたしの正しさを足で踏みつけることが、本当におできになるのですか。

あなたは御自分でもわかっておられるはずです。わたしたちはわたしたちに用意された類《たぐい》の仕打ちにはふさわしくないのだと。

それをあなたは正すことがおできになります。もしわたしたちが打たれるならば、それはあなたが命令したということだからです。けれど、カミーユの罪って全体なんなのですか。

夫を守るためだからこそ、夫の羽根ペンを使っております。良き市民たちの声、そしてあなたの心の声、それらが感じやすく正しいのなら、きっとわたしのために、はからってくださるに違いありません。

ええ、自分の友達を犠牲にするような人間は、誰にも信用されないものです。未亡人の涙も、孤児の悲劇も、まるで気にかけないような人間が、祝福されるわけがないのです。

リュシル・デムーラン」

ロベスピエールは手紙を畳んだ。

これまでも何度も読み返していながら、まだ返事は出していなかった。いや、これからも出すつもりはない。返事のしようがないからだ。どう返せばよいのか、見当もつかないのだ。

「ですから、また会ってもらえないかと思っていました」

窓辺には、まだ朝の光が残っていた。その清々《すがすが》しい空気こそ相応《ふさわ》しいひと、リュシル・デムーランはその日も清楚《せいそ》な美しさを湛《たた》えていた。

――ああ、美しい。

細かく巻いて遊ばせるような髪型から、襟《えり》まわりの清潔感を際立《きわだ》たせる純白のスカーフから、決して華美ではないながら、一目で仕立てが上等で、しかも上品に着こなされている菫色《すみれいろ》の婦人服まで美しい。

ただ表情だけは少し疲れていた。目の下には煉瓦色《れんがいろ》の隈《くま》さえできていたが、無理に隠そうとする厚化粧となると、これはリュシルらしくない。疲れ方が窺《うかが》える自然な佇《たたず》まいこそ、ロベスピエールには好ましく感じられるのだ。

――しかし、だ。

ときが、ときだった。リュシルはホッとしているようにもみえた。緊張感が途切れたために、かえって疲れを覗《のぞ》かせてしまったのかもしれない。つまりは、これで救われると。もう救われたも同然だと。

「ええ、ひどく心配しておりましたもの、また無視されてしまうかと」

ロベスピエールは怪訝《けげん》な顔で聞き返した。

「また、とは」

「だって、カミーユとは会ってくださらなかったでしょう」

「ああ、そのこと」

こともなげに流したが、ロベスピエール自身が気にしていた。誤魔化《ごまか》しがてらで眼鏡《めがね》を直しながら、心に呟《つぶや》いたことには、悪いとは思っていると。それでも会うに会えなかったのだと。

今も会いたいわけではなかった。できれば、避けたい。というより、忘れたい。そのことを頭から追い出して、僅《わず》かばかりも考えたくない。が、こうなっては会わないわけにはいかなかった。「リュクサンブールの陰謀」が取《と》り沙汰《ざた》される今となっては……。

サン・ジュストのことは止めていた。が、それも今夕までという約束だった。今夕には国民公会《コンヴァンシオン》で告発される。被告の弁論を制限できる新しい法制化が図られる。

――その前に、なんとか……。

ロベスピエールは急ぎ人を遣わした。呼び出されると、リュシルも間もなくデュプレイ屋敷にやってきた。なるほど、急がないではいられないのだ。

リュシルは続けた。カミーユたちの裁判も、もう終盤だといわれています。

「ここでわたしを呼びつけられたということは、いくらか考えが変わったと思ってよろしいのですね」

ロベスピエールは慌てて手を差し出した。

「そうではない。カミーユの話ではないのです。無論、なんの関係もないではありませんが、今日お呼びたてしたのは、それとは別な話です」

細い眉《まゆ》を似合わない歪《ゆが》め方で動かしながら、今度はリュシルが怪訝な顔だった。ロベスピエールは切り出せるかなと感じた。

「あなたのことです、リュシル」

「わたしのこと？」

「危ない真似《まね》はやめてください」

「なんのことでしょう」

「とぼけないでほしい。パリの民衆に金をばらまいているそうじゃないですか。革命裁判所で大騒ぎするよう、煽《あお》り立てているそうじゃないですか」

「…………」

「違うとでもいうのですか」

「いいえ。だって、あなたに無視されてしまっては、それしか仕様がなかったんですもの」

そう答えて、リュシルは悪びれる風もなかった。可憐《かれん》な容姿からして、ちょっと面食らうような態度だった。

歯がゆくも感じるほどに、ロベスピエールのほうは自《おの》ずと責める口調になった。

「なにを考えているのです。わかっているのですか、御自分がなさっていることが」

「わかっているつもりです。ですから、他に仕様がなかったのです」

やはり気が咎《とが》めた風もない。ロベスピエールは、ひとつ深呼吸した。

「とにかく、もうやめてほしい」

「もしやめなければ」

「あなたまで逮捕することになる」

リュシルはすぐには答えなかった。目を伏せ気味にして少し置き、いくらか考えたようだった。

逮捕されるわけにはいかない。それはわかっているのだろう。自分まで逮捕されては、元も子もない。オラースという幼な子がいるからには、夫婦ともに死ねれば本望と勝手な理屈も唱えがたい。

「やめれば、カミーユを助けてもらえましして」

と、リュシルは聞いてきた。いくらか頭が混乱しているのか、それとも図々《ずうずう》しさが女の性《さが》なのか。いや、このひとにかぎってと思い返すも現実は否応《いやおう》なく、ロベスピエールは悲しい気分に駆られた。苦笑にもならない苦笑で首を振りながら、それでもきちんと断らないではいられなかった。いや、無理です。カミーユのことは別な話だ。

「繰り返しますが、リュシル、これはあなたの話なのです。私はあなたが助かるための話をしているのです」

14――個人の感情

「カミーユは、どうなりまして」

「わからない。それは裁判の行方次第だ」

そう建前を唱えれば、ロベスピエールはさすがに気が咎《とが》めた。それは嘘《うそ》だと、ダントンに糾弾《きゅうだん》された記憶も生々しかった。ああ、我ながら白々しい。告発も、逮捕も、裁判も、全ては政治的な決断なのだ。

――しかし、私は……。

ロベスピエールには弁明を続けたい気持ちがあった。ああ、この私は面々の死を望んでいるわけではない。政治的な判断としては望まなければならないながら、今なお心のどこかでは、救われてほしい、断罪されるにしても穏便な処断に流れてほしい、せめて死なずに済んでほしいと願っている。

その気持ちを見透かすところがあるのだろうか、リュシルのほうは立場を弁《わきま》えないくらいの強気だった。

「それじゃあ、やめるわけにはいきません。だって、パリの皆さんが引き揚げてしまったら、とたんに革命裁判所の好きにされてしまいますもの」

「しかし、パリの人々がこれからもダントン派を支持するとはかぎらない。少なくともリュクサンブールの陰謀が告発されてしまえば、もう応援の声は上げにくくなるのでは」

「リュクサンブールの陰謀？」

「リュクサンブール監獄では、脱獄の、いや、蜂起《ほうき》の陰謀が企《たくら》まれています」

「…………」

「リュシル、あなたも関《かか》わっているのでしょう」

「陰謀に、ですか」

「ディロン将軍に手紙を書いたとか」

「書きました」

「ならば、陰謀についても知っているはずだ」

またリュシルは答えなかった。沈黙を守るまま、ただ曖昧《あいまい》な、悪戯《いたずら》っぽくもある微笑を浮かべて、言葉の上では知るでも知らないでもなかった。

ロベスピエールは思う。サン・ジュストがいうような首謀者ではないとしても、ある程度まではリュシルも知っているのかもしれないな。

それにしても、リュシルの微笑は業腹《ごうはら》だった。思わせぶりな態度を取ることで、駆け引きの種になるとでも思うのだろうか。だとすれば、なんとふてぶてしいことか。

苛立《いらだ》ちを抑えるかわりに、ロベスピエールは強引に決めつけた。

「リュクサンブールの陰謀は関係ないんだね。ああ、リュシル、あなたには関係ない」

「それは……」

「だから、関係ないんだ。ディロン将軍への手紙は、私のほうで握り潰《つぶ》せる」

リュシルは驚いた顔になった。作為がなくて、こちらのほうが何倍もよかった。

「しかし、だ。あなたが大枚《たいまい》を注《つ》ぎこんで、大っぴらに人々を動員しているというのでは、なかなか関与を否定できなくなります」

リュシルは今度は考える顔になった。懸命に頭を働かせ、必死に話を嚙《か》み砕こうとする表情は、根の素直な素性が垣間《かいま》みえるようだった。ああ、なおのこと、よくなった。

「リュクサンブールの陰謀が成功する目はなくなりました。市民生活の安寧《あんねい》を好んで乱そうとしたとなれば、大衆もダントン派を礼賛《らいさん》しにくくなる。リュシル、あなたの努力はどのみち報われようがないのです。それなのに、あなたまで逮捕されることはないというのです」

「わかりました」

返ったのは、やはり素直な返事だった。ええ、やめます。役にも立たない運動なんか、すっかりやめてしまいます。かわりに懇願いたします。

「助けて、マクシム」

まっすぐな目で、リュシルは言葉をぶつけてきた。深い海の色を思わせる瞳《ひとみ》だった。吸いこまれそうな錯覚に、ロベスピエールは刹那《せつな》ゆらと揺れを感じた。

親しげに名前で呼ばれたことも一因かもしれないが、当惑は覚えざるをえなかった。相手の眼差《まなざし》を受け止めきれず、思わず目を逸《そ》らしてしまった。

「できません」

「それは嘘だわ、マクシム。あなたにできないことなんかないはずだわ。だって、わたしのために手紙を握り潰してくれるのでしょう。それならカミーユのためにだって
……」

「だから、それは別な話なのだ」

「どうして、別なの。だって、あなたはカミーユの友達でしょう」

いくら目を逸《そ》らしても、リュシルは追いかけてくる。腕をとり、手を握り、伏せた顔まで下から覗《のぞ》きこもうとする。ええ、わたしみたいな女が、なにを試みても無駄です。ダントンさんが頑張ったって、どれだけカミーユが喋《しゃべ》ったところで、あの手この手でやっつけられてしまうんだから、勝ちようなんかないんです。

「けど、あなたは違う。マクシム、あなたは権力者だわ。あなたが一言いえば、それで革命裁判所は動くのよ。みんな無罪放免になるのよ」

「そんなことは、できない」

「どうして。カミーユは、それにダントンさんたちだって、みんな友達なんでしょう。あなた方を固く結びつけている友情を、すっかり忘れてしまったわけじゃないんでしょう」

「しかし、それは個人的な感情にすぎない。それを公《おおやけ》の利益に優先させることはできない。ああ、犯罪は犯罪なのだ。国の政治を乱し、この革命を頓挫《とんざ》させる者は、誰であれ罰せられなければならないのだ」

「それなら、わたしにもやめろなんていわないで」

リュシルは握っていた手を離した。後の一瞬に寒さが残って、ロベスピエールは自分が汗ばんでいたことに気づいた。

「お金をくばるのをやめろなんていわないで。革命の邪魔だから、さっさと死んでしまえと、逆に突き放すべきじゃないの、マクシム」

「………」

「だって、それは個人の感情にすぎないからと、革命のためにならないからと、あっさり夫を捨ててしまうだなんて、できっこないじゃありませんか」

またリュシルは前に出てきた。ロベスピエールは逃げるように、よろよろと後退した。

そのせいか向こうも追い縋《すが》らなかったが、言葉だけは淀みなかった。

「ねえ、マクシム、個人の感情を持つことは、そんなに悪いことなの。夫や、妻や、恋人を愛したり、それに家族だとか、友人だとかを思いやることが、そんなに許されないことなの」

「ときと場合によっては、ああ、許されない」

「そんな……。だったら、マクシム、あなたには個人の感情がないというの」

そう続けられると、ロベスピエールのなかで反発するものが動いた。

ロベスピエールとて知っていた。「清廉の士《アンコリュプティブル》」は冷血漢なのだと吹聴《ふいちょう》する向きがあった。およそ人間らしい心がないとか、怒りや憎しみは覚えても、喜びや楽しさは解さないとか、あるいは感情のない原理原則ばかりなのは、血が凍りついているからだとか、はたまた独身を通しているのも、女を愛する術《すべ》を知らないからだとか。

――そうかもしれない。

と、自分でも思うことがある。

「勉強はできるが、冷たい奴《やつ》」

それが昔からの悪口だったからだ。密《ひそ》かに劣等感を覚えてきたところ、母には死なれ、父には出ていかれで、そもそもが親の愛情を知らずに育った人間なのだ。

そのことを馬鹿にされたくないと思えば、腕力に恵まれたわけでなし、勉強ができなくてはならなかった。冷たいようにみえること、あるいは冷たいようにみせることも、ある意味では自分を守るための盾だった。が、その奥に隠しながら、ロベスピエールはいつだって揺るがぬ自負を燃やしていたのだ。

――私は情熱の人だ。

だからこそ、理想に奮起した。社会の不正を許さなかった。革命にまっすぐ邁進《まいしん》できたのも、胸に尽きない情熱の火を燃やしていればこそなのだ。

――ひとを愛することだってできる。

それはいっておかなければならないと、ロベスピエールは思った。

15――心の奥底

ロベスピエールは喉元《のどもと》に指を運んだ。きつく結んだクラヴァットが苦しくて、いくらかでも隙間《すきま》を作らないではいられなかった。いつも通りの結び方で、弛《ゆる》めばかえって気持ち悪く覚えるのが常だったが、このときばかりは苦しかった。

ふと目を流してみれば、窓辺の光も黄味がかかり、だいぶ温度が高いことを知らせていた。ああ、もう春だ。窓も閉じきりにすることなく、爽やかな風が吹き入るまま、大きく開いて然《しか》るべきなのだ。

うんと頷《うなず》き、ロベスピエールは目を戻した。

「ある。私にも個人の感情はある。その温度とて決して低いものではない。だからこそリュシル、こうして話しているのじゃないか」

「そうよね。現にわたしを助けてくれようとしているものね。それだったら、カミーユのことを助けてくれても……」

「好きなのだ」

「えっ」

「あなたのことを愛している」

続いた静けさのなか、リュシルが息を呑《の》んでいた。ロベスピエールはまるで頰《ほお》を打たれたかのように顔を伏せた。カッとして、頭蓋《ずがい》に血が集まるのが自覚された。額のあたりが、熱いようで、寒いようで、定かならない。それでも色をいうならば、間違いなく耳の先まで赤くなっているだろう。

そのことを恥ずかしいと思う間に、今度は心臓が暴れ出した。どんな演説に臨んだときも、これほどは苦しくなかった。ロベスピエールは今まさに試されていることを実感した。自分という存在の是非が分けられようとしている。男にとって女という存在が、それほどまでに大きな試金石であることも認めざるをえなかった。

——いってしまった。

もう取り返しがつかない。それでも、さほどの後悔はなかった。ああ、私は冷血漢ではない。熱い心を発揮することができる。

ロベスピエールは顔を上げた。もう伏せても仕方がなかった。心の奥底に秘めてきた、いや、むしろ努めて封印してきた思いは、今やすっかり吐き出されてしまったのだ。

「ええ、愛している。そのことは、リュシル、あなたも気づいていたはずだ」

リュシルのことを愛している。

いつ頃《ごろ》からなのかは覚えていない。恐らくは最初に目にした瞬間から、つまりは、七八九年七月十二日、ミラボーに連れられて当時のパレ・ロワイヤルに進み、デムーランと一緒にいるところをみかけた瞬間から、この感情は静かな胎動を始めたのだと思われる。

デムーランの恋人なのだ、とは承知していた。遠からず結婚するのだろうとも考えて、その二人の未来のことも疑わなかった。ルイ・ル・グラン学院の後輩であり、二十年来の友人に対して、ある種の裏切り行為を働くつもりも露なかった。

けれど、しばらくすると、リュシルから訪ねてきた。最近のカミーユは怖い、荒れているみたいだと相談されて、親身に答えてやりながら、そのときロベスピエールの心に変化が生まれた。必ずしも、うまくいってはいないのかなと。この二人が結ばれるとは限らないのかなと。

それも束《つか》の間《ま》で、結婚式が挙げられた。サン・シュルピス教会に呼ばれ、立会人として列席しながら、このときロベスピエールははっきりと嫉妬《しっと》した。リュシルのような花嫁を手に入れたデムーランが羨《うらや》ましいのか、リュシル自身を取られたことが悔しいのか、自分でも覚束《おぼつか》ない紙一重の感情だったように思う。

ロベスピエールとて、故郷にはアナイス・デゾルティーという、淡い感情を寄せた女がいないではなかった。議員活動で二年も留守にした間に、他人の妻となられてしまったが、そうならないようにと恐れて、頻々《ひんぴん》と帰省するでもなかったのは、それよりリュシルがいるパリを離れたくはなかったからだ。

パリの下宿デュプレイ屋敷では下にも置かない扱いだった。主人モーリス・デュプレイにかけあえば、娘のひとりくらいは妻に貰《もら》えないではないはずだった。わけても長女のエレオノールには、こちらに好意を寄せてくれる風もあった。結婚すれば絵に描いたような良妻賢母、それこそ理想的な妻になってくれること請け合いである。

この革命が一段落したら、エレオノールと結婚するのだろうと、ロベスピエール自身も自明と考えているときがあった。それでも今日まで具体的な縁談にはしていないのだ。どれだけ周囲に囃《はや》されても、媒酌《ばいしゃく》の労を取ろうという人間がいても、今は個人の幸福どころではないからと、全て断ってきているのだ。

――なんとなれば、私はリュシルを愛している。

ところが、それは友人の妻だった。その思いは胸奥《きょうおう》に閉じ込めておかなければならない。永遠に秘めておかなければならない。いつか自分も結婚するかもしれないが、その相手はリュシルではありえない。

いくら自分に言い聞かせ、無理に封じ込めようとしても、その想《おも》いが鎮まることはなかった。それどころか、まだ望みがあるのではないかと考えてしまう。諦《あきら》められないと観念するほど、むくむくと立ち上がる疑問もある。

——カミーユはふさわしい男なのか。

リュシルにふさわしい男なのかと心に叫べば、いつも直後に憤りを伴うような疑問は、今日の今日までなくなっていなかった。どうしてって、カミーユは子供だ。無責任で、軽薄で、意志が弱いくせに激情的で、さほどの覚悟もないくせに、生死を分けるような一線さえ、あっさりと越えてしまう。

それがカミーユの魅力といえば魅力なのかもしれないが、少なくとも責任ある大人の男として、女を幸せにできる美点ではないと、ロベスピエールは思わずにはいられないのだ。

——それが証拠にリュシルまでが、どうだ。

こうではなかった、とロベスピエールは呻《うめ》かざるをえなかった。ああ、さっきから、どうだ。恐らくは媚態《びたい》に通じるからだろうが、どこか不潔な微笑で相手に探りを入れたり、かと思えば自分の望むところばかりを、浅ましいほど押しつけてこようとしたり、そんなこんなの間も不敵なくらいの存在感で、よろける素ぶりもなかったり。

——私なら、こんな厚かましい女にはしなかった。

ロベスピエールは無念でならなかった。いってしまえば、リュシルは汚れてしまった。かつての清純を保てなかったのは、さんざ苦労させられたからだ。ああ、リュシルは不幸だ。ああ、カミーユとの結婚は間違いだった。比べればリュシルを幸せにできるのは、明らかに私のほうだ。リュシルの子供の父親となるべきなのも私だった。名づけ親などでなく、私こそオラースの実父になるべきだった。

ふう、とロベスピエールは息を吐《つ》いた。いや、起きてしまったことは仕方がない。救いは、まだ間に合うとも思えることだった。ああ、まだリュシルは元に戻れる。そのためには間違いを、なるべく早く正すことだ。

「だからなの」

確かめたのは、リュシルだった。えっ、とロベスピエールは聞き返した。えっ、なにが、だから……。

「だから、カミーユを殺そうとしたの」

「違う」

ロベスピエールは言葉がかぶさるくらいの直後にそう断じた。

カミーユが処刑されれば、リュシルはひとりになる。慰めなければならない。その傷心を癒《いや》したあげくに、俠気《きょうき》ある男として幼い息子ごと未亡人を妻に迎える。そういう展開は確かにあるかもしれないが、そのために告発したわけではない。

先にあるのは、あくまで政治的な犯罪だ。リュシルへの想いを遂《と》げるために、まさかダントン派もろとも道連れにさせるわけがない。

ロベスピエールは繰り返した。それは違う。

「絶対に違う。むしろ逆だ。だからこそ、悩んだ。政治に私情を持ちこんでいるのではないかと、最後の最後まで悩んだし、今も悩み続けている」

サン・ジュストにいわせると、死刑は当然だった。ところが、ロベスピエールは前向きになれなかった。嫉妬ゆえの厳罰だったのではないか、妻を手に入れたくて友人を陥《おとし》れたのではないかと、ありもしない自責を思わないではいられなかったからだ。

ロベスピエールが望むとすれば、リュシル自身が気づいてくれることだった。つまりは、軽率な真似《まね》をして罪に問われるような夫を、呆《あき》れて見限ってしまうことだ。見限ってくれるなら、死刑にしなくてもよいと思う。むしろ罪人として、無様《ぶざま》に生き続けてくれたほうがよい。そのほうがリュシルも早く理解して、自分にふさわしくない夫に愛想を尽かしてくれるだろう。それならこちらも良心の呵責《かしやく》を抱えなくてもよくなる。ロベスピエールの本心というならば、それこそが本心だった。

——が、今で十分なのではないか。

とも、ロベスピエールは思いいたった。というのも、もうカミーユは十分に無様だ。こんな男では駄目だと、もうリュシルは気づいて然るべきなのだ。よりふさわしい男として、この私も告白しているのだから、もう執着しなければならない理由もない。

「カミーユと別れてほしい」

ロベスピエールは切り出した。リュシルは、えっというような顔をした。わかっているくせに、わざとらしい。こういう嫌らしさもカミーユと結婚したせいだ。本当はもっと素直に喜びを表せる女性なのだ。

あえて無視して、ロベスピエールは先を続けた。カミーユと別れて、私と結婚してほしい。カミーユがあなたにふさわしい男だとは思われない。現にこうして、あなたを苦しめているではないか。ああ、もう私は我慢ならない。もうカミーユを許しておけない。このままでは誰も幸せになれない。あなたがいて、オラースがいるというのに、またぞろカミーユは軽率な真似をして、逮捕される羽目に陥るのだから。

「軽率だなんて、マクシム、それはあなたが……」

「全て私のせいというなら、ああ、私が告発を取り下げよう。そのかわりにカミーユと別れてほしい。リュシル、この私のものになってほしい」

16——休廷状態

芽月《ジェルミナール》十五日あるいは四月四日の審理は、午前九時、ルイ・マリー・リュリエの告発を発表して幕を開けた。

パリ県の執政理事は、有力な革命家のひとりである。ダントンが企《くわだ》てたパリ蜂起《ほうき》、王政を打倒したあの一七九二年八月十日には、パリ自治委員会で市政評議会議長も務めていた。

そのリュリエを十六人目の被告人とするべく、即座に逮捕、連行されるべき旨も告げられた。が、それに要する諸々《もろもろ》の手続きで、実質的な開廷は午前十時を回る頃《ころ》になった。

ダントン派の仲間と一緒に並びながら、デムーランは前日とは比べられないくらいの自信で臨むことができた。

楽観はしない。けれど、徒《いたずら》に悲観するべき理由もなくなっていた。ダントンを筆頭に、昨日の審理で一派が示した奮闘が、この戦いを五分《ごぶ》以上に運んでいることは明らかだった。

それが証拠に、裁判長エルマンは無論のこと、訴追検事フーキエ・タンヴィルまでが、もはや臆病《おくびょう》な目を隠そうとしなかった。

審理が始まるや、一番に挙手したダントンは、再びの弁明を要求した。当然ながら裁判長エルマンは拒絶したが、それも撥《は》ねつけるというような強い調子からは程遠く、むしろ懇願するに近かった。

「わかります、市民ダントンの仰《おっしゃ》ることもわかりますが、他の被告人の尋問とて、行われなければならないのです」

弁明を許さないわけではない、とはいえダントン、デムーラン、ドラクロワ、フィリポーというような主《おも》な面々だけでなく、被告人は全部で十六人もいるのだから、そちらをないがしろにするわけにもいかないではないか。そんな風に縋《すが》られれば、こちらも容《い》れないではなかったのだ。

さりとて、かかる審理が捗々《はかばか》しいわけではなかった。フーキエ・タンヴィルがおどおどして、満足な働きを示せなかったからだ。なにかといえば判事席に相談に行き、少しでも滞《とどこお》りが生じれば、これ幸いと別室での協議を求め、まるで一時も法廷にいたくないという態度で、つまりは逃げ腰だったのだ。

終《しま》いには奥に下がったきり、なかなか戻ってこなくなった。

ただ無為を貪《むさぼ》るような審理には、さすがに苛立《いらだ》ちを禁じえず、ダントン、デムーフン、ドラクロワ、フィリポーの四人は、再び証人喚問を要求していた。昨日求めた十六人の議員証人はどうなったのだと質《ただ》すや、教師に求められた答えを出せない子供が刹那《せつな》みせるような悲しい顔になり、あとのフーキエ・タンヴィルはさっさといなくなってしまったのだ。

それから革命裁判所は休廷状態になった。午後になっても、審理は容易に再開されなかった。だから、デムーランは思うのだ。

——僕らのほうが攻めている。

五分以上に運んでいる。もちろん、敵も挽回《ばんかい》を画策しないわけがなかった。奥には保安委員会の面々が控えているといわれていた。実際、委員ヴァディエの姿をみたという者もいる。

いや、フーキエ・タンヴィルが泣きついたのは、公安委員会のほうだとも聞こえてくる。昨夜にはテュイルリ宮の「緑《ヴェール》の間」に手紙が配達されるところまで追いかけた者もいた。今朝《けさ》にはサン・ジュストが慌てて出かけるところを目撃した者も、あげくにデュプレイ屋敷に駆けこんだところに居合わせた者もいて、それらが革命裁判所まで足を運んで、いちいち傍聴席から報告してくれた。

——しかし、なにができる。

あの手この手で証人喚問を拒絶するつもりかもしれないが、そのときはパリの人々が騒いでくれる。いっそサン・ジュストを呼べとまで声が上がって、公安委員会はかえって立場を悪くするはずなのだ。

現に退屈に堪えかねただけで、野次が止まらなくなっていた。

「結局は十六人の証人を呼ぶしかないんだ」

「おおさ、議員を呼べないって法はねえ」

「その議員たちだって、出廷を嫌がってるわけじゃないんだろう。嫌がってるのは、公安委員会と保安委員会のほうなんだろう」

「ああ、皆が皆、まともな証言をしてくれる十六人だからな」

「それが本当じゃねえか。まともで行こうや、まともで。なあ、判事さんがた、まともな証言で、まともな裁判をするんだよ」

「告発の事実無根を明らかにされても、顔を潰《つぶ》すのは公安・保安両委員会だけじゃねえか。国民公会《コンヴァンシオン》も、他の議員先生も、関係ねえ。革命裁判所なんかは、かえって皆に褒められるぜ」

「ああ、ダントン派を無罪にしてやれ。そしたら、あんたらも英雄だ」

「そうだ、そうだ、もうダントン派を釈放するしかない。先はみえているのに、どうして時間ばかり無駄にするんだ」

そうやって、声は高くなるばかりなのだ。

休廷状態が長引くほどに、こちらの被告人席には、もう勝ったような空気が流れ始めた。

一面が硝子窓《ガラスまど》になっているので、革命裁判所の法廷は意外なほど明るい場所だった。が、燦々《さんさん》と射しこんでくる陽光も、そろそろ朱色が濃くなる時刻にかかっていた。その物淋《ものさび》しげな風情《ふぜい》からして、出来事の終わりを予告するかに思われた。ああ、もはや原告の敗北宣言を待つのみだ。暗くなるまでは、恐らく持ち堪《こた》えられまい。蠟燭《ろうそく》を燃やしてまで続けるような裁判じゃない。その理《ことわり》を諭《さと》すのに、なるほど夕焼けとけよくできたものじゃないか。

もはや時間の問題だと、そうした囁《ささや》きが支配的になっていた。が、この時刻になって、訴追検事フーキエ・タンヴィルが法廷に戻ってきた。

醜態とさえいえる無様《ぶざま》をみられ、もう二度と公《おおやけ》に姿を現す気にはなれまいともいわれた男が、戻るほどに面目ない遅れ方にもかかわらず、再び法廷に立った。しかも、だ。

――あれ。

と、デムーランは思わざるをえなかった。フーキエ・タンヴィルの顔が元に戻っていた。いや、完全に戻ったわけでなく、まだ不敵といえるほどの迫力はなかったが、少なくともオドオドしてはいなかった。なお弱気を残すとみても、安心して、ほっと一息はつけたかのようだった。

「長時間にわたる中座をお詫《わ》びします」

と、訴追検事は始めた。国民公会のほうで裁判手続きに関する重要な法制化があり、その可決を待っているうち、こんな時刻になってしまいました。

「法制化だと」

デムーランはダントンと、それにフィリポーやドラクロワとも顔を見合わせた。全員がぎこちない顔だった。法制化といわれても、誰も見当をつけられなかった。

「もしや証人喚問に関する法律か」

「いや、証人喚問を禁止する法律など作れるか」

「あれこれ条件をつけたのかもしれないが、いずれにせよ無駄だろう」

「ああ、土台が正規の手続きで要求した証人喚問じゃない。専《もっぱ》らパリの声に後押しされたものだ」

「どんな法律を定めたところで、民衆の力に潰されることくらい、わからないではないだろうに」

理屈を述べる分には敵の徒労を見下《みくだ》せるのだが、それでも俄《にわ》かに心に生じた不安のほうは、少しも減らなかったのだ。

フーキエ・タンヴィルは続けた。

「サン・ジュスト議員が登壇なされました。読み上げられたのが『公安委員会ならびに保安委員会報告、司法の権威を尊重させる方法について』というもので、幸運にも印刷に回されたものが入手できましたので、この革命裁判所でも繰り返させていただきます」

17——急転

ひとつ咳払《せきばら》いを挟まれるほど、被告人席のほうでは不安が増すばかりだった。

「革命裁判所の訴追検事は報告してきた。罪人たちの反乱は、もはや国民公会《コンヴァンシオン》で対応を協議してもらうしかないほどに、裁判所の弁論を困難なものにしていると」

サン・ジュストらしい言い切り調の読み上げが始まると、とたん傍聴席から野次が上がった。

「てめえ、やっぱり議会にチクってやがったんだな」

「それに、なんだ、その言《い》い種《ぐさ》は。『罪人たちの反乱』は、ねえだろう。まだ被告人でしかねえ。反乱を起こしたわけでもねえ。ただ弁明しただけじゃねえか。当たり前の権利を行使しただけじゃねえか」

「だいたいが、自分の無能を棚に上げて、なにが『裁判所の弁論を困難なものに』だ」

こちらは元気だ。まだまだ勢いがある。ああ、パリの人々が騒いでくれるなら、やはり怖いものなどないと、そう思いきや、なのである。

集中砲火を浴びながら、フーキエ・タンヴィルは逃げようとしなかった。それどころか、逆に睨《にら》みかえすくらいの気力を取り戻していた。

なるほど、読み上げる活字の向こう側には、サン・ジュストが立っている。

「けれど、もう安心されたい。諸君らは自由を脅《おびや》かす、かつてないほど大きな危険から、もう免《まぬか》れられたも同然だ。全ての共犯者が突き止められなければならないという、大前提においてだ」

「共犯者ってのは、朝に連れてこられたリュリエのことといってんのか」

「ヴェステルマン将軍のほうじゃねえか」

「告発してくれたのは、ラフロット議員であります」

フーキエ・タンヴィルは野次にかぶせた。傍聴席も今度は鎮まらざるをえなかった。ひとつには「ラフロット議員」などと、それこそ脈絡のない名前が飛び出したことがある。が、もうひとつには、もはやはっきりと異変を感じざるをえなかった。

デムーランも唾《つば》を呑《の》んだ。高じるばかりの不安に心臓も大きく高鳴り始めていた。なんとも嫌な風向きだ。楽勝気分が霧散していることだけは認めなければならない。

フーキエ・タンヴィルは読み上げを続けた。

「ラフロットがいうには、リュクサンブール監獄で、ディロン将軍が脱走ならびに蜂起《ほうき》の計画を進めていると」

「…………」

「このリュクサンブールの陰謀は、ダントン派を救い、逃亡させるためのものだと」

「なんだ、それは」

デムーランは声を上げた。一番に飛びこまずにいられなかったのは、今度こそ誰と問うまでもない名前が耳に飛びこんできたからである。

ディロン将軍のことは知っている。それどころか、以前から懇意にしている。リュクサンブール監獄で一緒になってからも、何度か話した。そうした事実は否定しない。しかしながら、「リュクサンブールの陰謀」などは一度も聞いたことがないのだ。脱走だの、蜂起だのは、話題に上ったこともないのだ。

「嘘《うそ》をいうな」

そうも叫んだが、デムーランは直後に疑念に捕われた。本当に嘘なのだろうか。僕が知らなかっただけで、仲間の誰かが密《ひそ》かに陰謀を巡らせていたのだろうか。

――ダントンなら……。

図っていて不思議ではない。そう疑った矢先に、ダントンが続いてくれた。

「おまえら、本当に飽きないな。ミラボーに、デュムーリエに、今度はディロンというわけか」

「そうだ、そうだ、でっちあげだ。全部が全部でっちあげなんだ」

「そのラフロットとかいう議員を連れてこい。証人として連れてこい」

ドラクロワとフィリポーも続いてくれた。となれば、傍聴席も盛り上がるはずだった。実際に声の波は高まりかけたが、それが渦を巻いて押し寄せるより早く、フーキエ・タンヴィルの声が、あるいはサン・ジュストの言葉が、まるで釘《くぎ》を刺すかのように発せられた。

「自由はその敵に対して、断じて後退してはならない。奴《やつ》らの陰謀は発見されたのだ。ディロンはその軍隊にパリに進軍するよう命じたのだ」

静けさに追いやられ、そこから容易に出てこられない法廷は、すでに予感していたのかもしれない。デムーランにせよ、はっきり不吉を感じていた。焦るような気分にも襲われざるをえなかった。無駄でも、無為でも、無謀でも、それが滑稽《こっけい》にみえたとしても、とにかく前に出なければならない。

「だから、おまえらは嘘ばかり性懲《しょうこ》りもなく……」

「そのディロンが明言したところ、デムーラン夫人が多額の金子《きんす》を用いた」

「…………」

「蜂起の動きを煽動《せんどう》するためだ。愛国者と革命裁判所を惨殺するためだ」

「それは……」

違う、とはいえなかった。違う、妻が金をばらまいたのは、革命裁判所にパリの人々を呼ぶためだ。そうデムーランが明かしてしまえば、傍聴席の全員が逮捕されてしまいかねないのだ。

すでに陰謀が取《と》り沙汰《ざた》されていた。裁判を野次り倒すためであれ、蜂起を起こして、ダントン派を逃亡させるためであれ、公安・保安両委員会にしてみれば、どれも等しく陰謀でしかありえない。

——でなくても、リュシルは……。

裏で動いていたかもしれない、ともデムーランは思った。お嬢さん育ちなだけに、かえって怖いということを知らない。思いこんだら、迷わずに一直線という一面もある。しかし、それほど深くは考えないのだ。というより、なにもみえなくなってしまうのだ。

「——僕のために、リュシルは後先考えず……」

デムーランは髪の毛を掻《か》きむしった。考えれば考えるほど手詰まりで、あとの想念には絶望という文字しか残されていなかった。ああ、もう望みはないに等しい。リュクサンブールの陰謀とやらに、実際リュシルが関《かか》わっていようといまいと、それすら関係がない。夫を救いたいと、なにかしたが最後なのだ。思えば、エベールの奥さんだって、問答無用に逮捕されているのだ。

「極悪人め」

そう面罵《めんば》したとき、デムーランの声は悲鳴のように裏返った。

「僕を殺すのに満足せず、僕の妻まで殺すというのか」

「きさまら、卑劣な真似《まね》をするにも程がある。きさまら、恥を知れ」

「家族は関係ないじゃないか、家族は」

「これは脅迫だ。こんな風に脅《おど》されては、公正な裁判などはありえない」

ダントン、フィリポー、ドラクロワと言葉を重ねたが、そのあとが続かなかった。

傍聴席は意気消沈したままだった。なるほど、騒げるわけがない。リュシル・デムーランの金を受け取っていれば、野次ひとつも騒げるはずがない。仮に受け取っていなくても、「全ての共犯者が突き止められなければならない」と宣言されているからには、好んで疑われようとは思わない。

響くのは、やはりフーキエ・タンヴィルの声、あるいはサン・ジュストの言葉ばかりだった。公安・保安両委員会の報告に鑑《かんが》み、国民公会は決議した。革命裁判所は引き続きドラクロワ、ダントン、シャボ、その他の陰謀に関する審理を行う。裁判長は与えられた法によって自らと革命裁判所の権威が尊重されるように、かつまた公的静粛を乱し、裁判の進行を妨げる被告人たちの側の全ての企《くわだ》てを抑止するべく、ありとあらゆる方法を用いることができる。

「さらに国民公会は命ずる。国家の裁判に抵抗し、またそれを罵倒した陰謀の被疑者は、誰であれ弁論禁止の措置が取られる」

18——評決

芽月《ジエルミナール》十六日あるいは四月五日の革命裁判所は、朝八時半に開廷した。裁判長エルマンは陪審員に呼びかけて、一番に問い質《ただ》した。

「審理は十分に尽くされたと思いますか」

「はい、十分に尽くされたと思います」

陪審員代表トランシャールが答えると、あとは裁判長の一声だった。

「ここに全ての審理が終了したことを宣言します」

被告人側が非難の声を上げるのは当然である。

「裁判を打ちきるのか」

「まだ始まってもいないぞ。書類だって読んでいない。証人の証言だってまだだ」

興奮したのだろうか、そこでダントンは判事席になにか投げた。小さな玉のようにみえたといい、紙くずを丸めたものだとも説明されるが、いずれにせよ判事席には届くことなく、ただ軽い音を立てて、床に落ちただけだった。

　それでも木槌《きづち》は打ち鳴らされた。

「これだ。これだ。これが裁判への抵抗であり、侮辱《ぶじょく》であるというのだ」

「なんだと。この俺《おれ》さまにいわせれば、司法を侮辱しているのは、おまえらのほうじゃ……」

「弁論禁止の措置を取ります。いえ、すでに取っております。被告人たちは昨日すでに当法廷に対して、悪《あ》しき振る舞いを繰り返してきました。それゆえに本日は審理の冒頭から弁論が禁止されるのです。あとは発言を希望する者もなく、よって全ての審理が終了したことになったのです」

「なんだと。昨日は禁止されたんじゃねえぞ。他の被告人が尋問されるってえから、しばらく黙ってやっただけで、昨日は弁論の禁止なんか……」

「関係ない。そんなことは関係ない。法律は存在するのだ。ならば、それが執行されるまでだ」

　法廷は騒然となった。裁判長は被告人の退廷を命じたが、あちらの被告人たちは廷吏《ていり》の誘導になど大人しく従おうとはしなかった。その手を払い、肩を押し、あるいは自ら椅子《いす》にしがみつき、断固として抵抗を試みたが、国民衛兵が呼びこまれる段になって、ようやっと観念することになった。

いや、国民衛兵が呼びこまれたからといって、事態が解決したわけではなかった。その実は「フランス式ボクシング」のダントンが、得意の殴る蹴《け》るで全員を伸《の》していた。それから地鳴りのような声で、仲間たちに告げたのである。

「行くぜ、みんな」

昨日の展開から、ある程度の覚悟はしていたようだった。自ら退廷を決めた被告人は、全員がコンシェルジュリの牢獄《ろうごく》に移された。

――なんとかなりそうだな。

ふうと大きく息を吐《つ》きながら、サン・ジュストは上着の袖《そで》で本当に額の汗を拭《ふ》いたものである。

法廷の顚末《てんまつ》を伝えられるほど、汗をかかずにいられなかった。それからも気になって気になって、テュイルリ宮に待機してなどいられなくなった。

午後に入って、革命裁判所まで来てみると、陪審員が評決の協議にかかっていた。だから、なんとかなりそうだ。さんざ手を焼かされたが、それも大詰めで、ようやく、なんとかなりそうだ。

やはり心配だったのか、門前の立ち飲み居酒屋には、他にも議員が何人か詰めていた。アマール、ヴーラン、ヴァディエ、ダヴィッドら、保安委員会の連中にいたっては、朝から裁判長の控室に詰めたきりになっていたという。

面々の緊張顔に出くわせば、ますます離れていられなくなる。午後からはサン・ジュスト自身も、同じ部屋に詰めることになった。

　自分の部屋だというのに、裁判長エルマンはいなかった。他の判事も、訴追検事フーキエ・タンヴィルの姿もない。革命裁判所の面々のほうは、陪審員室に詰めていた。

　本来の仕事ではない。それどころか裁判の公正を期す配慮から、評決が協議されているときは努めて遠慮するべきだった。それでも今回にかぎっては、立ち会わずにいられないようだったのだ。

　落ち着かない気持ちはわかる。が、サン・ジュストとしては思わずにいられなかった。

　――他に評決の出しようもないだろうに。

　ありうべきは、死刑のみである。それはダントン派が逮捕された時点での決定事項だ。禁錮《きんこ》だの、国外追放だの、穏便な処断で終わるなら、公安委員会も、保安委員会も、革命政府も怖くないと、それこそ右が勢いづく。早晩ダントン派の復権が図られ、それは左派山岳《モンターニュ》派の破滅を意味する。

　――死刑にできなければ、我々の負けなのだ。

　サン・ジュストは据えつけの柱時計をみやった。あと十五分で、午後の三時になる。

　テュイルリ宮を出たときには、そろそろ評決が出るだろうという頭があった。革命裁判所に来てみると、まだ協議中だという話で、それでも無事に協議にかかったなら、じき評決が出るだろうと考えたが、もう三時なのである。

陪審員の協議が長引いている。だから立ち会わずにはいられない。エルマンやフーキエ・タンヴィルの気持ちは、わからないわけではない。ああ、連中で埒《らち》が明かなければ、この俺が立ち会うしかないかと、それはサン・ジュストが立ち上がりかけたときだった。エルマンが戻ってきた。後にはフーキエ・タンヴィルの姿も覗《のぞ》いた。ざわと部屋の空気も動いた。保安委員会の連中とて、待ち望んでいたそのときを確信したのだろう。

――評決に達したか。

サン・ジュストは一番に思った。が、もう直後には、あれと首を傾《かし》げる羽目になった。裁判長も訴追検事も、一見して険しい表情だった。のみか、トランシャール、トピノ・ルブランと、二人の陪審員も同道してきた。

「評決には……、達していないな」

無駄に確かめたのは、ヴァディエだった。保安委員会の四人も、刹那《せつな》に浮かべた喜色を、揃《そろ》って暗い表情に変えていた。なにも説明されなくても、もはや協議の難航は明らかだった。

「で、実際どうなっている」

サン・ジュストは質した。エルマンらの説明によると、陪審員たちに迷いが生じているという話だった。あるいは評決の下しようがないというべきか。ダントンらの弁明を鵜呑《うの》みにするのでないとしても、告発された罪状について立証らしい立証が行われなかったために、有罪の下しようも、量刑の定めようもないというのだ。

「なにを恐れている」

鉤《かぎ》なりの垂れ鼻を突き出しながら、一足飛びに理屈を踏み越え、アマールは怒鳴り声だった。確かに上手な審理とはいえなかった。が、だから、どうだというんだ。もっともらしく誤魔化《ごまか》すな。適当な言い訳をするな。そんな問題じゃないことくらい、みんな承知しているんだ。評決ひとつ出せないのは、本当は怖いからなんだろう。

「しかし、もう民衆は怖くない」

「……………」

「ダントンたちを罰したとて、パリの人々は怒りやしないぞ。もともとデムーランの上《かみ》さんの金で集まったにすぎんのだ。公安・保安両委員会に睨《にら》まれていると知ったからには、野次ひとつ上げられなくなっているのだ。現に法廷は空《から》になっているぞ。傍聴席には数人の新聞屋が評決を待っているだけだ」

「それはそうかもしれませんが……」

「どこかから圧力がかかったのか」

ヴーランがまた別な問いを発した。ブルジョワたちか。不潔な金満家どもが、おまえたちには仕事をやらないとでも脅《おど》してきたのか。あるいは王党派か。亡命貴族の手下どもか。奴《やっ》らが金一封でも包んでよこしたのか。

「誰だ。あるいは誰と誰だ、買収されている陪審員は」

やはり最後は怒鳴り声になった。縮こまる二人の陪審員たちを横目に、サン・ジュストは思わずにいられなかった。買収はない。今回の陪審員は、十三人全員が山岳派だ。怪しいところがないか、事前にすっかり調べ上げてもいる。

「買収されていないというなら、なんなのだ。他に評決を出せない理由があるならいってみろ」

太眉《ふとまゆ》を動かし動かし、ヴーランは続けた。迫られて、トランシャールとトピノ・ルブランは互いの顔を見合わせた。なにごとか目で打ち合わせてから、口を開いたのはトランシャールのほうだった。

「良心の問題です」

「な、なに。なんだと、良心の問題だと」

「私たちではありません。けれど、他の皆がそういっているのです」

「フランソワ、フランソワ」

微妙に焦点が合わない目を向け、保安委員会のダヴィッドが呼びかけた。トランシャールに続いたために、小僧のように名前を繰り返されることになったのは、フランソワ・ジャン・バティスト・トピノ・ルブラン、つまりはもうひとりの陪審員だった。

実のところ、市民トピノ・ルブランは画家を生業《なりわい》としていた。保安委員会のダヴィッドとは、あの大画家ダヴィッドのことであり、トピノ・ルブランはその弟子に当たるのだ。

であれば、アトリエから場所を変えていても、ダヴィッドの口調は自《おの》ずと師匠然としたものになる。

「ああ、フランソワ、おまえは何を考えている。これは裁判ではない。政治なのだ」

「先生、そういわれましても……」

「おまえとて陪審員ではない。政治家なのだ」

「政治家として、なにをしろと」

「陪審員の意見をまとめろ」

「どうやって、ですか」

「両雄は並び立たないといえ。今はどちらかが死ななければならないときだといえ」

「そんな無茶な……」

「フランソワ、おまえ、ロベスピエールさんを殺したいのか」

「とんでもない」

「だったら、理由は十分だ。ダントンを断罪できるはずだ」

駱駝《らくだ》を思わせる大鼻をヒクヒクさせながら、トピノ・ルブランは追い詰められた目をして、同僚のトランシャールをみやることしかできなかった。それでもダヴィッドは譲らないのだ。他の保安委員会の三人も、同じなのだ。裁判長エルマンや訴追検事フーキエ・タンヴィルにいたっては、そうだ、そうだ、そうやって他の陪審員たちを説得しよう、早く部屋に戻ろうと、今にも動き出さんばかりの勢いなのだ。

「説得の材料を用意しよう」

と、サン・ジュストはいった。これは政治なんだという理屈で、ひとまずは説得に努めてほしい。とはいえ、陪審員たちも良心の問題とまでいったのだから、容易なことでは引き下がれまい。曲げて評決を出すためには、出せるだけの根拠が与えられねばなるまい。

「俺はダントンの有罪を証明する材料を探す。みつかり次第もっていく」

19――陪審員

革命裁判所は再び動き出した。裁判長エルマン、訴追検事フーキエ・タンヴィル、陪審員トランシャール、陪審員トピノ・ルブラン、それに今度は保安委員会の四人までが、評決を協議する別室に向かうことになった。

すっかり足音が遠ざかるのを確かめてから、サン・ジュストは書几《しょき》についた。テュイルリ宮の公安委員会室に戻るでも、あるいは自宅に走るでもない。そのまま裁判長の控室に残りながら、エルマンの羽根ペンを借り、卓上に置かれていた便箋《びんせん》まで拝借して、書き始めたのは偽の手紙だった。

「親愛なるミスター・ダントン、かつての潜伏先であれば、あなたにとっても懐かしく、また親しき友も多いと思われます都ロンドンから、一筆書かせていただきます。実際のところ、貴国における過激派の政権奪取につきましては、イギリス王国政府としても看過ならざる事態と考えており……」

英語を交え、ときおりフランス語の文法を間違えながら、偽っていたのはイギリス政府要人からダントンに宛《あ》てられた手紙、それもクー・デタを教唆《きょうさ》する手紙、資金援助まで約束する手紙だった。もっともらしく仕上げたら、ダントンが外国と通じ、共和国の転覆を企《くわだ》てていた証拠だと、これを陪審員たちに突きつけてやるのだ。

要した時間は二十分ほどだった。インクを乾かすために、ふうふう紙の表面に息を吹きかけながら、シテ島からテュイルリ宮に戻り、書類を探して、また革命裁判所まで戻ったと称するためには、もう五分ほどみたほうがよかろうかなとも計算する。工作をより自然にみせる時間を律儀《りちぎ》に置いてから、サン・ジュストは陪審員の部屋に向かった。

話し合いの紛糾《ふんきゅう》は、一目瞭然《いちもくりょうぜん》だった。それは部屋に入るまでもない。埒《らち》が明かずに休憩を取ったのか、あるいは小用で話し合いを中座したのか、廊下に出ていたのが陪審員のスーベルビエイユで、それがトピノ・ルブランに捕まっていた。

「だから、いいかね。これは裁判ではない。政治なのだ。私たちとて、陪審員じゃない。政治家なんだよ。政治の世界では、両雄は並び立たないのだ。どうでもダントンは死ななければならないのだ。それとも君はロベスピエールさんを殺したいのかね」

そっくり師匠の受け売りで、同僚の説得に励んでいるようだった。こちらに気づくと、少し気まずそうな顔もした。サン・ジュストは表情を変えず、ただ尋ねた。

「もう部屋に戻るかね」

「あっ、ええ、はい、戻ります」

「だったら、これをエルマンに渡してくれないか」

サン・ジュストは例の便箋を差し出した。ああ、ようやくみつかったよ。ダントンが有罪なんだという動かぬ証拠だ。

トピノ・ルブランは部屋に戻った。手紙を託《たく》したからには、裁判長の控室に引き返そうかとも思ったが、そうして踵《きびす》を返そうとした寸前で気が変わった。

サン・ジュストも一緒に入室することにした。余裕を装う気にはなれなかった。悪い予感は当たるもので、トピノ・ルブランからエルマンに便箋が渡され、さらにフーキエ・タンヴィルに回されて、読み上げられることになっても、陪審員の協議は思うようには動かなかった。

「確かに証拠となりうる手紙です。けれど、それが本物であるなら、です」

「ええ、私もそこが気になります。送り手はオカナガン伯爵《はくしやく》ということですが、そのようなイギリス政府の要人が果たしているのかどうか」

「いいえ、どんなイギリス人を挙げられても、私にはチンプンカンプンです。ただ誹謗《ひぼう》中傷《ちゆうしよう》、密告密通、策略謀略が常の世の中ですからな。手紙の偽造くらいは珍しいものではありません」

「ええ、筆跡鑑定かなにかにかけて、これが確かに本物だとわかれば、もう迷うこともないのですが……」

そうやって、陪審員の面々は折れないのだ。そこまで慎重になるのも、例の良心の問題だというのか。苛々《いらいら》しながら、サン・ジュストは心に吐き捨てた。

――きさまら、いい加減にしろ。

偽手紙かもしれないと思うにしても、そこを問わないのが礼儀というものではないか。有罪にする証拠をくれてやったのだから、一も二もなく飛びつくべきではないか。おかげで、少なくとも自分のせいではないと思えるではないか。

――きさまらの安直な良心を宥《なだ》めるには、この程度で十分だろうがっ。

かたわら、エルマンは自分の便箋だと気づいたのか、ひとつも補おうとはしなかった。フーキエ・タンヴィルも音無しだ。が、おまえたちなら、わざわざ因果を含めなくても、察して動けそうなものではないか。サン・ジュストは、やはり憮然《ぶぜん》とならざるをえなかった。先刻の保安委員たちよろしく、怒鳴りたい衝動にも駆られてしまう。

――一体なにを恐れている。

全体なにに捕われている。陪審員のみならず、裁判長や訴追検事まで含めて、目の前の面々に対しては、やはりそうとしか問いようがなかった。しかし、恐怖の対象は、もはや民衆の圧力ではない。もとよりブルジョワの脅しや買収などではない。

──ダントンが怖いのか。

断罪しては、あの不屈の男が報復に乗り出すとでもいうつもりか。その心配も殺してしまえばなくなろうに、なおダントンを罰しては神罰を加えられるとでも返すのか。あるいはダントンの大きさゆえに、怖いのはいなくなられたときの喪失感なのだとでもごねるのか。ひとりひとりに詰問して、陪審員につかみかかりたいとも思うのだが、その寸前でサン・ジュストは自分を抑えた。

──なんの解決にもならない。

最悪の結末が見え隠れしてきていた。政治の理屈を説いても折れない。自責の念に駆られないよう、懇《ねんご》ろに証拠まで与えてやっても、なかなか飛びつこうとしない。このままではダントンたちを死刑にできない。このままでは我々の負けになる。現に陪審員たちは、無様《ぶざま》にも無難な解決を口走り始めたではないか。

「どうでも死刑にしなければならないのですか」

「禁錮《きんこ》であるとか、財産没収であるとか、あるいは国外追放であるとかなら、私たちも同意できます」

「ええ、有罪なら宣告できるのです。ファーブル・デグランティーヌらの横領罪は無論のこと、デムーランやフィリポーなどにしても、新聞の紙面には明らかな反革命の兆候があるわけですから」

「まさしく、問題は量刑のみです。さすがに死刑までは宣告できないというだけです」

「あるいは政治ということなら、こういうことはできませんか。すなわち、死刑は宣告すると。けれど、判決には執行猶予をつけると」

ジロンド派のような口を叩《たた》くな。よっぽど面罵《めんば》してやろうかと思ったが、今度もサン・ジュストは沈黙のうちに留《とど》まった。ふと疑問を覚えたのは、ぐっと言葉を呑《の》みこんでからだった。どうして俺《おれ》は、こうまで我慢してしまうのか。あるいは我慢するのでなく、臆《おく》しているのか。俺からしてダントン派の断罪に踏みこむことに、なにか恐れを感じているのか。あの巨人を倒した日には、このフランスに取り返しがつかないことが起きるかもしれないと、漠たる不安を拭《ぬぐ》えずにいるというのか。

「………」

いつしかサン・ジュストは左右の指を組んだ自分の拳《こぶし》ばかりみていた。そうする間に、陪審員の誰かが続けた。

「だって、どうでも殺さなければならない理由はないでしょう」

「あります。このフランスに恐怖を与えなければならないからです」

サン・ジュストはハッとして顔を上げた。裁判長エルマンの声ではなかった。訴追検事フーキエ・タンヴィルの声でもなければ、他の保安委員たちの声でもない。とすると、陪審員に答えたのは誰なのか。

「ロベスピエールさん」

と、サン・ジュストは声を上げた。丸眼鏡《まるめがね》を直し直し入室してくる小柄な影は、やはりロベスピエールで間違いなかった。ほとんど血の気も感じられない、幽霊さながらの青白い相貌《そうぼう》とて、ここ数日は「清廉の士《アンコリュプティブル》」の代名詞となっているものである。

――いや、違う。

サン・ジュストは胸を衝《つ》かれた。どこか違う。昨日までの青白さは、もはや死にたいくらいに悩み、苦しんでいることの表れだった。が、今このときロベスピエールを捕えているのは、すでにして煩悶《はんもん》などではなかったのだ。

――死そのものだ。

と、サン・ジュストは直感した。ロベスピエールさんは死んだ。少なくとも、なにかが崩れ落ちてしまった。それというのも、ロベスピエールを捕えているのは、今や死そのもの、あるいは救いのない絶望に変わってしまっているではないか。

ロベスピエールは続けた。

「あなた方に徳はありますか。この共和国を思う熱意はありますか」

臆しながらも、陪審員代表という立場の責任から、トランシャールが答えた。そ、それは、ええ、持ちたいと思っていますし、また持っているつもりです。

「ならば、その徳を発揮してください。その徳が無力にならないように、フランスに恐怖を与えてください」

「つまりはダントン派を断罪しろと」

「己の徳に恥じるところがなければ、それができるはずです」

「………………」

「お願いです」

声を裏返らせながら、ロベスピエールは陪審員の腕に縋《すが》った。サン・ジュストには顔と名前も一致しない、その程度の詰まらない男だ。なのに縋りつきながら、革命の指導者ともあろう男が、まさしく哀願の体《てい》なのだ。ええ、お願いです。あなた、これは一生のお願いなのです。

「ダントン派を殺してください。ダントンを、ドラクロワを、フィリポーを、そしてカミーユを、どうか、どうか……」

その必死の形相《ぎょうそう》に、サン・ジュストは血の気が引いた。ぞっと心胆を寒からしめたものの正体を、みたくも、知りたくも、認めたいとすら思わないなら、全て帳消しにするしか仕方なかった。

「ロベスピエールさん、止《や》めてください、ロベスピエールさん」

それでもロベスピエールは止めないのだ。無理に引き剝《は》がそうとするほど、陪審員に爪《つめ》を立ててしがみつき、いよいよ半狂乱の体なのだ。ええ、殺してください。殺してください。

「お願いだ、あの者たちを殺して……」

20――革命通り

コンシェルジュリの石壁の冷たさを感じたとき、デムーランは悟った。

――死ぬんだ。

鉄格子の向こう、手が届かない回廊の端のほうに、微《かす》かな光の気配があった。が、あとは暗い。救いようもなく暗い。その重たい予感を跳ね返すくらいの気持ちで、最初のうちはデムーランも両の足に力を籠《こ》めた。なにくそ、これが逆えない運命だとして、なお挫《くじ》けてやるものかと、胸奥に言葉も湧《わ》いた。

それも、じきに限界が訪れた。うなだれて、まっすぐ立っていられなくて、よろよろ壁にもたれかかったのは、法廷のほうで陪審員の評決が発表された、リュリエを除く全員の死刑が確定したと、廷吏《ていり》が知らせにきたときだった。

――なんてことだ。

朝に退廷を命じられたまま、結局は判決を自分の耳で聞くことすらかなわなかった。

あっけない、あまりにもあっけない幕切れだった。

昨日の展開から、ある程度は覚悟していた。弁論禁止の措置を盾に、発言が制限されるだろうとも見越して、デムーランは草稿まで用意した。主《おも》にサン・ジュストを告発する内容で、自ら弁論できなくなれば、それを代読してもらうつもりだった。

それさえ禁じる法律はあるまい。そこまでの法制化は間に合うまい。最後まで戦い抜くのだという闘志に燃えながら、丸めて筒にしたものを手にしっかりと握りしめていたというのに、法廷ではそれを開くことすらできなかったのだ。

今なお掌《てのひら》に握られているのは、一房の髪の毛だけである。

――リュシル。

手紙と一緒に妻が送ってくれていた。いつも心は一緒なのだという証《あかし》だった。が、それを受け取り、また返信に自分の髪を挟んだときは、誓いの言葉に「死してなお」の文言《もんごん》が加わるとは思わなかった。

そういうこともありうると、頭では理解していた。が、まだなんとかなると、結局なんとかなってくれると、どこか楽観する気分もあった。その死というものが石壁の冷たさを感じたとき、一気に現実になったのだ。

それは命あるものの熱が欠片《かけら》も感じられず、ひたすら闇《やみ》に通じていくしかないような冷たさだった。

もう目の前にある死という現実に捕われたとたん、がくがくと揺れ始めて、デムーランは膝《ひざ》が怪しくなってしまった。

——死ぬのが怖い。

その思いを表に出してはならない。それは恥ずかしいことだという自覚までは、まだなくなっていなかった。隠そうとして、デムーランは腰を下ろした。椅子《いす》ではなく、ぱらぱらと藁《わら》が敷かれているだけの、いっそう冷たい石床にだ。

さすがに膝は揺れなくなった。が、今度は歯の根が合わなくなり、がちがち音を鳴らし始めた。

——いつ来るか。

廷吏は次はいつ来るのか。いつ牢獄《ろうごく》を出され、いつ刑場に送られ、いつ首を刎《は》ねられるのか。退廷するときの悶着《もんちやく》で乱れた襟《えり》を直すのをはじめ、しなければならないことは、他にいくらもあるはずなのに、デムーランはそれしか考えられなくなった。

考えなければならないこととて、他に山ほどあるはずなのに、いつ来るか、いつ来るかしか頭になくなってしまうというのは恐らく、それまでの時間が怖くて怖くて、ただの一分だって堪えがたいからだった。

——この臆病者《おくびようもの》め。

そう自分を罵《ののし》ろうとも、震えは少しも止まってくれない。虚勢を張ろうとすればするほど、今度は動悸《どうき》が激しくなり、あるいは息が止まりそうになりと、ほとんど拷問《ごうもん》のような苦しみを味わわされる。

してみると、さほどの時間も待たされずに、かえって救われたというべきなのか。

「牢を出ろ」

そうした言葉で再び廷吏が現れたのは、判決を聞かされて、まだ三十分もたたないうちの話だった。

実際、デムーランは少し気分が楽になった。牢を出ろといわれて、きちんと歩けるだろうか、また膝が怪しくなるのではないかと大真面目《おおまじめ》に心配して、これから死のうというときにもかかわらず、ある意味で呑気《のんき》なものだなと自分で呆《あき》れたほどだった。

不思議な話で、しばらくは膝も揺れず、また身体《からだ》も震えなかった。廷吏に促されるまま、牢の暗がりから無造作に足を踏み出し、そうすると、いきなり注いだ陽射《ひざ》しに目だけは痛かった。

苦痛に感じてしまうほど眩《まぶ》しかったというのは、太陽が大分低くなっていたからだった。それだけに蜜柑色《みかんいろ》に燃える光は、まっすぐの角度で目を貫くことができたのだ。

すっかり眩《くら》んで、ややあるまで目の前の風景は、ひたすら白いばかりだった。少しずつ、少しずつ視界が取り戻されてみると、そこに巨体が聳《そび》えていた。

後ろ手に縛られているほど、ずんぐりと丸い背中は小山をさえ思わせた。それは不動の気配を疑わせないということでもある。

さすがダントンは堂々としていた。ブルとも震えず、顔が青ざめることもない。なるほど、豪胆な男だ。ダントンには死とて怖いものではないのだ。

――この男を親友として……。

僕は革命を戦ったのだと自負を掻《か》き立て、デムーランは護送馬車の荷台に上がった。

三台でコンシェルジュリを出た馬車は、決まり通りに両替屋橋《シャンジュ》で右岸のメジスリー河岸《かし》に渡り、そこからモネ通りを経て、サン・トノレ通りに入っていった。

昨今いわれるところの「革命通り」である。

ガラガラ響く車輪の音が、やけに大きく感じられた。サン・トノレ通り、あるいは革命通りも西日がきつくなっていた。わけても馬車の荷台の高みでは、視界のほとんどが橙色《だいだいいろ》に占められた。沿道に人も出ていたようだったが、こちらはいやが上にも濃くなる影に沈んでしまい、どれくらいが来ているのかも定かでなかった。

三角に伸びる影絵が錯覚を招くために、雑然とした街並とて、どこそこと見分けるのが難しいくらいだった。疑わないで済むのは、やはり親友の存在感だけだった。

――ダントンは死ななくてよかった。

デムーランは今さらながら思い返した。当たり前だ。ダントンは田舎《いなか》に下がるといっていた。それを僕が仲間を見捨てるのかと詰《なじ》ったのだ。それでマクシムと向き合うことにしてくれたのだ。

あげくに告発され、逮捕され、死刑を告げられてしまった。ああ、どうでも救われなかったのは、僕のほうだ。マクシムに睨《にら》まれるような文章を書いた僕が、そもそも悪いのだ。

でなくても、ダントンは責められなかった。絶体絶命の窮地は同じなはずなのに、自分の不安や無念は後回しに、ずっと慰めてくれていた。他でもない、リュシルのことだ。

「ああ、リュシル。可哀相《かわいそう》なリュシル」

昨夜はそればかりだった。まだ現実味がなかったせいか、自分は殺されても構わない、そんなことはどうでもいい、気がかりは妻のことだけだ、残される息子のことだけだ、僕は処刑されてもいいから、そのかわりに家族だけは救われてほしいのだと、そう繰り返して、デムーランは半狂乱になっていた。

「カミーユ、落ち着け、カミーユ」

そうやってダントンは、際限ない嘆きにつきあってくれた。

丁寧《ていねい》に理屈を重ねて、安心させようともしてくれた。ああ、告発はされるかもしれない。逮捕もされるかもしれない。しかし、死刑にされるとはかぎらない。ああ、オランプ・ドゥ・グージュとは違う。ロラン夫人とは違う。エベールの上《かみ》さんだって、殺されちゃいねえ。誰よりリュシルに殺されるほどの罪はねえ。マクシムだって、きちんと理解している。でなくたって、あいつはオラースの名づけ親だぞ。まだ孤児になると決まったわけじゃねえ。カミーユ、おまえが死刑にされてしまったとしても、止《とど》めに母親まで奪うような真似《まね》はするまい。

「それくらい、はからうさ、マクシムだって」

「そうだろうか。そうだろうか」

デムーランは阿呆《あほう》のように繰り返すことしかできなかった。どれだけ大丈夫と請け合われても、少しも心が落ち着かない。そうだろうか、そうだろうかと、またぞろ話を振り出しに戻しても、ダントンは決して怒らず、投げ出さず、最後まで根気強くつきあってくれたのだ。ああ、リュシルが救われない法があるか。オラースが孤児になっていいわけがねえ。そんな出鱈目《でたらめ》が許されるわけがねえんだ。

――涙が出てくる。

ダントンの揺るぎない友情には……。そうした感謝の気持ちは本当だったが、かたわら昨夜のやりとりが思い出されるほどに、デムーランはまた家族のことが心配になってきた。というのも、誰だって考える。男であり、夫であり、父親である者が処刑台に移送されるなら、この残された僅《わず》かの時間に考えないでいられるわけがない。

21――家族

――あのルイ十六世だって……。

またひとつ思いが転じた。なぜだか最後のフランス王のことが想起された。ああ、ルイ十六世もこの同じ革命通りを革命広場の刑場まで運ばれた。事実上、最初の粛清といってよかった。

その死刑にデムーランは賛成した。ジロンド派の優柔不断を横目に、禁錮《きんこ》だの、国外追放だの、あるいは執行猶予だのを論じるのは、祖国に対する裏切りであり、ほとんど犯罪行為なのだとも考えた。それは今でも変わらないが、その最期《さいご》に心を捕えられたというのは、王の気持ちに初めて思いが及んだからだった。

――ルイ十六世だって、家族のことを考えたかもしれない。

いや、きっと考えたろう。自分はどうなっても構わないから、家族だけは救われてほしいと、そう願わなかったはずがない。なんとなれば、ルイ十六世も人間だった。男であり、夫であり、父親であったのだ。

――自分はどうなっても構わないからと……。

デムーランはハッとした。思えば、ルイ十六世は奇妙だった。国民公会《コンヴァンシオン》で裁判にかけられながら、その態度が解《げ》せなかった。わざと不興を買うような証言に及び、今にして思えば、あれは玉座にいた者の無神経などではなく、わざと有罪になろうとしての演技だったのかもしれない。

死刑さえ覚悟した、いや、死刑をこそ望んでいたとするならば、かかる代償を払ってでも、家族を救いたかったからに違いない。

その気持ちが今のデムーランには痛いくらい理解できた。ああ、僕だって、迷わない。家族を救うためであれば、自分の命を差し出すくらいは造作もない。やはり怖いと思ったかもしれないが、今よりずっと潔く死んでいけたに違いない。

――しかし……。

そこでデムーランの思いは問いへと反転した。しかし、家族は救われたのか。ルイ十六世が愛した細君は……。フランス王妃として玉座に並んだ、あのオーストリアから来た女性は……。

――マリー・アントワネットは殺された。

しまった、とデムーランは大声で叫びたい衝動に襲われた。しまった。取り返しのつかないことをしてしまった。

　せめて心に吐き出せば、後に続くのは王妃を死に追いやった連中に対する怒りだった。革命裁判所め。出鱈目《でたらめ》かつ破廉恥《はれんち》な証言を際限なく並べたてたエベールめ。それを容《い》れて、涼しい顔をしていたフーキエ・タンヴィルめ。

　――けれど、この僕だって……。

　王妃の処刑に反対したわけではなかった。デムーランの胸の動悸《どうき》が激しさを増した。息子はどうなった。ルイ十六世の息子、父親の死後は「ルイ十七世」とも呼ばれた、あの王太子ルイ・シャルルはどうなった。

　――タンプル塔に幽閉されたままだ。

　両親を殺され、姉王女からも引き離され、今も本当の囚人として、暗い部屋に閉じこめられている。なんということだ。後ろ手に縛られていなければ、今度も髪を滅茶苦茶《めちゃくちゃ》に掻《か》きむしりたい気分だった。

　ルイ十六世の家族は救われていなかった。なんということだ。男として、夫として、父親として、家族への愛を胸に抱《いだ》きながら、潔く断頭台に上がったからといって、その報いとして誰が救われるわけでもないじゃないか。ましてや、僕だ。たとえどんなに祈ろうと、どんな理屈で自分を納得させようと、あるいはどんな言葉でダントンが慰めてくれようと、それでリュシルが、オラースが、必ず救われるわけじゃない。

——革命というものは居合わせた人間の人生を、そこまで根こそぎに……。

もとより、なんの保証も、なんの約束もなかった。ブルルとデムーランは身震いした。馬鹿な、馬鹿な、そんなことが起きてたまるか。リュシルまで殺されるなんて……。オラースがみなしごになるなんて……。

——ルイ十六世とは違う。

デムーランは考えなおそうとした。額に汗まで掻きながら、理屈なりとも立てなおさなければ済まないと、もう必死だった。ああ、そうだ、僕は違う。ルイ十六世は暴君だった。歴代の諸王と比べれば、まだしも穏健なほうだったかもしれないが、それでも専制君主であったことに変わりはない。

その圧政でフランス国民を苦しめた。勝手な戦争を進めるために、あるいは華やかな宮廷生活を営むために、人民から問答無用に搾取《さくしゅ》した。死に瀕《ひん》しては男として、夫として、父親として、妻を思い、子を思い、煩悶《はんもん》したことは事実かもしれないが、要するにルイ十六世は徹頭徹尾、自分と自分の家族のことしか考えなかったのだ。

——そのために他の人間を犠牲にして、平気な顔をしていた。

それだけの罪があれば、殺されても仕方がない。家族まで殺されても、文句はいえない。そうして気の毒なフランス王を切り捨てたときだった。デムーランの双眼に豪壮な彫刻が施された塀衝立《へいついたて》が飛びこんできた。

暗がりに沈んで、なお見間違えようがない。パレ・エガリテだ。かつて親王オルレアン公が所有していた、パレ・ロワイヤルだ。

一七八九年七月十二日、デムーランはその塀衝立を潜《くぐ》り抜けた回廊のカフェにいた。まだデュプレシを名乗っていたリュシルと一緒だった。

この恋人と結婚したくて仕方がなかった。けれども、その父親には反対されていた。認めてもらわなければならない。そのために、なにかしなければならない。けれど、なにもできやしない。鬱々《うつうつ》としながら、腹いせに空論ばかり打《ぶ》ち上げていたところに現れたのが、ミラボーとロベスピエールだった。

──煽《あお》られて、僕は演説を打った。

それがパリ総決起を招いた。二日後にはバスティーユの陥落に突き進んだ。かくてフランス革命は勃発《ぼっぱつ》し、デムーランは一躍パリの英雄になった。

──しかし、それは革命のためだったのか。

人民のためだったのか。祖国のためだったのか。誰でもない、自分のためだったんじゃないのか。デムーランの自問は我ながら容赦なかった。

なるほど、甘えられるはずがない。革命への情熱は続かなかった。しがない自称作家は自分の新聞を発行できるようになり、なんとかリュシルと結婚するところまで漕《こ》ぎつけた。そうして自分が幸せになってしまうと、さらに革命を進めるでも、いっそう政治に傾倒するでもなく、それどころか無難に徹するようになったのだ。

いや、あまりに情けないと自分を叱咤《しった》したこともあったが、子供が生まれる段になると、またぞろ腰砕けになる始末だった。

——いや、いや、そんな僕も一七九二年八月十日は奮戦した。

デムーランは今度こそ胸を張ろうとした。が、その気勢も直後には萎《な》えた。確かに奮闘した。自分を犠牲にすることまで覚悟した。が、それも息子のためだった。オラースに、よりよいフランスを残したい、素晴らしい未来をあげたいと、だからこそ奮闘したのだ。

——自分と自分の家族のことしか考えない……。

僕も同じだと、デムーランの心が冷えるばかりなのは、その八月十日のせいで王政が倒壊しているからだった。あげくに処刑されたからには、僕がルイ十六世を殺したも同然だ。その祈りを踏みにじりながら、残された家族まで不幸に叩《たた》き落としたのだ。

——それだけじゃない。

ジロンド派も殺された。かつてのフイヤン派や、亡命していた貴族たちも、みつかり次第に殺された。ヴァンデの反乱は徹底的に弾圧され、パリに反旗を翻《ひるがえ》した都市はリヨンも、マルセイユも、ボルドーも破壊された。

エベール派の壊滅に関していえば、かつてコルドリエ・クラブに集った仲間であるにもかかわらず、積極的に画策することまでした。そうして他の人間を犠牲にしながら、僕はといえば、てんで平気な顔をしていたのだ。

――自分が幸せになるために……。

自分の幸せを守るために……。そんな風だったから、僕は殺される羽目に……。僕ひとりのみならず、家族まで……。デムーランは生きた心地もしなかった。いや、もうじき殺されるのだと自虐しても、ひとつの慰めにもならない。なんてことだ。なんてことだ。僕も、家族も、殺されるしかないというのか。それが順当な報いだというのか。

22——幸せ

馬車の歩みは止まらない。パレ・エガリテが、どんどん後ろに遠ざかる。

一七八九年の七月も、そうだった。ひとたび決起するや、たちまち怒濤《どとう》の勢いを示し、もうパリの人々は止まらなかった。自分が煽《あお》り立てておきながら、デムーランには逆に巻きこまれたような感覚があった。大事件に発展すれば、狼狽《ろうばい》さえ禁じえなかった。

——あまりに身勝手な……。

ぶんぶんと頭を振って、デムーランは頭のなかから考えを追いはらった。

全て自分が幸せになるためだった。少なくとも、革命を利用した面は否《いな》めない。しかし、そんな殊勝な反省をして、全体なんになるというのだ。しおらしく自分を責めてみせれば、この手首を縛る縄が解《ほど》かれるとでもいうのか。死刑を免ぜられるというのか。リュシルが救われるというのか。オラースが幸せになれるというのか。

——自分の幸せを考えて、なにが悪い。

なにも悪いことはないと、デムーランは考えなおそうとした。だって、みんな、そうじゃないか。幸せになりたくない人間なんて、いるはずがないじゃないか。ああ、僕だけじゃない。

――みんな、幸せになりたいから、革命を起こしたんじゃないのか。

それまた真理であるはずだった。ああ、僕など理想を持っていたほうだ。実際のところ、バスティーユを襲撃した群集の、どれくらいがルソーを読んでいたというのか。民主主義も知らず、憲法の価値もわからず、選挙の意味さえ解さない。皆がわかっていたのは、たったひとつの理《ことわり》だけだったではないか。

――アンシャン・レジームが続くかぎり、幸せになれない。

報われるのは、ほんの一部の王侯貴族だけだ。それが証拠に、認められていたのは特権だけだ。特に与えられないかぎり、人間には人間らしく生きる権利もなかったのだ。

世の不条理を変えることもできなければ、言葉にして正義を叫ぶことさえ難しい。いくら懸命に耕そうと、畑は自分のものにならず、いくら必死に法律を勉強しようと、大金でポストを買わないかぎり官吏《かんり》にはなれない。どれだけ血を流そうとも、兵士が昇進できるのは軍曹までで、どれだけ信仰が篤《あつ》くとも、僧侶《そうりょ》は貴族の生まれでなければ、決して司教にはなれない。

こんな大多数の人間が幸せになれない社会は嫌だ。それを改められない政治は排されなければならない。そう直感しながら、つまるところフランス人は自分が幸せになりたいから、皆で革命を起こしたのだ。

——また実際に幸せになったはずだ。

全てのフランス人が満願成就《まんがんじょうじゅ》したわけではないかもしれない。それでも、革命が起こる前と比べれば、幸せになったはずだ。少なくとも革命前には戻りたくないはずだ。多少なりとも幸せになったとするなら、それは革命に貢献した僕らのおかげじゃないか。デムーランは夕焼けにあてられて、かえって沈んだ路傍の暗がりに目を凝《こ》らした。沿道を埋めている人々は、変わらず表情がみえなかった。笑っているのか、泣いているのか、それすら想像できないのは、人々が静まりかえっているからだった。

——おかしい。

それは、おかしい。首を傾《かし》げるより、デムーランは憤慨した。革命のおかげで今日の幸せがあるのだとしたら、ここで起《た》ち上がるべきじゃないか。自らの恩人として、革命の功労者だけは助けなければならないはずじゃないか。ああ、君たちには僕と僕の家族を助ける義務がある。だって、僕がパレ・ロワイヤルで演説を打《ぶ》たなかったら、革命は今も起きていないんだ。

胸奥《きょうおう》に言葉を並べるほど、憤りは堪えがたくなる。デムーランは馬車の荷台から浴びせかけた。

「人民よ。情けない人民よ。僕のことがわからないのか。僕はカミーユ・デムーランだぞ。もう忘れてしまったというのか。君たちにバスティーユに行こうと呼びかけたのが誰なのか」

僕は自由の使徒の最初の一人だぞ。自由の記念碑がその子供たちの血で汚されようとしているんだぞ。七月十四日の人民よ。僕を殺すなんて真似《まね》を許さないでくれ。デムーランは声をかぎりに叫んだが、路傍の群集はといえば、変わらず静かなままだった。

ガラガラと車輪が回る音だけが聞こえ続けた。

――動かないのは、当たり前か。

デムーランは力弱く心に吐露するしかなかった。「リュクサンブールの陰謀」とやらが国民公会《コンヴァンシオン》で取り上げられたからには、今頃《いまごろ》はリュシルも逮捕されたに違いなかった。仮に逮捕されていなくても、パリの人々に金をばらまくなんて真似はできなくなっている。だから、民衆は動かない。革命裁判所で騒いでくれたようには騒いでくれない。ああ、一スーも貰《もら》えないのに、誰が熱心に働くものか。なんの得にもならないのなら、誰が骨を折るものか。

――ああ、当たり前だ。

あきらめの言葉は続いた。得にならないどころか、今では損にもなりかねない。恐怖《テ》政治《ルール》が行われているからだ。いつ誰に密告されるとも知れず、ひとたび嫌疑者法が適用されてしまえば、簡単に断頭台送りになってしまうからだ。公安委員会という、かつてのルイ十六世を遥《はる》かに凌《しの》ぐ冷酷な暴君が、この美《うま》し国フランスに醜い独裁を敷いているのだ。

——それを阻止できなかった。

僕らは革命の功労者ではあったかもしれないが、仮借《かしやく》ない独裁を阻《はば》めなかったという意味では、皆の期待を裏切った。少なくとも力不足で、十全に応《こた》えることができなかった。中途半端に攻撃して、ただ睨《にら》まれるだけに終われば、もう自業自得でしかない。

——見捨てられるのは、当たり前だ。

なお許されない話だなどと、義憤に駆られる輩《やから》がいるはずもなかった。結局のところ、自分だけなのだ。自分が救われたい。自分が助かりたい。自分が損をしなければよい。革命を起こしたのも、自分が幸せになるためで、皆が幸せになるためじゃなかった。ああ、人間なんて、こんなものだ。誰だって、自分と自分の家族のことしか考えないのだ。

——それが証拠に、僕だってルイ十六世が殺されゆくときは……。

起ち上がらなかった、とデムーランは沈んだ心で最初の後悔に立ち返った。ああ、自分には関係ないからだ。自分の家族が不利益を被《こうむ》るわけではなかったからだ。そうして無視しておきながら、今にして起ち上がらない群集を面罵《めんば》する資格などあるはずもない。いいようもない虚《むな》しさが、デムーランの総身を呪縛《じゅばく》した。

──なんて無駄な大騒ぎをしたのだろう。

がっくりするほど、顎《あご》の先が喉《のど》の窪《くぼ》みに沈んでいく。幸せになりたい。家族を幸せにしたい。そう念じて努力したあげくが、自分の身の破滅であり、家族の悲劇であるというなら、なんて馬鹿な奔走を……。

すでに愚かしいという言葉では足りない。ほとんど呪《のろ》わしいといえるほどの徒労を……。革命とさえ唱えれば、全て肯定されるかに勘違いして……。

「いや、結構な話じゃねえか」

言葉を差し入れたのは、隣に座るダントンだった。

唐突な一言で、はじめ他の誰かと別な話でもしているのかと思った。が、その大きな顔はこちらに向けられていた。ならば聞き違いかと考えなおすも、結構といった言葉通りに、ダントンは頰《ほお》に笑みまで浮かべていた。

自分のどんな言葉に反応し、どんな意味が籠《こ》められているのか、それは知れない。いずれにせよ、ダントンは責められない。悲劇の道連れにしたのだから、責められない。

そうは肝《きも》に銘じていながら、やはりデムーランは微《かす》かな腹立ちを覚えた。少なくとも、確かめずにはいられなかった。

「なんだよ、ダントン。全体なにが結構な話なんだよ」

「だから、カミーユ、おまえが呼びかけても、誰も起ち上がらないことさ。ああ、俺《おれ》が呼びかけたって、同じだろう」

「どうして、それが結構な話なんだ」

「結構な話じゃねえか。てえのも、一七八九年七月の英雄カミーユ・デムーランともあろう男に呼びかけられようと、一七九二年八月の立役者ジョルジュ・ジャック・ダントンに望まれようと、誰も起ち上がりやしないってんだぜ」

「なんの得にもならないからさ。公安委員会に睨まれたくないからさ。つまるところ、人間なんて自分のことだけだからさ」

「違うな。まるきり違うわけじゃねえが、微妙に違う」

「だったら、どうしてなんだい」

「幸せだからだよ」

「…………」

「今が幸せだから、それを失いたくないから、誰も起ち上がりやしないのさ」

と、ダントンは断じた。そりゃあ、不満はあるだろう。が、命の危険も顧みず、武器を取るほどじゃねえ。今の幸せを投げ出してもいいとまでは思わねえ。つまりは自棄《やけ》になるほどの不満じゃねえ。だから、誰も動かないのさ。

「振りかえってみれば、一七八九年のフランスは不幸だったんだよ。もう我慢ならないくらいに、皆が不幸だったんだよ。だから、革命が起きた。ところが、一七九二年になっても、まだ多くが不幸だった。だから、第二の革命が起きて、王政が倒れた。それが一七九四年になると、誰も起ち上がろうとしない。その程度までは世の中がよくなったってことだ」

革命は成功したってことだ。そうまとめてから、ダントンは鼻を啜《すす》った。瞳が濡れて、感極まったようにもみえた。

23――最後の思い

道が悪いところに乗り上げたか、ガタンと大きく馬車が揺れた。互いの肩が激しくぶつかり、沿道からも驚きの声が上がったほどの揺れ方だったが、それも車輪がガタゴト、ガタゴトと二回転もするうちに収束した。

左右が平らになった拍子を捕えて、ダントンはまた始めた。

「夢をみたんだ」

「夢、というのは……」

「言葉通りの夢さ。寝るときにみる夢さ。ああ、今日の明け方だ。少しだけウトウトしたんだが、そのときに夢をみた」

なにか運命を暗示するような夢、あるいは啓示のようなものかと、デムーランは受け止めた。だから、そのことを少し話してえんだ、とダントンは続けた。

「俺《おれ》は飯を食っていた。カミーユ、おまえや、ファーブル・デグランティーヌも一緒だったし、それどころか、殺されたマラやエベールもいた。ミラボーやラ・ファイエットも顔を出していたし、フイヤン派の連中もいたような気がする。ジロンド派の連中だって、ボルドー酒を傾けていたな」

「例の気取り顔で、かい」

「ああ、そうだ。あれっと思ったのは、オルレアン公までがいたからだ。生前いくらか付き合いがあったが、それでも飯を一緒に食ったことはなかった。自由主義で知られて、庶民派ともいわれた御仁《ごじん》だが、そこは、やっぱり王族だったのさ」

「そんなものか」

「そんなものなんだが、王族といえば、なんとルイ十六世もいたのさ。天下のフランス王が飯を食っているってことは、こいつは特別な晩餐会《ばんさんかい》かなと思いきや、赤帽子《ボネ・ルージュ》に縞々《しましま》のズボン、それに裾《すそ》の短いカルマニョール服なんて、絵に描いたようなサン・キュロットも席を並べていた。とんでもねえ話だ、偉いさんが怒り出すぜと、俺は大慌てになりかかったんだが、そのとき気がついたのさ」

「なにに、だい」

「別に悪いこたあねえってことに、だ」

「そりゃあ、まあ、悪いことでは……」

「ねえんだよ。ありえない話でもねえ。いや、ひとつもおかしなことはねえ。だって、もう革命が起きたんだからな」

「もう誰もが自由を認められている、身分の別がなくなって誰もが平等だと、そういうことかい」

「それも、ある。ところが、そんなのは額面でしかねえ」

ブウゥと分厚い唇を鳴らしてから、ダントンは顔を顰《しか》めた。きっと腹の底じゃあ、みんな不満を抱えていたさ。オルレアン公なんか、この下郎《げろう》ども、頭《ず》が高いなんて、腹を立てていたかもしれねえ。サン・キュロットのほうだって、こいつら、いい気になりやがって、そのうち叩《たた》き殺してやるくらいの言葉は胸奥《きょうおう》に隠していたろうさ。

「ただ、な。フランス人なら子供の頃《ころ》から教えられるだろう。食事のときは静かにしなさいってな」

「…………」

「ああ、静かに、だ。食べられるってのは、幸せなことさ。だから、ひたすら神に感謝しながら、静かに食べなきゃならねえんだ。食べ物ってのは、ありがたいものさ。だから、その恵みは食卓についた皆で分け合わなきゃならねえ。ああ、喧嘩《けんか》なんかしないでな、皆で楽しく食べるんだ。それが友愛《フラテルニテ》って言葉の意味じゃねえか」

「修道士《フレール》たちの共同生活から来た美徳だろうからね、ああ、それはそうに違いないけど……」

「自由も中途半端、平等も不徹底、けど皆で食卓を囲めるくらいの友愛は、この革命でなんとか遂《と》げられたんじゃないか。だとしたら、革命は成功だなと思ったとき、俺は目が覚めたのさ。ああ、夢だったかと思ったよ。けど、あの食事会が現実に催されても、ぜんぜん不思議なことはねえぜとも思い返した」

後ろ手に縛られたまま、ダントンは肩を竦《すく》めた。似たようなことは、実際あったわけだからな。俺なんかにしても、結構たらふく食っているしな。

「あげくが色々な連中と楽しくやれたんだ。やっぱり無駄じゃなかったんだと思うぜ、俺たちが熱中してきた革命って営みも」

「そうか」

親友の理屈を引き取ってから、デムーランは繰り返した。ああ、そうだな。確かに、その通りだな。

「ああ、僕だって楽しかった」

目を瞑《つむ》れば、浮かんでくる。革命の風景には、あのミラボーがいる。煽《あお》られて蜂起《ほうき》に足を踏み出せば、古軍服の廃兵がいて、臭《にお》う修道服のドミニコ会士がいて、フランス衛兵の婿を持つという菓子屋がいて、ともにドイツ竜騎兵の銃撃に堪えている。それがスイス傭兵《ようへい》の銃撃になったとき、ともに肩を並べていたのは、今度はマルセイユから来た男だった。

一瞬の出会いでしかなかったが、まるで昨日のことのように思い出せる。結びつきの強さが、蘇《よみがえ》る記憶をことごとく鮮明なものにしている。それのみならず、革命に費やした一分一秒を取り戻すごと、カッカと身体《からだ》が熱くなる。

――それは濃密な時間だった。

と、デムーランは思い知った。あるいはダントンやマラとなら、それこそ食べて、飲んで、馬鹿をやって、革命がなくても楽しくやれたかもしれない。それでもコルドリエ・クラブに集い、草の根運動を話し合い、あるいは蜂起を計画し、命さえ賭《と》した仕事を共有しなかったとすれば、こうまでの友情で結ばれたかは覚束《おぼつか》ないのだ。

――一番はリュシルだ。

どうせ悲劇に終わるのならば、リュシルと結婚できないほうがよかったのか。あのまま別れて、アンシャン・レジームの絶望に沈んだほうがよかったのか。そう問えば、答えは断じて否《ノン》だった。

リュシルとは絶対に結ばれたかった。結ばれている時間は短いと、前もって教えられていたとしても、やはり結ばれずにはおれなかった。ともに笑い、ともに泣き、あるいは喧嘩をするときでさえ、リュシルとなら永遠を信じることができたからだ。その代えがたい一瞬一瞬は、百年にも二百年にも等しいものだったのだ。

かかる至福が革命のおかげだったとするならば、なるほど、革命は無駄ではなかった。

その結果としてリュシルを不幸にしてしまうなら、所詮《しょせん》は自分の勝手な都合だったのかもしれないが、それでもデムーランは革命を起こさずにはいられなかった。

――やらなければ、とうに生ける屍《しかばね》だった。

今日生きている気がしなかったに違いない。明日生きようとも思わなかったに違いない。そう断言できるのは、革命の最中《さなか》ほど生きる実感に溢《あふ》れたときはなかったからである。ああ、僕は生きようとした。必死に生きようとした。今日を流さず、明日をあきらめず、つまるところ誤魔化《ごまか》しなしに生きることが、革命という言葉の意味だったのだ。

たとえ命を縮めても、なお生きている実感は比類ない。あげくの死を受け入れられず、ましてや残された家族の不幸は看過しがたいとしても、革命が放ち続けた燦々《さんさん》たる輝きまでが、あえなく陰りに堕《お》ちてしまうわけではない。

――みんな、革命の申し子なんだ。

デムーランは、また思いついた。あのルイ十六世だって、そうだったんだ。ああ、革命のなかにあってこそ、命の火を燃やすことができたのかもしれない。ことによると、革命が起きて初めて、妻を愛し、子供を思い、人間らしく生きることができたのかもしれない。

――革命に生かされていたんだ、僕らは。

アンシャン・レジームはおろか、他のどんな時代にも望みえない温度で、灼熱《しゃくねつ》の生を与えられていたんだ。そう思いを新たにすれば、いくらか救われた気がしたことは事実である。が、だからといって、デムーランは笑みなど浮かべることはできなかった。ああ、革命の申し子を称するなら、自らの息の根が止まる瞬間まで、もがき続けなければならない。

誤魔化しなしに生きるというなら、今この瞬間にも悲鳴を上げる、この心の苦しみからも、安易に逃げるべきではない。ああ、僕は殺されてしまう。リュシルの運命も定かでない。であるならば、オラースの未来とて覚束ない。そうした結末は変わらない。

「だから、もう少し欲張りたかった思いはあるね」

と、デムーランは続けた。自由とか、平等とかにこだわりすぎて、なおざりにしてきた報いなんだろうけど、友愛の精神だって、あといくらかは強くあってほしいじゃないか。

「食事なら皆で分かち合えたとしても、苦難となると、もう分かち合いたくない。それがこの革命の限界ということなのかな」

「いうな、カミーユ。この期《ご》に及んで、絶望することはねえ」

「かもしれないけど、やっぱりね。僕らでも見捨てられるんだからね。誰も起《た》ち上がらないわけだからね」

「起ち上がる輩《やから》もいるさ。ほんの一部にすぎないがな」

「例えば、誰さ」

「例えば、マクシミリヤン・ロベスピエールだ」

ダントンは間髪《かんはつ》をいれずに答えてのけた。ああ、それが必要だと思えば、マクシムは起ち上がるさ。友愛の精神とは違うかもしれねえが、かわりに、あいつは持ち前の徳の発露で、それくらいやってのけるのさ。

24——ロベスピエール

「つまり、マクシムは正しいのさ。それが正しいと思えば、起《た》ち上がらずにはいられないのさ」

確かに、そうだ。ダントンの見立ては誤りではない。が、ロベスピエールのことを出されては、いったんは収まりかけた心だって、また暴れ出そうとする。デムーランは八つ当たりの勢いだった。

「裏を返せば、だ。マクシムは正しくないと思う相手なら、どうでも断罪することにならないか」

ダントンは頷《うなず》いた。ああ、いうまでもねえ。俺《おれ》たちが断罪されようとしている通りだ。

「それなら、マクシムは否定されなければならないよ。正しいから恐怖を振るう資格があるわけじゃないからね。ああ、それは絶対におかしいよ。正しいとか正しくないとか、そんなのは一方の理屈でしかないからね。相対的な価値判断でしかないわけだからね」

「いや、マクシムの場合は絶対さ。あいつは自分が正しいといいきるさ。いくらか迷うことがあったとしても、最後は正しいといってしまうさ」

「だから、それは、おかしい」

「おかしくても、マクシムはそうなんだ」

「なおのこと、許される話じゃない」

「いや、いくらかは許さなくちゃならないだろう」

「なんだって。ダントン、君は許すといったのかい。あのマクシムを許すと」

「ああ、いった」

「この前から変だよ、ダントン。どうしてマクシムを許さなくちゃならないんだ」

「あいつがああなったのは、俺たちのせいだからさ」

「いや、マクシムは学生の頃《ころ》から冷たいところが……」

「そりゃあ今につながる素地みたいなものはあったろう。しかし、今ほど四角四面に極端ではなかったはずだ。もう少し角が丸くて、いくらかは融通がきいたはずだ」

「…………」

「これほどまでになったのは、革命のせいなんだよ。どうしてって、常に正しくあることを、俺たちがあいつに押しつけてしまったからだ」

ああ、俺たちなんだよと、ダントンは自分の罪を告白するかのようだった。なにかを変えるためには、正しくなきゃならないんだ。ところが、その正しさを貫くってのは、並大抵の話じゃない。人間なんて、簡単に変われる生き物じゃないからだ。自分に都合のいいところは変われても、そうじゃないところは変わりたがらない。正しくないことはわかっていても、自分のなかの矛盾に気づいていても、わざと思いが至らないふりをしたり、言い抜けする理屈を上手に拵《こしら》えたりで、結局は変わらずに済ませようとするものなんだ。

「例えば、だ。最初に正しく共和政を叫んだのは、ジロンド派だった。が、あいつら、実際は何も変える気がなかった。結局のところ、共和政を打ち立てたのは俺たちだ。ところが、その俺たちにしても、どこまで変えたものやら。ことによると、ただ当座の政局を制しただけなのかもしれない。また別な政局を制するためには、王政だって復活させていたかもしれない」

「そんな馬鹿な……。サン・ジュストの告発じゃあるまいし……」

「いや、そうなんだ。だって、貴族なんか変わらねえぜ。煮ても、焼いても、あの高慢ちきは直りゃしねえ。省庁の役人どもだって、裁判所の法曹連中にしてみたところで、法の下の平等なんか、ほんの口先だけなのさ。内心じゃあ、人民のことなんか、虫けら以下だと思ってやがる。でもって、そうなんだ、そうなんだ、それで構わないんだ、なんて許してくれるなら、あいつら、王だって、皇帝だって、諸手《もろて》を挙げて歓迎するさ」

「…………」

「俺たちじゃあ、そういう輩《やから》を止められない。一緒に飯を食うだけで、いや、一緒に飯を食うからこそ、止められない。それなのに、今のフランスはどうだい。革命け後退しなかった。常に前進した。この国が共和政に変わったままでいられたとするならば、共和政の正義に殉じる人間がいたからだ。その正義をもって、変われない輩を追い出し、あるいは殺したからだ。この国にいるかぎり、あるいは生かしているかぎり、必ず元に戻そうとするんだからと、どんどん告発して、どんどん断頭台に送ってくれたからだ」

「それがマクシムだと」

ダントンは頷いた。途中まではエベールも一緒だったが、信条が一貫していたのはマラとマクシムだけ、マラが殺されたあとはマクシムだけだ。

「革命がぶれなかったのは、あいつのおかげだ。右往左往せずに済んだのは、あいつのおかげなんだ。ああ、革命はマクシミリヤン・ロベスピエールを必要としたんだよ」

そうした指摘は、デムーランの胸に刺さる楔《くさび》になった。革命はマクシミリヤン・ロベスピエールを必要とした。僕らは革命を必要としたが、革命のほうは自らが革命であるために、ロベスピエールを必要とした。そうかもしれないと思う間も、ダントンは続けていた。

「あげく、マクシムは革命と同化した。革命そのものになったとさえいえるかもしれない。それをよいことに、俺たちは憎まれ役を任せちまった。誰かを断罪することに悩み、良心の呵責《かしゃく》を覚えることもなしに、かわりに友愛の精神を発揮して、ここぞと人生を楽しんでしまった」

「…………」

「マクシムはといえば、変わらず不幸だったたってえのにな」

「不幸だった？　マクシムが？　そうなのかい？」

「少なくとも幸せじゃなかったろう。なにせ正しくいなければならなかったんだからな。正しくいるためには、自分のためには生きられないからな。自分のためだと思ったが最後で、もう恐怖なんか振るえなくなるからな」

「…………」

「だから、カミーユ、幸せな人間てえのは、よっぽどのことがなければ、起ち上がりゃしないんだよ。正義のために行動できるってことは、つまりは自分は不幸だってことなんだよ」

デムーランは容易に言葉が出なかった。マクシムを救うための戦いだ。そう打《ぶ》ち上げたダントンの真意が、朧《おぼろ》にみえたようだった。なるほど、自分たちが幸せであり、ロベスピエールが不幸であるなら、まさしく友愛の精神から、それを救わなければならない。その不幸を自分たちが強《し》いたとするなら、なおのこと救わないではいられない。

「そもそも、マクシムは結婚もしてねえじゃねえか。義憤を語る輩ってえのは、相場が淋《さび》しい男と決まっていやがるぜ」

そうも続けられたが、納得はできなかった。デムーランが容易に言葉が出ないというのも、そこだった。ロベスピエールが不幸だからといって、こちらまで不幸にならなければならない謂《いわ》れはないと思うのだ。今回のことだって、他人の幸せが妬《ねた》ましいだけじゃないかと、そんな風にも勘繰《かんぐ》らないではいられなくなるのだ。

――だいいち、誰も邪魔しちゃいない。

ロベスピエールが幸せになりたいというのなら、それを止めるつもりはない。常に正しくいることを、無頓着《むとんちゃく》から確かに強いてしまったかもしれないが、不幸なままでいるのは嫌だ、もう勘弁してほしいというなら、曲げてと求めるつもりはない。

「だから、マクシムも結婚すればいいじゃないか」

「まあ、そうなんだが……」

「相手もいないわけじゃないんだろう。デュプレイ家の娘は婚約者なんだろう」

「というわけではないらしいんだ、どうも」

「気に入らないというのかい。だったら、他を探したっていい。ああ、好きな女と結婚すればよかったんだ。子供を作ればよかったんだ。そうして、パリの郊外に立派な屋敷を構えるのさ。家具を揃《そろ》えて、使用人を雇って、馬車を買い入れて、ああ、贅沢《ぜいたく》に暮らすのさ」

「そうしろと勧めても、あいつは、うんとはいわないだろう」

「どうして、さ。『清廉の士《アンコリュプティブル》』だからかい。けれど、別に汚れるわけじゃないよ。誰も文句なんかいわないよ。人並に人生を楽しんでいるだけなら、腐敗したなんて責めるほうが間違いなんだ。ああ、マクシムは幸せになるべきだったんだ」

「ううむ」

「だって、幸せは罪じゃないだろう」

「マクシムにとっては罪かもしれない。いや、多分そうだろう」

「どうして」

「これは俺の観察なんだが、どうもマクシムには、幸せを恐れるような節がある。なぜなのか、わからないが、世の中の暗いところ、苦しいところばかり選んで、明るいところ、楽しいところからは目を逸《そ》らす」

いわれてみれば、デムーランにも思い当たる節がないではなかった。ルイ・ル・グラン学院にいる頃、議論で言い負かされた同窓たちは、よく悪口にしたものだった。ロベスピエールは根が暗いと。確かに優秀だけれど、あれで何が楽しいんだと。

「死んだり、出ていったりで、親御さんがいなかったことが関係しているのかな」

「それは分からないが、とにかく、自分は幸せに値すると思っていないというか、無条件に幸せになってよいとは考えないというか、そんな人生に対する悲観を抱えている気がする。もちろん、短所とばかりはいえない。富は無論のこと、地位や、名誉や、権力さえ嫌いながら、それらを得て許されるとするならば、ひとえに胸奥《きょうおう》の徳ゆえなんだと、マクシムは自分にも厳しいからな。が、そうやって、またぞろ自分を縛り上げて、これじゃあ幸せになんかなりようがない」

「しかし、だ。いずれにせよ、マクシムの勝手じゃないか。そんなの、僕は認められないよ。その勝手で、僕らは死ななければならないんだからね。リュシルまで殺されようとしているわけだからね。オラースの未来がかかってるんだからね」

「マクシムじゃない。俺たちを殺そうとしているのは革命なんだ。暴走を始めた革命が、マクシムに命じただけなんだ」

「そんな風に理屈を分けて、なんになるんだ」

「そうだな、なんにもならねえな。ああ、カミーユ、気持ちはわかる。俺も殺される身だから、わかる。けど、マクシムの正しさは革命に必要なんだ。繰り返しになるが、あいつが革命から降りてしまえば……」

「降りてもいい。降りてもいい。革命は、もう終わりにするべきなんだ」

そう吐き出した剣幕に臆《おく》したのでもなかろうが、ダントンは少し黙った。数秒ほど会話が途絶えたが、道路の窪《くぼ》みを乗り越えて、馬車が大きく上下すると、それをきっかけに再開した。ああ、俺も全く同感だと。もう革命は終わりにしていいと。

25――夢の続き

「しかし、さっき話した夢には、まだ続きがあるんだ」

「夢の続き、だって」

「皆で食事をしていたことは話したな。革命は皆で食事できるくらいまで、世の中を変えたんだなって、俺《おれ》が喜んだことも加えたな。ところが、だ。その食卓にマクシムがいなかったんだよ」

「………」

「いないことに気づいて、それが残念でならなくて、俺はマクシムを探したんだ。すぐみつかったんだが、あいつは働いていた。あれは給仕をしていたのかなあ、とにかく忙《せわ》しく働いていて、いつまでたっても食べにこようとしないんだ。マクシム、おまえも食えよと、俺は声をかけたんだが、やっぱり来ない。どうして来ないんだと聞くと、まだ腹を空《す》かせている人がいるから、自分は行けないというんだ」

「そ、それは、まだ不幸な人間がいるから、自分だけ幸せになるわけにはいかないという理屈を暗示しているのかい。まだ不幸な人間がいるのに、自分だけ幸せになろうとする人間に、あてつけをいっているのかい」

「わからない。ただ夢のなかでは、マクシムは大真面目《おおまじめ》なんだ。まだ誰かが不幸であるなら、自分も幸せになってはいけないと、あいつは本気で考えていたんだ」

「馬鹿な……。全ての人間を余さず幸せにできるわけがない。幸せにしてやるべきでもない。ああ、努力もしようとしない怠惰な連中を、甘やかしてやる必要なんかないんだ。腹が空いたなら、自分で食べ物を探すべきなんだ」

「それが摂理だとしても、それはマクシムの考え方じゃない。全ての人間を幸せにしなくてはいけないと考える。そういう国を、社会を、作りたいと欲している。作れるとも信じている。それが本物の革命家というものなんだろう。あるいは、それが革命というものの、免《まぬか》れがたい属性なんだというべきか」

「どうして、免れがたいのさ」

「できなければ、一握りしか報われなかったアンシャン・レジームと同じになるからさ。それじゃあ、革命を起こした意味がなくなるからさ。正義を武器に誰かを倒せば、その正義に自分も縛られざるをえない。逃れちまえば、自己否定になっちまう」

ダントンはひとつ息を吐《つ》いた。マクシムが幸せを厭《いと》うのも、それかもしれないな。皆が幸せじゃないうちに幸せになるような輩《やから》は、アンシャン・レジームの王侯貴族と同じように罪人なんだと、そういう論法なのかもしれないな。

「だとしても、あまりにも観念的だよ。現実の世の中は、そんなに単純じゃないよ」

「その通りだが、その現実がマクシムには、ほとんどない」

「…………」

「デュプレイ屋敷に暮らして、出かける先はテュイルリ宮かジャコバン・クラブだけ。いずれもサン・トノレ界隈《かいわい》で、徒歩五分の輪のなかだ。そこまで狭められて、あいつの現実は必要最低限なんだ。いいかえれば、最大限に邪魔が入らない。観念ばかりが温室の花のように育つ」

そう形容されれば、確かに納得できる状況はあった。実際のところ、ロベスピエールは守られていた。家主のモーリス・デュプレイに守られ、クートン、ルバ、サン・ジュストというような側近の議員たちに守られ、さらにジャコバン・クラブに守られている。

ダントンは一種の皮肉で話をまとめた。

「その花が花として、しごく美しいものだから始末に悪い。身を挺《てい》して、それを守ろうという輩が跡を絶たない。あるいは上手に活《い》けて、飾り立てようとする者も、な」

その通りだ。声には出さないながら、さしものデムーランも心では認めないではいられなかった。なんとなれば、モーリス・デュプレイやクートン、ルバ、サン・ジュストだけではない。ロベスピエールには、僕らもその花を育てさせた。街頭には僕らが出る、署名なら僕らが集める、蜂起《ほうき》なら僕らが戦うといいながら、ロベスピエールには常に純粋な理念であることを強《し》いた。

ロベスピエールがマルク銀貨法に反対したとき然《しか》り、フイヤン派の非道を責め立てたとき然り、反戦論を唱えたとき然り、王の断罪を叫んだとき然り、ジロンド派の無為無策を追及したとき然りだったというのは、それが便利で、しかも楽だったからなのだ。

利用できるところだけ、利用すればよかった。都合が悪くなれば、そんなこと僕はいっていないよと、うまく逃げることができた。

——そうして身軽になれたことで……。

ダントンは裏で政治工作に走りまわれた。人脈を広げ、影響力を大きくし、政治家として実力を蓄えることができた。そうした見方をするならば、この大男が従前たびたびロベスピエールに示してきた遠慮も、この期《ご》に及んで済ますながる気持ちも、なるほど理解できないわけではない。

——僕はといえば、いつも現実に流された。

結婚するからと新聞の筆を控え、妻が妊娠中だからと闇《やみ》で食糧を買い集め、はたまた子供が生まれるからと蜂起の誘いさえ断りながら、矛盾だらけの自分を甘やかしていた。それは確かに横着だ。自分が楽をするために、常に正しくあることを、僕はマクシムに任せたのだ。

任せきりにすることで、怪物にまで育ててしまった。独善の猛威を振るわれ、あげくに命を奪われるとしても、まさに自業自得でしかない。

「………」

今さら気づいたところで、もう全ては手遅れだった。

少し先に、いかつい姿をみせたのは、海軍省の建物だった。もうサン・トノレ通りも終わりということだ。革命広場に間もなく到着してしまうのだ。

「マクシムのことは……」

「ん、なんだ、カミーユ」

「こうなる前にサン・トノレ街から誘い出せばよかったね」

いいながら、デムーランは心底から思った。純粋な理念の世界から引き出して、正しさの呪縛《じゅばく》から解放してやればよかった。その荷を自分で背負うことになったとしても、ロベスピエールには現実の幸福を味わわせるべきだった。

「だって、友達なんだからね」

ダントンも頷《うなず》いた。その意味じゃあ、デュプレイ家の娘と結婚しなかったことが、かえって一縷《いちる》の望みだった。どっぷり首まで浸《つ》かっていない今のうちなら、まだ救いようがあるはずだった。

「実際のところ、夢のなかのマクシムも、あながち食卓につきたくないでもなさそうだった。来いよ、来いよと繰り返せば、まんざらでない顔もした。ところが、最後は断りの言葉を並べてしまうんだよ」

「なんて？」

「私の席はないじゃないか、なんてな」

「…………」

「そういった意味がわからない。ああ、マクシムが幸せになれない、あるいは幸せになりたがらない本当の理由は、俺には最後までみえなかった」

「だから、最後まで救えなかったと」

「ああ、無念だ。かくなるうえは俺たちが道連れにしてやるしかないだろう」

いいながら、ダントンは顔を上げた。マクシムだって、はじめから不幸だったわけじゃない。少なくとも幸せを拒絶していたわけじゃない。現に俺たちとは友情を結んだじゃないか。それこそ、ぎりぎりのところまで、あいつを悩みに悩ませたくらいの友情だ。

「その友情の分だけは、マクシムも幸せだったのだ。ならば、せめて、俺たちが……」

囁《ささや》くような小声が、不意の大声にかわられていた。

「俺はロベスピエールを連れていくぞ」

あっと気づけば、護送の馬車はデュプレイ屋敷の前を通りすぎるところだった。上階が下宿人マクシミリヤン・ロベスピエールの部屋である。今は鎧戸《よろいど》がしっかり閉まり、なかに閉じこもるのか、それとも留守にしているのか、もとより確かめようなどはなかった。

それでもダントンは叫ぶのだ。

「ロベスピエール、俺に続け」

ダントンの叫びは、傍《はた》には恨み言に聞こえたかもしれなかった。ダントンらしくないとも思われたかもしれない。が、そうではないことが、デムーランにはわかった。それはやりきれないほどの無念が、さらに最後まで救えなかった謝罪の意味までが籠《こ》められた、友情の発露だった。あの世でも友達なんだと、俺たちだけは友達なんだと、マクシム、そのことだけは無条件で楽しんでいいんだと、ダントンはあの幸《さち》の薄い男に必死に伝えようとしたのだ。

「ということは、ダントン、君の考えでは、マクシムも遠からず殺されることになるのかい」

と、デムーランは聞いてみた。ダントンは頷いたが、後に投げやりな言葉が続いた。いや、死のうが、生きようが、そんなことは関係がない。

「マクシムは命を惜しみやしないからだ。俺たちまでいなくなれば、あいつには惜しめるほどの幸せなぞ、今度こそ皆無になるからだ。あいつの死を惜しむとするなら、それは革命という名の怪物だけだ」

「マクシムがいなくなれば、革命も終わらざるをえないからと」

「そうだ。俺たちがマクシムを救えなかった時点で、革命はもう終わりだ」

「そういうことか」

「なんだ、カミーユ」

「だから、ダントン、僕らの処刑は終わりの始まりなんだね」

荷台に揺られる身体《からだ》を右に傾けさせて、馬車が左に曲がっていた。夕焼けは光を弱くするばかりなのに、俄《にわ》かに明るくなった気がしたのは、海軍省をすぎると、大きく頭上が開けたからだった。

革命広場に到着だった。

処刑見物の人影は、遠巻きながら、やはりひしめいていた。ざわついてもいたのだろうが、それでも広場はやけに静かな印象で、かえって閑散として感じられるほどだった。寒々しい静寂は、あるいは無理にも沈黙を強いるものがいたせいか。

不断に供物《くもつ》を求め続ける祭壇を思わせながら、断頭台も聳《そび》えていた。デムーランは自分の死そのものを、しごく具体的な形にしてみせられたような気がした。

「また怖くなってきたよ」

と、デムーランは吐露した。もうじき死ぬのだと思えば、やはり総身が震えに襲われてしまう。リュシルまで殺されるのだと思えば、また涙が溢《あふ》れ出す。オラースの行く末を案じれば、その涙が止まらなくなる。

「それで、いいんだよ、カミーユ」

と、ダントンは答えた。ああ、正直いえば、俺も怖い。が、こうやって命を惜しめる人生は、やっぱり幸せだったのさ。

「酒も飲んだ。女も抱いた。友達もいた。革命家としては失格だったかもしれねえが、ああ、それで俺は幸せだった。俺の人生に悔いなしだ」

「はは、そんなこと、とても僕にはいえないな」

返しながら、デムーランは弱く笑った。笑うしかなかった。

26――これで終わる

馬車が革命広場に入ってきた。三台とも幌《ほろ》がない。間違いないと呟《つぶや》きながら、サン・ジュストは彼方《かなた》のテュイルリ宮に目を凝《こ》らした。

――大時計棟の針は五時半をすぎている。

芽月《ジェルミナール》十六日あるいは四月五日、よく晴れた早春の一日は、夕焼けも見事に赤かった。が、それも五時半となっては陰り、みるみるうちに広場を薄闇《うすやみ》に包んでいく。

五時半にして、予定が遅れたわけではなかった。革命裁判所の判決が確定して、即日の死刑執行であることを考えるなら、滞《とどこお》りない仕事ぶりだといってよい。ただサン・ジュストとしては、ずいぶん待たされた感じがあった。

ダントン派の息の根がすっかり止められてしまうまでは、人心地すらつけられないということなのか。あるいは革命広場に来るのが早すぎた報いなのか。いずれにせよ、サン・ジュストは今か今かと、ジリジリする思いだった。

その待望の瞬間が来たようなのだ。

——これで終わる。

我々の独裁は完成する。ロベスピエールさんに並ぶ存在はいなくなる。別な言い方をすれば、生ぬるい政治が終わる。峻厳《しゅんげん》な革命が今こそ十全にフランスに行き渡る。そう念じて、率先して進めたサン・ジュストにしてみれば、まさしく大仕事のけりがつく、これでようやくつけられるという心境なのだ。

——まったく、手を焼かせられた。

断頭台の脚部に手をかけながら、本当に長かったと振り返れば、サン・ジュストはひとつ大きく息を吐《つ》かずにいられなかった。

この仕事に手をつけたときは、この機械をすぐにも動かすことができる、いや、ただ紐《ひも》を引いて、それを操作するだけなのだと、それくらいに考えていた。ダントンなどは堕《お》ちた偶像にすぎないからだ。この手の政治家はもう必要ないからだ。

——それをわからず、ダントンを支持する馬鹿が、意外にも少なくなかった。

はん、おまえら、今こそ綺麗《きれい》に殺してやる。そうした殺意を別としても、議員であり、公安委員であるからには、望めば処刑に立ち会うことは造作もなかった。護送の馬車が近づいてくるにつれ、荷台の顔も見分けられるようになった。が、薄闇のなかを目で探したのは、ひとりだけだった。

法廷を退去させられ、コンシェルジュリで判決を聞かされると、ダントンは横柄な態度で廷吏《ていり》に叩《たた》き返したという。

「判決が出たって？　はん、そんなもの、糞《くそ》くらえだ、聞きたくもねえ。革命家にとっては、裁き手は歴史だけだ。ああ、後の世の人間は、俺《おれ》の名前をきっとパンテオンに刻んでくれるだろう。きさまらのそれは死体置場に捨てられたままだとしても、だ」

それだけ大言壮語した男が、さて、今にも自分の首を刎《は》ねられようとして、どんな顔をしているか。

馬車が停《と》まると、すぐさま革命犯罪人が荷台から降ろされ始めた。指図《さしず》をするのはパリの死刑執行役人、シャルル・アンリ・サンソンだった。

手元の帳面を覗《のぞ》きながら、サンソンは殺されゆく男たちの名前を呼んで、再度の確認に余念がなかった。サン・ジュストにすれば、またしてもじれったい思いを強《し》いられるというのは、その男の順番が最後だったからである。

「ジョルジュ・ジャック・ダントン」

「いるぜ」

そうサンソンに答えて、大男は馬車を降りた。刹那《せつな》に木が軋《きし》む音が聞こえた。サン・ジュストは左右の目に力を入れた。

ダントンが怯《おび》える顔がみたい。死の恐怖に襲われながら、震え、うろたえ、涙するところがみたい。わざわざ革命広場に足を運んだ理由をいうなら、それに尽きた。

ところが、その巨漢は今も堂々としていた。静かでありながら目は活力に満ち、不敵な感じで頰《ほお》には笑みまで湛《たた》えながら、いつまた噴火するかもしれない火山さえ連想させた。

――動じるような男ではない。

そう皆に思われていることは、確かだった。並の人物とは違うと。器量人の証《あかし》として、豪胆な肝《きも》の太さを示すに違いないと。そのことはダントンも意識しているはずだ。期待に応《こた》えたいと思えば、虚勢も張らずにはいられないのだろう。

事実、逮捕の噂《うわさ》にも動じなかった。法廷に臨んでも、裁判を自分の好きに振り回した。権力を恐れる素ぶりもなく、国家の権威さえ足蹴《あしげ》にするような言動を貫き、このままでは断頭台で首を刎ねられてなお、ダントンは伝説に昇華するに違いない。が、そんなことは許さない。このサン・ジュストが許さない。

――きさまのような生ぬるい半端者は、相応に無様《ぶざま》に死ね。

革命犯罪人は断頭台の裾《すそ》のところに、二列に並べられようとしていた。こっちだ、こっちだとサンソンに指図されると、サン・ジュストの眼前にぞろぞろいかつい肩が連なった。見据えるのは依然としてダントンだけだが、かたわらで耳のほうは、また別な男の声も捕えていた。

「リュシル、ああ、僕のリュシル」

デムーランに違いなかった。ついと目を動かすと、すぐに泣き顔がみつかった。目を赤くして、頬を涙で汚し、鼻水まで垂らしながら、すでにして醜態といえるほどだった。つかつか歩みよると、サン・ジュストは他の皆にも聞こえるような声で告げた。

「デムーランさん、奥さんのことなら、ご心配なく。すでにリュクサンブール監獄に収監しておりますので」

「きさま、サン・ジュスト」

そう吠《ほ》えたところで、サンソンの助手に制せられた。こちらの襟《えり》でもつかもうとしたのだろうが、もとよりデムーランは左右の手首を縛られている。まったく、ご愁傷様だ。はん、これだけみっともない様をみられずに済んだのだ。細君を牢屋《ろうや》に収監してもらって、かえって感謝するべきではないのか。

見下《みくだ》すような目つきで突き放してから、サン・ジュストは他の面々にも続けた。もちろん、嫌みたっぷりにだ。

「公安委員会の名において宣言します。他の革命犯罪人の皆さんも、残された御家族のことについては、どうか御心配なきよう」

いいきるや目を飛ばしたが、ダントンは表情を変えていなかった。恨み言をぶつけてくるでもなく、それどころか、こちらには目もくれなかった。サン・ジュストは舌打ちながらに思う。はん、完全無視か。はん、家族のことは、どうなっても構わないというのか。いや、そんなはずはない。そんなのは虚勢に決まっている。

「なあ、サンソン、あんた、女房子供はいるか」

ダントンは処刑人に話しかけた。サンソンは喋《しゃべ》らない。が、頷《うなず》きだけで返されると、巨漢のほうは、ひとつ大きく鼻を啜《すす》った。俄《にわ》かに目を赤くして、これは見間違いではなく、確かに涙ぐんでいる。

「いや、俺にもいるんだ。まったく、あいつらのことを考えると、俺さまもひとりの男に戻っちまうぜ」

そこまで続けるのが、やっとだった。ダントンは顔を俯《うつむ》かせた。口許《くちもと》で呟いたのは、ごくごく小さな声だったが、耳に神経を集めていたサン・ジュストには、きちんと聞き取ることができた。

「最愛の妻よ、もう会えそうにない。子供たち、やっぱり会えそうにない」

済まないと、ダントンは最後は吐き捨てるようだった。だから、いいぞと、サン・ジュストは心に続けた。生ぬるい連中には、必ずといっていいほど家族がいる。その弱みを突かれると、とたん脆《もろ》くも崩れ落ちる。それは一種の法則のようなものだ。ひとりでいる分には虚勢を張れても、いったん家族のことを思ったが最後で、臆病《おくびょう》にならざるをえないのだ。

――だから、さあ、泣け。

サン・ジュストは胸が震えた。ああ、今こそ無様に泣き叫べ、ダントン。

「さて、と」

いいながら、ダントンは顔を上げた。いいか、ジョルジュ・ジャック、弱いところをみせるんじゃねえぜ。そうやって自分に活を入れると、顎《あご》を上げ、胸を張り、その巨体を押し出すようにしながら、あとは元通りの不敵な面構《つらがま》えだった。こちらには、やはり目もくれない完全無視だ。

27——処刑

二秒ほども絶句を強《し》いられたろうか。

——はん、見栄坊《みえぼう》が。

そう心に毒づくと、サン・ジュストは唾《つば》を吐いた。はん、せいぜい虚勢を張るがいい。どうだって、殺されるんだ。殺されること自体が醜態なんだ。ダントン、きさまは人民に嘲笑《あざわら》われながら死ね。

処刑が始まった。最初がドゥローネイ、それからフライ兄弟、グスマン、デイデリクセン、デスパニャック、バズィール、シャボの順だった。

いざ始まれば、断頭台の処刑は、シュルシュルシュル、ダン、シュルシュルシュル、ダンと、あっけないくらいに淡々と進行する。

その音が滞《とどこお》りを示したのは、シャボまで順番が回ったときだった。直前に殺されたのが数年来の相棒で、妹を嫁がせている義兄弟のバズィールだった。

「私は死ぬ。いや、それは構わない。けれど、バズィールが哀れでならない。私のせいで、死んだからだ。なにも悪いことはしていなかったというのに」

鼻筋が通っているため、いつも澄ましているかにみえる美貌《びぼう》を歪《ゆが》めて、シャボは大騒ぎだったのだ。

でなくとも、手がかかる罪人だった。感傷家なのか、あるいは小心者というべきか、早々に運命を悲観したらしく、シャボは昨夜の段階で、もう毒を飲んでいた。ところが、その飲み方が中途半端だった。ただ苦しんだだけで、死にきれなかった。

あげくが文字通りの半死というか、足腰の立たない状態になった。それでも断頭台は免《まぬか》れえない。その身体《からだ》は高いところまで運び上げられなければならない。

平素の不摂生の報いか、あるいはニヤけた連中の常というべきなのか、しかもシャボは肥えていた。ひとりが背に担《かつ》ぎ、その尻をもうひとりが階段の下から押し上げと、サンソンの助手たちは四苦八苦する羽目になったのだ。

親方のサンソンはといえば、仕方がないので、その間に次の列を呼んでいた。新たに断頭台の裾《すそ》まで詰めた数人の、先頭がカミーユ・デムーランだった。

デムーランはまだ泣いていた。充血して濁る目に、涙で汚れた頰《ほお》に、垂れ放しの鼻水に、あげくが白シャツの襟元《えりもと》も胸毛が覗《のぞ》くくらいに大きくはだけて、改めて醜態だった。

法廷を強制退去させられたときに暴れたせいか。それとも護送の馬車に乗せられるとき、抵抗して憲兵と揉《も》み合いになったのか。あるいは感情を爆発させ、髪の毛を掻《か》きむしると同時に、自分で破り裂いたのかもしれないが、いずれにせよ自制心に欠けた御仁《ごじん》である。

いざ死ぬのが怖いとなれば、臆面《おくめん》もなくガタガタ震え、女房子供が恋しくなれば、衆目を気にすることなく、その名前を連呼する。その御粗末《おそまつ》な言動ときたら、子供さながらなのである。

——デムーランさん、あなたの場合は、もう少し虚勢を張るべきだ。

嘲笑《ちょうしょう》のサン・ジュストが、鼻を鳴らしたときだった。デムーランが動いた。後ろに手を縛られたまま、その汚れた顔をサンソンのほうに突き出していた。

「最後の頼まれごとをしてくれないか」

サンソンは答えなかった。ダントンに話しかけられたときと同じだ。そういう規則があるのか、あるいは処刑人の嗜《たしな》みなのか、必要な言葉以外は喋《しゃべ》らないのだ。

それでもデムーランは続けた。

「僕の手のなかに髪の毛の房がある。僕の形見になるものだ。それを抜いて、僕の妻の母親に、デュプレシ夫人に届けてほしい」

サンソンは肩の造りが、がっしりとした男である。筋骨隆々たる体躯《たいく》は、断頭台が発明される前には、刃物で首を斬《き》り落としていたせいだろうが、それにしても背中が広くて、サン・ジュストの位置からでは手元の動きがみえなかった。

処刑人はデムーランを無視したのか。それとも無言で最後の求めに応えたのか。

――まあ、いいか。

サン・ジュストは取《と》り沙汰《ざた》せずに流した。ああ、きつく咎《とが》めたことで、またデムーランさんに泣かれてしまうのも、それはそれで面倒だしな。そうやって苦笑しながら、長く伸ばした髪の毛を掻き上げた一瞬だった。

〝シュルシュルシュル、ダン〟

大きな音が響いた。静かなるサンソンが、無言ながら合図を助手に送っていたらしく、断頭台が稼働したのだ。

斜めの刃が枠の間を走り落ち、シャボの首が胴体から離れていた。大量の血が噴き出したはずだったが、断頭台の下からではみえなかった。幸いにして、というべきかな。赤いものなんかみえたら、臆病なデムーランさんは卒倒しかねないからな。また運び上げなければならないんじゃあ、さんざんだ。サン・ジュストは再び馬鹿にする顔になったが、その間に滑車の紐《ひも》が巻き上げられた。

二本の柱の間をスルスルと上っていくのは、断頭台の刃だった。角度をつけられたそれは、ツウウと赤いものを斜めに走らせ、ついにはポタリ、ポタリと台座に滴《したた》り落としていた。

それはサン・ジュストさえ、思わずギョッとするような光景だった。同じものをデムーランもみていた。ブルと大きく身震いすると、それから高く天を仰《あお》いだ。

また泣き言だろうな、とサン・ジュストは思った。事実、デムーランの目からは涙が溢《あふ》れていた。が、目前に迫った死の恐怖に、見境もなく狼狽《ろうばい》する体《てい》かというと、そういうわけでもなかった。

サンソンに促されて、一歩また一歩と階段を上がる段になれば、やはり足はガクガク震えざるをえなかった。が、かたわらでデムーランは、ぶつぶつ呟《つぶや》いていたのだ。

「僕が悪いんだ。僕が悪いんだ」

下に留《とど》まるサン・ジュストからは、もう壇上の様子をみることはできなかった。が、すでにデムーランの身体は、うつ伏せの格好で断頭台に縛りつけられたはずだった。小心者の話であれば、目は恐怖に大きく見開かれているかもしれない。

いよいよ泣きわめくかとも思われたが、そうではなかった。いや、これまたやはりというべきなのかもしれないが、最後に叫ばれたのは女房子供の名前だった。

「リュシル、オラース、僕の……」

シュルシュルシュルシュル、ダンと重たい音が響けば、デムーランの処刑も終了だった。

僕の、何だったのかな。デムーランさんは最後に何といおうとしたのかな。そんなことを考えながら、サン・ジュストも認めないではいられなかった。ああ、もっと支離滅裂に乱れるかと思いきや、意外とまともな最期《さいご》じゃないか。

デムーランの次はヴェステルマン将軍の処刑だった。

「共和国ばんざい」

ファーブル・デグランティーヌが続いた。

「死ぬんだな、とうとう」

ドラクロワは見物の人々に呼びかけたいことがあると訴えた。が、それを無言のサンソンに拒否されると、もう何も語らなかった。これがフィリポーとなると、もはや達観したかの無表情で、しかも完全な無言だった。

エロー・ドゥ・セシェルは階段を上がる前に、後ろに並ぶダントンと抱擁《ほうよう》を交わそうとした。もとより手は縛られているのだが、サンソンの助手たちは自らの身体を間に入れながら、それを阻《はば》もうという態度を示した。

エロー・ドゥ・セシェルは階段を上がるしかなかった。シュルシュルシュル、ダンと機械の音を聞かせただけで、それこそ「さよなら《アデュー》」の一言もいえなかった。

28——凍りつく

仰向《あおむ》いて、美貌《びぼう》で知られた元貴族の死を見届けると、ダントンは吐き出した。馬鹿者どもめ。

「俺《おれ》の頭が籠《かご》のなかに落ちた日には、たとえ仲間に接吻《せっぷん》しようと咎《とが》めまいな」

直後にサン・ジュストは頭の上が暗いと感じた。ダントンの巨体が階段に動き出して、さっと前をすぎていったからだった。

とっさに覗《のぞ》きみた横顔は、ひとつも動じていなかった。死を前にした恐怖など微塵《みじん》も窺《うかが》うことができない。微動だにせず、まさに不動の存在感を示し続ける。

「ちょ、ちょっと待ってくれ」

さすがに声に出したのが、サンソンだった。静かなる処刑役人でさえ声を上げずにいられなかったのは、ダントンが向かおうとした先の断頭台では、まだ首なしの身体《からだ》が脱力したままになっていたからだった。

「死体を片づけるまで、待ってくれ」

そう続けられると、ダントンは大きく肩を竦《すく》めてみせた。死に逸《はや》るというわけではあるまいが、やはり少しも恐れていない。しかも続けたのは、呑気《のんき》なだけに、かえって恐ろしいくらいの物言いなのだ。

「なあ、サンソン、血が多かったり少なかったりで、機械の調子は変わるものなのかい」

処刑役人は無言に戻った。なかなか答えてくれないので、ダントンは自分でまとめた。

とにかくだ、サンソン。

「俺さまの頭を人民にみせることだけは忘れるな。それだけの価値はある。さすがに毎日は拝めない代物《しろもの》だからな」

そう注文をつけてから、ダントンはようやく階段を上がった。のっしのっしという感じの動きで、ぎしぎし板が軋《きし》むくらいに重く、またしっかりした足取りだった。

「…………」

この怪物め、とサン・ジュストは思う。どんな神経をしているのだ、ダントンという男は。どうすれば脅《おど》かすことができるのだ、この豪胆な魂は。

煮立ちかけて、サン・ジュストは自分を冷やかす笑みを浮かべた。まあ、いい。熱くなることはない。いずれにせよ、ダントンは死ぬしかないのだ。救いのない黄泉《よみ》の世界に、ようやく追いやることができるのだ。

また壇上の様子はみえなかった。それでも音は確かに聞こえた。

〝シュルシュルシュル、ダン〟

やったか。本当にやったのか。詰問するかの勢いで、サン・ジュストは視線を上げた。みえたのが、サンソンの鬚面《ひげづら》だった。それがまたみえなくなって、身を屈《かが》めたということか。ああ、籠に手を伸ばしているのか。

その頭をサンソンは、右腕一本で高く掲げた。短い髪に五本の指を絡ませながら、それは筋骨隆々たる処刑人でなければ、とても掲げられないような、大袈裟《おおげさ》でなく一抱えもあるほどの頭だった。

――この大きさは、まさしくダントンの……。

誰とも見間違えようはなかった。ダントンは死に顔までが堂々としていた。その笑みさえ読み取れる不敵な相は、ある種の威厳を自《おの》ずと感じさせるものだった。

まさに王者の風格だ。そこまで心に続けてから、サン・ジュストはハッとした。

――しまった。

すでに革命広場は暗く、ろくろく目も通らないくらいになっていたが、そういう問題ではない。まだ血が滴《したた》るような、落とされたばかりの首を高く掲げられたのは、他にはルイ十六世だけだった。まさしく特別扱いだったが、それをどうしてダントンにも許したのか。どうして事前に気づいて、未然に防がなかったのか。

――威圧されていたのか、この俺ともあろう男が……。

拙《まず》い。だから、ダントンを伝説にしては拙い。激しい焦りに駆られるほど、奥底から噴出するのは怒りだった。あるいは八つ当たりというべきなのかもしれなかったが、サン・ジュストは叫ばずにはいられなかった。ああ、きさま、なにをしている。

「サンソン、その手を下ろせ。ダントンの首を今すぐ捨てろ」

ところが、声は掻《か》き消された。ほぼ同時に、いくつか声が合わせられたからだった。

「共和国《ヴィーヴ・ラ・レピュブリーク》ばんざい」

「共和国ばんざい」

「ああ、共和国ばんざい」

ダントンの死は喜ばれなければならない。共和国ばんざい。それは革命の敵が死んで、もうフランス共和国は安泰だという意味だった。

そのことを印象づけるため、サン・ジュストは抜からず、前もって仕込んでいた。声を上げた数人がそれであり、連中が間違えたわけではなかった。それどころか、よくやった。なるほど、扱いがルイ十六世と同じならば、その死と全く同じように、ダントンの死も喜ばれなければならないのだ。

――にしても、唐突な感が否《いな》めない。

まさに取ってつけたような感じで、ばんざいの声は違和感にしかならなかった。何がそぐわないといって、その日の革命広場は静かだったのだ。不意の大声が上がるほど、そのことを思い知らされるばかりなのだ。

民衆が騒がないのは、当然だった。ああ、ダントン派のためには騒がない。リュシル・デムーランが逮捕されて、もう誰も金をばらまいていないからだ。サン・キュロットは集まらない。土台がダントン派はブルジョワ寄りであり、この富裕層は赤帽子《ボネ・ルージュ》で変装しながら処刑を見に来ることはあっても、自ら野卑に騒ぎ立てたりしない。

――が、共和国のためには騒ぐべきではないか。

ダントン派は殺されるべきだからだ。正義が行われ、これでフランスは救われるからだ。しかし、なのだ。

「共和国ばんざい」

そうした声ばかりは上がる。上がれば、つられて広場中に連鎖していく。共和国ばんざい、共和国ばんざい。それでも、違和感にしかならなかった。なんの凄《すご》みも、なんの熱気も、ほんの誠意すら感じさせない、ただ形ばかりの声だからだ。公安委員会を支持している。山岳《モンターニュ》派を応援している。字面はそうであったとしても、決して頼みにする気にはなれないという、冷ややかな声なのだ。

――革命は凍りついた。

サン・ジュストに直感が走った。なんとなれば、民衆の声こそ、革命の原動力だからだ。革命を猛《たけ》らせ、奔《はし》らせ、暴れさせる生命力そのものだからだ。それを向後《こうご》は期待することができないのだ。

――とすると、どうなる。

なにを決めても反対されない。が、熱心に支持されるわけでもない。とすると、あらゆる原理は骨抜きになるだろう。逆らう党派はいなくなる。ジャコバン派の独裁は完成する。が、身を挺《てい》してそれを守ろうという気骨者はみつからない。

――残されたのは、そのなかに陰謀を隠している赤帽子くらいのものだ。

だから、革命は凍りついた。それを力強く動かすためには、ダントンが必要だったというのか。革命家としては生ぬるい男。それでも政治家としては豪腕を謳《うた》われる男。美しい理想を語る資格はないが、そのかわりに薄汚れた現実を自在に動かしてみせる男。つまりはダントンが必要だったというのか、この革命に命の火を灯《とも》すためには……。

――ロベスピエールさんの心を燃え上がらせるためには……。

いや、とサン・ジュストは踏み留《とど》まった。いや、待て。仮にそうだとしても、革命そのものが道を誤るのでは元も子もない。力と引き換えに正しさが損なわれれば、もう革命は革命の名に値しなくなる。どちらを取るのか迫られるなら、そのときは……。

――少し疲れたかな。

サン・ジュストは苦笑に逃れた。ああ、こんな風に煩悶《はんもん》するほどの話ではない。ついつい大袈裟に考えてしまうのは、少し疲れているせいなのだ。

なるほど、大仕事だった。なるほど、大勝負だった。それをものにしたのだから、疲れるのは当然だ。ああ、みんな、疲れているのだ。声すら出なくなっているのだ。

――だから、ロベスピエールさんに報告するのは……。

いくらか休んでからにしようと心に決めて、サン・ジュストは踵《きびす》を返した。すでに革命広場は人も疎《まば》らで、いよいよ濃くなる闇《やみ》のなかに目につくものがあるとすれば、サンソンと助手たちが死体を馬車に山と積み上げる、後片付けの作業くらいのものだった。

29——最終報告

「芽月《ジェルミナール》二十四日、革命裁判所は『リュクサンブールの陰謀』に関する審理を終了しました」

サン・ジュストが始めていた。芽月二十五日あるいは四月十四日、わざわざデュプレイ屋敷まで足を運んでの報告は、芽月二十四日あるいは四月十三日、つまりは昨日の顛《てん》末《まつ》を詳《つまび》らかにするものだった。

ロベスピエールは短く受けた。

「そうか」

「告発された二十六人のうち十九人が死刑と決まり、即日の執行となりました。すなわち、元パリ市第一助役ピエール・ガスパール・ショーメット、元パリ大司教ジャン・バティスト・ゴベル、国民公会議員《コンヴァンシオン》ポール・シモン、元軍医ジャン・ミシェル・ベイゼル、元伯爵《はくしやく》にして中将《ちゆうじよう》アルテュール・ドゥ・ディロン、元革命軍副司令官ジョゼフ・イシドール・ヌーリィ・グラモン、その息子で元革命軍本部付少尉《しょうい》アレクサンドル・ヌーリィ・グラモン、リュクサンブール監獄の門番ジャック・フランソワ・ランベール、地代生活者ジャン・ジャック・ラコンブ、アルプス方面軍の曹長アントワーヌ・デュレ、元保安委員会理事ジャン・マリー・ラパリュ、元法廷付憲兵隊隊長代理ジャン・モーリス・フランソワ・ルブレーズ、弁護士マリー・マルク・アントワーヌ・バラス、商船船長ギョーム・ニコラ・ラサール、元アルトワ伯の銃持ちジャン・バティスト・ブシェール、馬商人にして元ルール郡国民衛兵大隊指揮官エティエンヌ・ラゴンデ、ペリグーの監視委員会書記ルイ・ジョゼフ・アントワーヌ・ブロッサール、ジャック・ルネ・エベールの未亡人マリー・マルグリット・フランソワーズ・グーピル、そしてカミーユ・ブノワ・デムーランの未亡人リュシル・デュプレシという、以上十九人です」

「そうか」

「デムーラン夫人は気が触れていたのではないか、とも報告がありました」

「そうか」

「処刑が決まると、嬉《うれ》しそうでさえあったというのです」

「そうか」

「判決が出るや、リュシル・デュプレシは大急ぎで身支度に凝《こ》り始め、髪型まで整えながら、まるで婚礼の日でも迎えるかのようだったとも」

「そうか」

「場違いなくらいの明るさで笑い続けだったとも。政敵の妻であるにもかかわらず、さめざめと泣くエベール夫人を、かえって慰めていたとも」

「そうか」

「護送の馬車がコンシェルジュリを発つ前には、ディロンとも言葉を交わしたそうです。あのアイルランド人は気遣いの言葉をかけたようなのですが、それに対するデムーラン夫人の返事が、ええと……」

サン・ジュストは持参の書類を引っくりかえした。

「こうです。『よく御覧になって、将軍閣下。わたしが慰めを必要とするような女にみえまして。実をいえば、この一週間というもの、わたしの頭のなかには、たったひとつの願いしかありませんでした。またカミーユに会いたいという願いです。それが今、かなおうとしているんですもの』と」

「そうか」

「断頭台に上がるときも、足取りは今にも弾まんばかりに軽やかで、踊りの足捌《あしさば》きを連想させるほどだったといいます。『だって嬉しくてたまらないわ、もうじきカミーユに会えるんですもの』と、またぞろ繰り返したとも」

「そうか」

「刑を執行したのはサンソンですが、芽月二十五日の午前八時、つまり今朝《けさ》には、デムーラン夫人の遺髪をその両親に届けています」

「そうか」

「よいのですか、そんな勝手な真似《まね》を許して」

ロベスピエールは答えなかった。数秒しか待たずに、サン・ジュストは畳みかけてきた。

「これで二度目です」

「そうか」

「あの処刑役人はデムーランさんの遺髪も届けているのです」

そうした報告も、すでに受けていた。芽月十七日または四月六日、ダントン派が処刑された翌日の話で、前日の刑場で疑わしい素ぶりが目撃されたので、サン・ジュストは密偵を遣わしたようだった。

後をつけさせると、サンソンは最初にフランセ座の界隈《かいわい》に向かった。デムーランのアパルトマンで管理人に問い合わせ、聞き出したのが夫人の母親が暮らしているはずだという、アルク通りの住所だった。

アルク通りに向かうと、サンソンは応対した下女に渡すものを渡し、さっさと引き返そうとしたようだった。名乗ることさえ控え、それもこれも処刑役人の職業倫理ということだろうが、百歩と歩かないうちに呼び止められ、アパルトマンのなかに招き入れられたという。

「恐らくは、そのときデムーラン夫人の遺髪も頼まれたのでしょう」

「そうか」

「よかったのですか」

「法に触れるわけではあるまい」

「サンソンのことではありません。サンソンを通りで呼び止めたのが、老紳士だったことです。つまり、デムーラン夫人の母親デュプレシ夫人ではなく、父親クロード・エティエンヌ・ラリドン・デュプレシ氏であったことです」

「…………」

「よかったのですか、デュプレシ氏のような王党派を釈放して」

サン・ジュストが問いを繰り返したのは、かねて不満の処置だったからだろう。デムーランの義父は反革命の容疑で逮捕されていた。しばらく牢獄《ろうごく》暮らしだったが、ロベスピエールは革命裁判所に手を回し、その告発を取り下げさせたのだ。釈放はダントン派の処刑の前日の話で、デムーランは知らない。

仕方あるまい、とロベスピエールは答えた。

「デュプレシ夫人がオラースを引き取ったというのだから」

「オラースというのは、デムーラン夫妻の子供のことですか」

「ああ、そうだ。まだ二歳にもならない男の子だ。いくら血のつながった孫だとはいえ、そんな幼な子を育てていくのに、夫人ひとりでは心もとないに違いない」

「というより、デュプレシ氏が断罪されては、風月法《ヴァントーズ》に基づいて、その資産が差し押さえられる恐れがあるからではありませんか」

「………」

「ロベスピエールさんらしくありません」

「そうか」

「だって、そうじゃありませんか。デムーランさんの息子に贅沢三昧《ぜいたくざんまい》させるより、その資産を貧しい人々に分配して、何十人、何百人と健全なフランス市民を育てることのほうが、何倍も有益なように思うのですが……」

「そうか」

サン・ジュストは帰った。最後まで不満げな顔だったが、それでも帰ってくれた。ひとり残された下宿部屋で、ロベスピエールは頭を抱えた。

日に日に暖かくなる春の陽《ひ》が、午前の窓いっぱいに満ちていた。が、その明るさから逃れるように、低く、低くと、文字通り床にうずくまる格好で、もう頭を抱えているしかないのだ。なんとなれば、私は駄目な人間だ。なにひとつ満足にできやしない。誰ひとり幸せにできやしない。

「それどころか、私はリュシルを殺してしまった」

絞り出すような吐露こそ、ロベスピエールには絶望の言葉だった。なんとなれば、私は誰より愛するひとを、無残に殺すことしかできなかったのだ。

「なんてことだ、なんてことだ」

ロベスピエールは握り拳《こぶし》で床を叩《たた》いた。左右交互に叩きつけて、それを何度も繰り返した。

駆け抜ける痛みが、麻痺《まひ》して感じられなくなるほどに、いっそう自分を罰したくなり、今度は額を打ちつける。私が悪い。私のせいだ。私が死ねばよかったのだ。それなのに、リュシルが死んで、この私が生き恥をさらしている。いや、生き恥をさらしたくないがため、相手を殺して、自分だけが卑劣に生きのびている。

「どうして、こんなことに……」

いくら問うても、ロベスピエールにはわからなかった。それなのに、この同じ部屋なのだと、そのことだけは疑いようもなかった。

30——残酷な……

じんじん痛みが響くような額を上げれば、うららかな春の陽《ひ》に重なりながら、今もリュシルが窓辺に立っている気さえする。美しいひとだ。可憐《かれん》なひとだ。が、そうした上辺《うわべ》の皮に隠れて、なかに悪魔が棲《す》んでいたのだ。

「カミーユと別れてほしい」

あの日、ロベスピエールは何度となく繰り返した。別れて、この私のものになってほしい。

絶対に口外してはならないと、自分に戒めてきた言葉だった。それが、いったん声に出してしまうと、何度も繰り返さずにはいられなくなった。

繰り返すほど、なぜだか声が大きくなった。どんどん大胆になり、みるみる自信が膨らんで、この望みがかなえられないはずはないとも、ロベスピエールは思い始めた。悪いことではないからだ。むしろ、正しいことだからだ。欲しいものを欲しいという率直さこそ、従前の私には欠けていたものなのだ。

「ああ、もう少し自分のことを考えたまえ。もっと自分の欲を持ちたまえ」

聞こえてくるのは、ミラボーの言葉だった。ああ、ミラボーはこのことを予言していたのかもしれない。あるいは持ち前の千里眼で、あの頃《ころ》から私の気持ちを見抜いていたのかもしれない。

見透かされていたと思いながらも、ロベスピエールは悔しいとは思わなかった。それどころか、かえって嬉《うれ》しい。どんどん勢いづくばかりだ。

が、そうして何度も迫っているのに、度《たび》ごとリュシルの返事も同じだった。

「そんなことは、できません。夫と別れるなんて、考えられません」

ロベスピエールは溜《た》め息ながらに説くしかなかった。ああ、リュシル、あなたも道理のわからないひとだ。

「だから、カミーユの妻でいるかぎり、あなたは不幸になるだけなんです。もっと幸せになる資格があるのに、わざわざ、そんな間尺に合わない生き方を……」

「他の生き方なんてできません」

「だから、そんな風に意地を張ることは……」

「ましてや、マクシム、あなたの妻になるなんて、考えられない」

「…………」

「あなたを愛することなんかできません。ええ、ありえません。仮にあなたを尊敬することができたとしても……」

リュシルの拒絶は、すでにして十分に屈辱的なものだった。それくらい理解できたような気もするが、刹那《せつな》のロベスピエールは認めなかった。

まだ希望が残されている気がした。よくよく説けば通じる目があるとも思えた。

「だから、よく考えて、リュシル。あなたは私を尊敬できるといった。それは何故《なにゆえ》のことか。私が持つ徳ゆえのことだ。私は革命に一身を捧《ささ》げてきた。革命そのものだという自負もある。少なくとも、あなたが執着するカミーユより何倍も革命的だと断言できる。あるいは純粋に革命的なのだというべきかもしれないが、いずれにせよ、だ。私が革命的であるという一事をもって、全て了解できて然《しか》るべきではないか」

「了解といって、なにを？」

「いうまでもない、あなたが愛するべき相手とは、ぜんたい誰なのか」

「わかりません」

「革命の偉大さは理解しているね」

「理解しているつもりですが、どれくらいの理解か自信はありません。それ以前に、なんの関係があるのかがわかりません」

「いや、リュシル、あなたもわからないひとだ。いや、まったく話にならない」

ロベスピエールは大袈裟《おおげさ》に嘆いてみせた。自分に酔うようなところもあったのか。あるいは、もう少しで想《おも》いが届くというような高揚感か。肩を竦《すく》めるに留《とど》めず、そこで大きく両手を上げて、嘆きの殉教者のような身ぶりを用いた覚えもある。

それでも、リュシルは動かなかったのだ。ええ、わたしはわかっていないのかもしれません。そんなに頭もよくないし、もともと難しい話は理解できません。ただ、これだけは、はっきりしていると思うんです。

「女は男と結婚するものなのだと。革命と結婚するわけではないと」

革命そのものだと宣した自分に対する、あからさまな否定だった。が、なおもロベスピエールは思った。ありえない。革命の否定などありえない。私への否定もありえない。ぎりと奥歯を強く嚙《か》みながら、ロベスピエールは顔を上げた。そのとき、だったのだ。立っていたのは、確かにリュシルで間違いなかった。が、こんな顔だったろうかと思うほど、刹那は別人にみえた。

今にも折れそうなばかりに可憐で、思わず守ってあげたくなるようなひとは、綺麗《きれい》にいなくなっていた。かわりにいたのは、なぜだか馬鹿にする目で自分を見下《みくだ》している、ふてぶてしいほど嫌らしい女だった。

「カミーユが王党派なら、きっとわたしも王党派になりましてよ」

と、リュシルは続けた。ロベスピエールは戦慄《せんりつ》した。とんでもないことをいう。すでにして恐ろしい物言いだ。わからない。こんなに愚かしい女ではなかったはずだ。堕落せざるをえなかったのも、駄目なカミーユのせいなのだろうが、そこから救い出してあげようという私に対して、こんな無礼な態度を取るとは……。

今にして思えば、すでに頭が混乱していたのかもしれない。目は開いていたに違いないが、その間にみていた景色の記憶もない。リュシルは言葉を続けていたが、その意味を正確に追えていたとも思われない。とにかく、マクシム、いくら話しても、これじゃあ時間の無駄にしかなりません。ええ、そういうことなら仕方がありません。わたし、あなたを一生軽蔑《けいべつ》すると思いますけど、カミーユのためなら我慢するしかありません。

「ただ一度だけにしてくださいね」

「えっ」

最初に気がついたのは、白く細い肩だった。純白のスカーフごと、大きく襟《えり》がはだけられて、菫色《すみれいろ》の婦人服はそのまま肩から滑り落ちていた。

それをリュシルは臍《へそ》のあたりで抱えていた。そのために使われて、ほっそりとした腕は、どこをも隠すことができなかった。

「………」

いつの間にか、そうなっていた。白い肌に青い血管を透かし、ふたつながら小さく震えて、みえていたのは欲望の徴《しるし》だった。

みるみる充血する自分がいた。欲しているものから、ロベスピエールは目を逸《そ》らすことができなかった。が、それだから、なのだ。

「服を着なさい、リュシル」

「着ません。カミーユを助けなければなりませんもの」

「だからといって、いけない。私は、そういうつもりでいったんじゃない」

「そういうつもりじゃないって、なんなの、マクシム。わたしが欲しいんでしょう。自分のものにしたいんでしょう」

今度はリュシルが迫ってきた。こちらの手を無理にも奪うと、それを自分の柔らかさに押しつけて、脅《おど》すように繰り返した。これなんでしょう、と。これが欲しいんでしょう、マクシム、と。

ロベスピエールは振りほどくようにして、自分の手を取り返した。

「だから、違う。私がいったのは精神的な結びつきのことで……。こんな汚らわしい情欲じゃなく、もっと次元の高い……」

鋭く息を呑《の》む気配がした。ハッとして顔を上げると、リュシルのほうは俯《うつむ》いていた。その目尻を危うい感じで吊《つ》り上げながら、辱《はずかし》めに堪えているかのようだった。

が、それも一瞬のことだった。向けなおされたのは、咎《とが》めるような顔つきだった。いや、その目には怒りの炎が、はっきりと揺れていた。醜い顔だ。恐ろしいくらいに醜い顔だ。あてられて、自分の目のほうは臆病《おくびょう》に泳いだことが、ロベスピエールにはわかった。

なにかを背負いなおすような動きで、リュシルは服装を戻した。それからが人変わりしたかのような、嘆きの金切り声だった。なんてこと、ああ、なんてこと。ロベスピエールさん、あなた、どうしようもないひとだわ。この世に二人といないくらい、どうしようもないひとだわ。

「おわかりになって。あなた、残酷な真似《まね》をしたのよ」

「残酷な……」

「だって、もう助かる道がなくなってしまったんだもの」

リュシルは続けた。これでカミーユが助かったりしてしまったら、ロベスピエールさんと何かあったんじゃないかなんて、わたし、変な噂《うわさ》を立てられかねないもの。それは嫌。ええ、それだけは絶対に御免だわ。どうしてって、ただ噂を立てられるだけで、もう我慢ならない屈辱だもの。カミーユに疑われてしまうなら、それだけで、もう生きてはいけないもの。ええ、本当に、そんな恥辱を味わわされるなら、もう死んだほうがマシだわ。ああ、だから、わたしも殺されてしまうのね。カミーユだけじゃなく、二人ともロベスピエールさんのせいで。

「ごめんなさい、カミーユ、ごめんなさい。わたし、あなたを助けることができなかったわ。でも、仕方ないでしょう。だって、こんなんだったんですもの」

そこでリュシルは今度は気が触れたような笑い方だった。はは、好きなんだって、わたしのことが。はは、そういうことなんだって、なにからなにまで。

ロベスピエールは、ようやっと理解した。自分は拒絶されたのだと。のみならず、馬鹿にされてしまったのだと。肉体から、精神から、それこそ人間としての価値を全て否定されたのだと。

しかし、ロベスピエールはそのまま崩れ落ちるわけにはいかなかった。四分五裂しかねないくらいの亀裂が走ったのだとすれば、大慌てで修復しないではいられなかった。なんとなれば、私は革命の指導者なのだ。たとえ私が滅びても、革命を滅ぼすわけにはいかないからだ。

「…………」

えっ、えっ、えっ、えっ、とロベスピエールは声を上げて泣いた。えっ、えっ、えっ、えっ。えっ、えっ、えっ、えっ。愛するひとを殺さなければならないのなら、革命に全体なんの意味がある。欠片《かけら》ほどの幸せも許されないなら、革命など粉々に砕けてしまえ。

そうやって、泣いて自棄《やけ》になったところで、もう後戻りはできなかった。革命を止めるわけにはいかない。こうまで巻きこまれたものであるなら、とことん走り抜けるしかない。立ち止まってみたところで、誰も生き返るわけではない。それくらいの道理は、ロベスピエールも先刻覚悟のうえだった。

31——祭典

抜けるような青空を仰《あお》ぎながら、サン・ジュストは思った。

——フランスは祝福されている。我々は、やはり祝福されて……。

共和暦第二年草月《プレリアール》二十日、少し前なら一七九四年六月八日と呼ばれたであろう、キリスト教の五旬節にあたるその日、パリは見事な晴天に恵まれていた。

共和国風に質素ではありながら、おりから街は飾り立てられていた。建物の壁という壁には幕が垂らされ、窓という窓には花が置かれ、広場という広場は三色旗で埋め尽くされていたのだ。

それもこれも、この日に祭典の開催が予告されたためだった。

——最高存在《エートル・シュープレーム》の祭典が……。

やや耳馴《みみな》れないながら、「最高存在」という言葉自体は、最近の造語というわけではなかった。哲学用語にいう「神」の意であり、実はカトリック用語においても、普通に

「神」を指していた。

この理神論的ないしはスコラ哲学的な表現が、革命のための新宗教に採用された。フランス共和国の正式な祭典として祝われるに際しては、グレゴリウス暦の五月七日にあたる花《フロレアール》月十八日付で、きちんと法令も定められた。

「一、フランス人民は最高存在の実在と魂の不滅を信じる。
二、最高存在の価値ある信仰は、人間の諸義務の実践にあると理解される。
三、かかる諸義務の筆頭に置かれるべきは、悪行と専制政治の忌避である。暴君と裏切り者を罰し、不幸な者を救い、弱者を尊び、虐《しいた》げられた者を守り、他者に最大限の善行を施し、誰に対しても不正でないよう心がけることである。
四、神性の認識とその存在の尊厳を呼び起こすため、祝祭が設けられなければならない。
五、それらの祝祭は、我らの革命の栄光の事績、人間にとって最も尊く、最も有用な徳目、自然の最も偉大な恩恵から名前を借りてこなければならない。
六、フランス共和国は毎年、一七八九年七月十四日の祭り、一七九二年八月十日の祭り、一七九三年一月二十一日の祭り、一七九三年五月三十一日の祭りを祝う。
七、また十日休みには、以下に捧《さき》げられるべき祭りを祝う。すなわち、最高存在と自然に、人類に、フランス人民に、人文主義の偉人に、自由の殉教者に、自由と平等に、共和国に、世界の自由に、祖国愛に、暴君と裏切り者への憎しみに、真実に、正義に、羞恥心《しゅうちしん》に、栄光と不滅に、友情に、質素さに、勇気に、良き信仰に、英雄主義に、無欲に、禁欲主義に、愛に、夫婦の信頼に、父の愛に、母の優しさに、子の信心に、子供に、若者に、成人に、老人に、不幸に、農業に、工業に、祖先に、子孫に、幸運に。

八、公安委員会と告示委員会《アンストリュクシオン・ピュブリーク》は、かかる祝祭の構成計画を提示しなければならない。

九、国民公会《コンヴァンシオン》は賛歌と市民的な唱歌のコンクールに名誉を与えることによって、さらに上達と有用化に寄与する全ての方法によって、人間性の利益に奉仕するに足る全ての才能を動員する。

十、公安委員会はかかる目的を満たすにふさわしい作品を見出《みいだ》し、その作者に褒賞を与える。

十一、信教の自由は霜月《フリメール》十八日（一七九三年十二月八日）の法令に定められた通りに維持される。

十二、全ての貴族的な集会や敵対的な集会は、公的命令において廃止される。

十三、なんらかの信仰が起こし、あるいは動機づけをなして問題が生じた場合は、狂信的な説教もしくは反革命的な言説で人々を興奮させた者、すなわち、不正にして根拠のない暴力により人々を煽動《せんどう》した者は、法の厳正なる定めにおいて、同じように罰せられなければならない。

十四、本法令に関係する詳細の提示については、特別報告書が作成される」

この特別報告書で一カ月後に最初の祭典が催されると定められ、かくて迎えた晴れの日が、草月二十日の今日というわけなのだ。

朝一番からパリは動いた。行進曲を奏でる楽隊が、通りという通りを巡回して、まだ寝ている輩《やから》を起こしたからだった。

身支度を済ませると、人々は家族を挙げて家を出発した。まず向かった先は街区《セクシオン》の集会場だった。そこで四十八街区は、それぞれに隊列を整えなければならなかった。

最初に作られたのが二列の縦隊だった。一方が女の縦隊で、母親たちは薔薇《ばら》を手に持ち、娘たちは好きな花を色とりどりに胸に抱えた。もう一方が男の縦隊で、父親たちは柏《かしわ》の枝を、老人たちは葡萄《ぶどう》の枝を、それぞれに携えていた。

二列の縦隊は左に女、右に男と、道路の両端に並んだ。形作られたのが人垣の回廊であり、その狭間《はざま》に進み入る、というより元気いっぱいに駆けこむのが、十四歳から十八歳までの街区の少年たちというわけだった。

三列の縦隊を完成させると、各街区に派遣された誘導係の指示に応じて、いよいよ行進が始まった。四十八街区の四十八隊が、四十八色の旗を掲げ、四十八通りの道順で向かった先が、パリ右岸のテュイルリ庭園だった。

もともと幾何学模様《きかがくもよう》で設計された豪壮華麗な庭園だが、こちらにも今日の日の祭典のため、新しく薔薇の堤《つつみ》が築かれていた。芳香を胸奥《きようおう》まで吸いこめば、かたわらでは可愛《かわい》らしい娘たちが、白い裾《すそ》をそよぐ風に遊ばせながら、腕に果物籠《くだものかご》を抱えている。とろけるような甘さまで煙るなら、そろそろ頭が陶然となってくる。

――理性を超えた、これはまさしく……。

芸術総監督に抜擢《ばつてき》されたのが、国民公会議員にして保安委員、というより現代を代表する大画家、ジャック・ルイ・ダヴィッドだった。

街を飾り、庭園を整え、舞台を設《しつら》えと、それだけではなかった。ダヴィッドの優《すぐ》れた美的感覚は、人々の行進まで支配せずにはいられなかった。

実際のところ、男の列、女の列、少年たちの列、いずれも全員の手が揃《そろ》い、足が揃い、その振り幅まで一定に矯正《きようせい》されて、まさに集団の美というものを体現していた。きびきび小気味よい身のこなしで直進し、それが曲がり角にかかっても、一月《ひとつき》前から特訓したという特殊な歩き方で、少しも遅れることがないのだ。

国民公会が発表した動員予定が実に二十万人。その数字さえ控え目に思わせる人の波が、本当に押し寄せたとなれば、いくらテュイルリ庭園でも手狭な感は否《いな》めない。あちらで衝突が起こり、こちらで渋滞が生じとなっても無理ないかと思いきや、この手の不手際もみられなかった。

まさに計算し尽くされた入場で、四十八街区の四十八隊はあらかじめ決められた四十八の所定の位置に、すとんすとんと入っていくのだ。

——壮観だ。

そうした模様をサン・ジュストは、テュイルリ宮殿の窓辺からみた。

そこが議員の待機場所とされていた。人々の到着と整列が完了すると、その旨が「からくりの間《シーヌマ》」に伝えられて、こちらも祭典の会場に入ることになった。

ダヴィッドの差配で、テュイルリ宮殿のほうも陽気に飾り立てられていた。窓辺といい、露台といい、ことごとくが花飾りの回廊と化し、外見はそっくり植物園に置き換えられたかと思うほどだ。

祭典の主舞台は、大時計棟の正面だった。そこに地面から段々に高くなり、建物の露台に連結するような形で、半円形の建造物が設けられていた。

立ち並んだ白亜の柱が古代ローマの劇場を、ときとして円形闘技場をさえ彷彿《ほうふつ》とさせる特別席は、国民公会の議員たちが祭典に臨んで、座を占めるためのものだった。

——これが、また壮観だ。

議員たちは全員が、赤襟《あかえり》の青服に、三色の飾り帯、羽根飾りの帽子という出《い》で立ちだった。揃いの衣装もダヴィッドが絵図に起こしたもので、仕上げに麦穂を手に持つというところまで芸術総監督の発案だったが、それにしても五百人になんなんとする人間が、ただひとりの例外もなく、全く同じ服装なのだ。

――まさに一丸となって……。

自らも議員として、指定の青服に袖《そで》を通し、麦穂まで洩《も》れなく片手に持ちながら、サン・ジュストも一席についた。

茶番と斜に構えるのではなく、今日ばかりは素直に胸を打たれたい気分だった。というのも、もう醜い争いはない。利己心から足並を乱す者もいない。今まさにフランスは、ひとつになったのだ。

32——変える努力

歌声が聞こえてきた。芸術監督はダヴィッドだけではなかった。音楽監督に招聘《しょうへい》したのは、ミラボーの葬送曲を作曲したことでも知られるゴセックだった。

一七九二年の大流行から歌い継がれ、今や国歌の感さえある『ラ・マルセイエーズ（マルセイユ野郎どもの歌）』が、祭典のために編曲しなおされていた。『最高存在《エートル・シュープレーム》の賛歌』なる替え歌も作られることになり、その作詞を担当したのが劇作家マリー・ジョゼフ・シェニエだった。いや、シェニエでうまく行かないとなると、新たに詩人テオドール・デゾルグを起用して、まさにひとつの妥協も許さない曲作りだったという。

「万物の父よ、最高なる知性よ、
分別なき人の知られざる護り手よ、
汝《なんじ》はその存在を、示されり、
汝の宮を、自ら建てたまえりて」

汝の宮を、自ら建てたまえりて。こちらの合唱も今日の本番に備えて、一月《ひとつき》前から練習を繰り返したと伝えられる。が、やはり聞きなれない曲だ。それでも圧倒されるのは、声量が半端でないからなのだ。単に耳が痛いという類《たぐい》の音ではない。空気そのものから揺れて、大袈裟《おおげさ》でなく大風が吹いたかと思ってしまうくらいなのだ。

白服に赤帯という合唱隊は、パリ諸街区《セクシオン》の代表からなり、こちらも総勢二千四百人を数えるものだった。

やはり母親、少女、父親、老人、少年と分けられたのは、合唱隊の母親が歌えば、観客の母親が復唱し、合唱隊の少女が歌えば、観客の少女が復唱すると、そういう段取りになっていたからである。

すなわち、二千四百人が先導して、その歌を二十万人が追いかける。替え歌の『最高存在の賛歌』でない、いわゆる『ラ・マルセイエーズ』を合唱する段になれば、ここぞと張り上げられる声の波動に、ビリッ、ビリッと帽子の鍔《つば》まで鋭く揺れる。

「行こう、祖国の子供たち、
栄光の日は来《きた》り、
我らに向けて、暴君の、
血染めの旗が掲げられたぞ」

我らに向けて、暴君の、血染めの旗が掲げられたぞ。自分も声を張り上げながら、サン・ジュストは鳥肌が立つ思いがした。ああ、総身の血が逆流している。ああ、指先が震えて仕方がない。ああ、これが感動というものなのだ。

恐らくは議員五百人が同じ気持ちだった。いや、二千四百人の合唱隊の全員が、いや、いや、二十万人を数える参加者の全員が、ひとり残らず感動に胸を満たされ、血潮を熱く沸かせると同時に、しごく厳粛な気持ちになっているのだ。

それが証拠に私語がなかった。音楽が引けると、咳払《せきばら》いひとつない静寂が訪れた。その潮を見極めると、大時計棟正面の特別席に動きが生じた。

ひとりの議員が席を立ち、通路の階段を上り始めた。同じように赤襟《あかえり》の青服に、三色の飾り帯、羽根飾りの帽子という格好ながら、その腕には麦穂に加えて花や果実まで抱えるのは他でもない。

それは国民公会《コンヴァンシオン》の議長だった。草月《プレリアール》十六日あるいは六月四日の改選において、投票総数四百八十五票のうち四百八十五票、つまりは満票を集めて就任した議長は余人でない。

――ロベスピエールさんが……。

最上段に設けられた演壇についていた。議員に向け、合唱隊に向け、あるいは二十万市民に向けて、演説を始めるようだった。

「フランスの共和主義者の諸君、とうとう、この日がやってきました」

きました、ました、ました、と語尾が静寂の庭園に木霊《こだま》した。ええ、かつてないほど豊かな実りに恵まれた今日の日こそ、フランス人民の心は最高存在に捧げられるのです。

「世界は創造されてのち、こうして目《ま》のあたりにしている以上に価値あるスペクタクルを経験しませんでした。まさしく大地を、専制政治を、犯罪を、欺瞞《ぎまん》を、全て圧してしまうかの光景です。国民が一丸となり、ありとあらゆる人類の抑圧者と戦い、かかる英雄的な業《わざ》の半ばで、それに取り組む使命を与え、それを遂《と》げる力を与えた偉大な存在に寄せて、理解を高め、さらなる祈りを捧げるために、ふと手を止めている。そうした光景といってよい」

強く断言したロベスピエールは、背中をまっすぐに伸ばしていた。姿勢には緊張感があり、声には鋭い張りがある。それは幾百、幾千の演説を打《ぶ》ち、臆《おく》することなく己の正義を語りながら、常に聴衆に挑戦してきた、紛《まご》うかたなき革命家の雄姿だった。

——よかった。

と、サン・ジュストは息を吐《つ》いた。よかった。ロベスピエールさんが立ち直ってくれて、よかった。

本当に、一時はどうなることかと思った。寛大《アンダルジャン》派が粛清された時点では、そのまま精神が崩壊するのではないかと心配した。あのときのロベスピエールときたら、生ける屍《しかばね》となりながら、ぼんやり顔で残りの人生が費やされるばかりではないかとも、本気で恐れさせる様子だったのだ。

ダントンやデムーランを失った悲しみは、それほどまでに大きかった。なるほど、ロベスピエールの意気消沈を、それこそ再起が危ぶまれるまでの落ちこみ方を目のあたりにし、サン・ジュストも考えずにはいられなかった。

――このままロベスピエールさんを失う悲しみ……。

それと匹敵するほどの悲しみに襲われたのかもしれないと思いつくほど、その向後《こうご》にも安易な楽観は抱《いだ》けなかった。

ところが、ロベスピエールは驚くほど早い立ち直りをみせた。「リュクサンブールの陰謀」が処断された翌日、芽月《ジェルミナール》二十五日あるいは四月十四日の午後には、もう国民公会に姿を現したのだ。

促した議決が、こうだった。

「ジャン・ジャック・ルソーの遺体をパンテオンに移管する」

なぜルソーか。最初は困惑するばかりだった。それからロベスピエールは、三週間も議会を休んだ。再びデュプレイ屋敷に籠《こも》りきりになったが、また生ける屍のように無為を貪《むさぼ》るわけではなかった。

それどころか、革命の指導者は働いていた。公安委員会、保安委員会、革命裁判所、ジャコバン・クラブと途切れず指示を出すかたわら、自分の机に齧《かじ》りついて、一心不乱に書き物に勤《いそ》しんでいた。

そのうち、サン・ジュストにもみえてきた。察するところ、革命の原点ともいうべき哲学者に回帰しながら、ロベスピエールはフランスの教育改革に、ひいては人民の思想教化に、力を傾注するつもりのようだった。

——フランス人を改造するのだ。

もちろん、人間は簡単には変わらない。変わりたがらないし、変われもしない。とすれば、サン・ジュストの考え方は、ひとつだった。変わらないのは徳がない証拠だ。新しい革命の世に生きる資格がないと、自ら認めるようなものだ。

——殺すしかない。

それは恐怖政治《テルール》の精神でもあるはずだった。ジャック・ルネ・エベールを始めとするエベール派の処刑は無論のこと、ダントン派の粛清にしても、この線上に置かれるべき処断である。ああ、エベールは変われない。ダントンも、デムーランも、変わろうとはしなかった。ああ、どうせ変わらないに決まっている。そう専断しながら、だから死ねとサン・ジュストは自分の考えを貫き、また後悔もしなかった。

が、ロベスピエールのほうは別に考えたようなのだ。

——だから、こちらで変えてやらなければと。

心を変えていくしかない。教化していくしかない。こちらから働きかけて、望ましい変化を起こしてやるしかない。それを思いつきもしなかった。思いついても、すぐ無理だとあきらめた。状況に流されるまま、友人を殺すことになってしまった。それを無念と思うならば、なるほど、ロベスピエールには義務が課せられていた。

――変える努力をしなければならない。

それを具体的な形にすれば、教育の改革ということになるだろう。

もちろん、すぐに変えることはできない。十年、二十年とかかることも織りこみ済みだ。それでも奮闘を続けなければならない。全てのフランス人がアンシャン・レジームの記憶を消し去り、それと同時に人間の諸権利に歓喜し、民主主義を志向し、共和国という政体に心から賛成できるように、不断の努力を積み重ねなければならない。

事実、ロベスピエールの意思は草月二十日の今日にいたるまで、数々の法制化となって結実していた。

――軍隊を革命化したならば、また青少年も革命化しなければならない。

ベルトラン・バレールの発議で、草月十三日あるいは六月一日に国民公会にかけられたのは、新しい士官学校、人呼んで「マルス士官学校」の設立だった。

かねて士官学校が置かれたシャン・ドゥ・マルスから取られた名前だが、アンシャン・レジームのそれと区別する意図から、校舎は別にサブロン盆地に築かれることになった。そこで、軍事教育のみならず公民教育にも力が入れられる、新しい時代のエリート養成に取り組むことになったのだ。

「政治的な連邦主義を憎みながら、どうして言葉の連邦主義を捨てないのか」

そうしたグレゴワール師の呼びかけで、草月十六日あるいは六月四日には、フランス各地の方言の廃止、共通フランス語の統一が図られた。

共和国の基礎は「自由の言語」たるフランス語にあるという同じ理屈から、アルザス、バスク、コルス、ニース、ブルターニュ、フランドル等々、方言に留《とど》まらない非フランス語が話されていた地方には、先がけてフランス語学校が作られ、でなくともフランス語教師が派遣されることになっていた。

かかる教育改革の仕上げが、今日の「最高存在の祭典」だった。それが心の在り方に直結する、宗教を改革するものだったからだ。

タレイランの発議に始まる教会改革は、聖職者を、憲法を支持する宣誓僧と神しか認めない宣誓拒否僧に二分させ、組織としてのカトリック教会に大混乱をもたらした。

この惨状にも後押しされて、短期間に猛威を振るったのが、エベール派の脱キリスト教化運動だった。

いずれの聖職者が司《つかさど》るかに拘《かか》わらず、教会の閉鎖が相次いだ。アナカルシス・クローツの無神論も大手を振った。国民公会が信教の自由を確認しようとも、その勢いは止まらなかった。エベール派が破滅に終わったときには、キリスト教もまたほとんど破壊されていた。

――宗教を再建しなければならない。

無神論の闇《やみ》に沈んではならないと、それは自明の課題だった。というのも、このままでは人民の心は決して救われないからだ。仮に絶望を免《まぬか》れられたとしても、己を律する力までは備わらない。貪欲《どんよく》をはびこらせ、堕落への誘いを忍びこませ、ましてや徳など育《はぐく》まれるわけがない。

33——最高存在

執筆と推敲《すいこう》に三週間を費やし、花月十八日《フロレアール》の国民公会《コンヴァンシオン》に「最高存在の祭典《エートル・シュープレーム》」を発議したのは、ロベスピエール自身だった。

「自然は我々に、人間は自由のために生まれたと教える。しかしながら、諸世紀の経験は我々に、人間は奴隷であることしか示さない。人間の諸々《もろもろ》の権利は心に刻まれている。しかし歴史に刻まれるのは、屈辱の現実ばかりである」

公安委員会報告として、かかるルソーからの引用で始められたのは、「宗教的ならびに道徳的観念と、共和主義的原理との相関について。さらに国民的祝祭について」というものだった。

「最高存在と魂の不滅という考え方は、絶えざる正義の呼びかけに他なりません。ゆえに社会的であり、共和主義的なのです。自然というものは、人に快さと易《やす》さの感覚をもたらします。それが害になるほどの負荷からは逃れるよう、自分に好都合なものを探すよう、自《おの》ずと人に仕向けるのです。この社会が傑作をなすことがあるというのは、かかる感覚のなかに、パッと道徳的に振る舞える本能を、巧みに組みこむからなのです。理性の遅ればせながらの助けなど必要とせず、それは自ずと善を選び、また悪を避けてしまいます。理性を珍重する向きもありますが、各人それぞれの理性というのは、それぞれの情念によって、実は歪《ゆが》められているのです。自らの理由を主張できるのは詭弁家《きべんか》のみです。人間の世の権威さえ、人間が自身に寄せる愛ゆえに、常に攻撃されうるのです。話を戻せば、その大切な本能を造り、あるいは代替するもの、人間の世の権威にさえ不十分なものを補うもの、それは宗教的感情です。それは人間より上位にある力によって、道徳の教えに基づく懲戒の観念を魂に刻みつけるものだからです。いうまでもないことながら、無神論を国教にしようと考えた立法者など、ひとりとしておりません」

といって、カトリック教会を再建する意味など、もとよりなかった。神父だの、修道士だの、その組織は破壊されるに任せてよい。「最高存在」という神が、キリスト教の神である必要もない。その古臭い教義に忠実である理由もなく、かわりに「自然に帰れ」と叫んだルソー流の世界観に基づいて、なんら悪いことではない。

「偽の薬で儲《もう》けようとする山師が医学に頼るのと同じ理屈で、道徳に頼る聖職者がいます。しかし、自然の神は聖職者の神と、いかに違っていることか。無神論のほうが既存の宗教にどれだけ似ていることか。それらは、まるで理解されてきませんでした。最高存在を歪める力は、それらが潜んでいるかぎり、全滅させせなければなりません。あるときは火の玉を、あるときは牛を、またあるときは木を、人を、王を使い、聖職者は神というものを己の想像で造り出してしまいます。聖職者は嫉妬《しっと》深《ぶか》く、気まぐれで、貪欲で、残酷で、容赦ありません。フランク帝国の時代に宮宰《きゅうさい》にすぎない者が、メロヴィング朝の祖であるクロヴィスの子孫たち、つまりは正統な君主たちを不当に遇したことがありました。それと同じように、その者の名で統治し、実際には自分が統治者になるために、聖職者は様々なものを自在に扱ってしまうのです。王族を宮廷に閉じこめたように、神を天に遠ざけて、自らの利益のために十分の一税を、富を、名誉を、快楽を、権力を欲しいときしか、大地に呼びよせようとはしないのです」

「最高存在の真の司祭は自然です。その神殿は地球であり、その信仰は徳なのです。その祭典が、集合する偉大なる人民の喜びであるというのは、目の前で甘美な友愛の絆《きずな》が結びなおされ、また感じやすく純粋な心から湧《わ》き出る崇敬《すうけい》の念を、確かめられるからなのです」

「公的教育の欠くべからざる一部として、考えられなければならないのは、かつまた、この報告の主題に必然的に帰結するのは、一種の制度であります。ゆえに私は国民的祝祭を論じたいのです」

その構想が結実していた。

演説を終えたロベスピエールは、松明《たいまつ》を渡されていた。たっぷりの油を染み込ませたと思《おぼ》しき先端に、ゆらゆらと大きな炎を揺らしながら、頂上の演壇から降り始めた。五百人の議員も全員が立ち上がった。議長を追いかけるようにして、自らも階段を降りていった。テュイルリの庭園のほうから眺めるならば、青色の雪崩《なだれ》が起きたようにみえたに違いない。

地面に降りて、さらに議員団の行進は続いた。薔薇《ばら》の花で飾られた庭園を貫いて、ようやく停止したのは、もともと庭園に築かれていた泉水の前だった。

いくつか像が建っていた。人間の形をしたマネキンで、灰色の絵の具のおかげで石細工にもみえたが、その実は紙粘土と厚紙の細工にすぎなかった。

大きな一体には「無神論」と書かれていた。これを囲んでいる小さな四体には、それぞれ「野心」「利己心」「不和」「邪《よこしま》な無知」と刻まれていた。そうした全てに「ひとえに外国の望みしところ」とも付記があった。

そのマネキンたちにロベスピエールは松明の火を寄せた。

絵の具の油分に助けられたか、こちらの像もよく燃えた。みるみる紅蓮《ぐれん》の炎に包まれ、あれよという間に黒々とした灰の塊《かたまり》になってしまった。

ばらばらと数人が飛び出して、手にした箒《ほうき》でその灰を払い始めた。すっかり除かれてしまうと、大きな一体のなかから別な像が現れた。全身が焦げた布に覆われていて、恐らくは火除《ひよ》けのために巻かれていたものだろう。ロベスピエールはといえば、その間に別に用意されていた演壇についた。

「フランスの共和主義者たちよ。汚された大地を浄化し、追われた正義を呼び戻せ」

命令に応じて、像から布が取り払われた。現れたのは、光り輝くほどに純白の像だった。刻まれていたのは、今度は「知恵」の文字だった。

「諸王の霊がフランスに吐き出した怪物どもは、もう無に帰してしまいました。怪物どもと一緒に、全ての犯罪と、全ての不幸も消えうせました。狂信の短剣を帯び、無神論の毒を携えながら、諸王は常に人間性を圧殺しようとしてきたのです。迷信によって神性を歪めるにも程があると知るや、次には自らの罪の重さと釣り合わせるため、それを地に葬り、さらなる罪を犯しながら、独断で統治しようとしてきたのです。しかし、です。もう人民は諸王の冒瀆的《ぼうとくてき》な企《たくら》みなどを、恐れたりはしないのです」

甲高くも鋭い声で宣言しながら、ロベスピエールは両の腕を目いっぱいに広げていた。指先まで力が漲《みなぎ》っているのがわかった。いや、充実しきった気力というのは、肉体から溢《あふ》れて外まで出てしまうのか、ぐんと手足が伸びたようにも感じられた。小柄な革命家を常ならずも大きくみせたのは、あるいは後光というような神秘の力であったろうか。

——とにかく、もう大丈夫だ。

やはり大丈夫だと、サン・ジュストは心のなかに繰り返した。

それは議会で発議が行われた花月十八日の思いでもあった。ああ、ロベスピエールさんは大丈夫だ。きちんと立ち直ってくれた。

いや、正直をいうならば、一抹《いちまつ》の不安がないではなかった。それでも大丈夫だ、大丈夫だと自分に言い聞かせるようにして、サン・ジュストはパリを離れていた。「最高存在の祭典」に合わせて帰京するまで、派遣委員として働いていたのは北の戦場だった。

34――シャン・ドゥ・ラ・レユニオン

戦況はなお予断を許さなかった。コーブルク将軍のオーストリア軍は、オワーズ河の両岸を制圧して、パリ進撃の可能性さえ窺《うかが》っていた。花月《フロレアール》十一日あるいは四月三十日にはランドルシーに進み、これでフランス国内に楔《くさび》が打たれた格好になった。そのまま放置しておけば、みる間に大きな裂け目に成長してしまい、パリまで脅《おびや》かすだろうという楔である。

フランス軍はといえば、デジャルダン将軍のアルデンヌ方面軍とピシュグリュ将軍の北部方面軍とで、オーストリア軍を南北から挟みこむ形勢だった。いや、より正しい実情としては、南北に分断されていたというべきか。

北部方面軍には派遣委員として、公安委員会のラザール・カルノが飛んでいた。アルデンヌ方面軍にも派遣されていたが、その何人かの議員たちは、それほど有力というわけでも、有能というわけでもなかった。

挺入《てこい》れを図らなければならない。アルデンヌ方面軍に中央の意を強く反映できる委員が飛ばないでは、オーストリア軍を南北から締め上げる体《てい》にはならない。

サン・ジュストは現地に飛んだ。今回も相棒のルバを伴いながらだった。

オーストリア軍の進撃を牽制《けんせい》するべく、取り急ぎギーズで塹壕《ざんごう》陣地の設営を指導しながら、現場で受けた感触をいえば、あながち悪いものではなかった。ああ、アルザスに飛んだときとは比べ物にならない。軍隊が軍隊らしくなっている。それも共和国の軍隊になっている。

軍制改革が軌道に乗り始めていた。

かねてフランス軍は、王政時代から続く正規軍と、革命政府の徴募に応じた義勇兵が、ひとつ戦線に混在する体だった。いうまでもなく、これでは足並が揃《そろ》わない。職業兵士できっちり構成されている部隊と、素人《しろうと》同然の志願兵を集めた部隊が、同じ歩調で作戦を遂行《すいこう》できるわけがない。

そこで考え出されたのが、半旅団というものだった。正規軍一大隊に義勇兵二大隊を合わせたもので、双方が半旅団として内的に融合しよう、正規軍は高度な職能意識を伝え、義勇兵は熱い祖国愛で感化し、それぞれに良い刺激を与えながら、共和国の軍隊を形作ろうという発想である。

当初は机上の空論のようにもいわれたが、これが思いのほかに当たった。将軍や将校のポストを独占していた貴族が粗方《あらかた》いなくなり、指揮官が一新されていたこともあり、軍隊は意外なほど民主的になっていたのだ。

――うまくいく。

実際のところ、戦況も各地で好転していた。デュマ将軍のアルプス方面軍は、花月五日あるいは四月二十四日にサン・ベルナール峠をサルディニア軍から奪還、ジェノヴァ方面に進んで、花月九日あるいは四月二十八日にはサオルジオまで占領していた。

東部ピレネ方面軍にせよ、草月《プレリアール》一日あるいは五月二十日にはスニ山を占領、草月九日あるいは五月二十八日までには、コリウール、サンテルヌ、ポール・ヴァンドルを次々と占領している。

西部ピレネ方面軍も遅れず、草月十五日あるいは六月三日には、アルデュードス砦《とりで》からスペイン軍を放逐したとも聞こえてきた。こちらもカタロニア方面に進出する勢いなのだ。

――やはり、やはり。

なにより、主戦場の北部が悲観したものではなかった。カルノの北部方面軍は花月七日あるいは四月二十六日にクールトレに入り、花月十日あるいは四月二十九日にフュルヌに進むと、花月二十九日あるいは五月十八日にはトゥールコワンで戦闘となり、そこでオーストリア軍の撃破に成功している。

いいかえれば、フランス軍は再びオーストリア領ベルギーの地を踏んだ。

かたわら、サン・ジュストとルバが指導してきたアルデンヌ方面軍は、サンブル河の攻略を試みていた。河向こうの東側に地歩を築くことができれば、敵軍のパリ進軍を決定的に阻《はば》める。のみか戦線を押し返して、こちらからもベルギーに進んでゆける。

作戦の意味するところは、オーストリア軍のほうとて重々承知であり、サンブル河の攻防はもつれた。河を渡り、押し返され、また渡りと繰り返したあげく、アルデンヌ方面軍はジュールダン将軍のモーゼル方面軍の加勢を得た六回目の挑戦で、ようやく試みを遂《と》げることができた。草月九日あるいは五月二十八日、マルシエンヌ橋の制圧に成功して、遂《つい》にオーストリア領への入口を確保したのだ。

おかげでサン・ジュストは「最高存在《エートル・シュープレーム》の祭典」に合わせて、パリに戻ることができた。

——ああ、うまくいく。

パリに戻れば、また「最高存在の祭典」も期待を裏切らなかった。いや、戦地に出ていて、留守の間のロベスピエールたちの奮闘を知らずにいただけ、サン・ジュストには期待以上に感じられた。

テュイルリの式次が終わると、またぞろ人々は長々と行列した。数百人の誘導係が走り回るというのも、午後の祭典はシャン・ドゥ・マルス、改名したシャン・ドゥ・ラ・

レユニオン（合同の広場）で行われる予定だったからである。

行列の先頭は喇叭隊《らっぱたい》だった。その演奏に軽やかな馬の蹄《ひづめ》を合わせるのが、後ろの騎兵隊である。さらに後ろが砲兵隊で、追いかけるのが国立音楽院の生徒で成る太鼓百人隊、これにパリの四十八街区、二十万の人民が続いたのだ。

街区名のアルファベー順で並び、前半が二十四区だった。十二番目と十三番目の間に楽隊が置かれ、その演奏のおかげで行進の歩調は、やはり少しも崩れなかった。後半の二十四区を控えさせ、行列の真ん中で進む格好になったのが、国民公会《コンヴァンシオン》の議員団だった。

先頭は、やはり議長のロベスピエールだった。議員団も前半と後半に分けられ、その間に差しこまれたのが、この日のために作られた山車《だし》だった。

左右の角を金色に塗られた牛が八頭で引く山車で、荷台には各種労働の象徴である鋤《すき》、穀物の束、印刷機、柏《かしわ》の若木、さらに農耕の恵みを象徴する女神像が積まれていた。

議員団の最後が再び太鼓百人隊で、その後ろで後半の二十四区が、ようやく進発の運びとなった。やはり馬車が同道したが、乗るのは盲目の子供たちで、道々『最高存在の賛歌』を歌ってくれた。

薔薇《ばら》を手にした母親たちと、柏の枝を手にした父親たちと、花を手にした娘たちと、剣を手にした息子たちが、セーヌ河を左岸に渡り、一路シャン・ドゥ・ラ・レユニオンを目指した。同じパリ市内、距離にしてほんの三キロほどの話だとはいえ、二十万人もの大移動が大きな事故もなく、それも数時間のうちに行われたというのだ。

——それ自体が奇蹟《きせき》だ。

やはり祝福されているのだ。目の前に新たに開けた光景をみるにつけても、サン・ジュストは興奮の度を高くするばかりだった。

旧練兵場には一七九〇年の全国連盟祭で造られた「祖国の祭壇」が、長らくそのままになっていた。こたびの「最高存在の祭典」に合わせて、それも芸術総監督ダヴィッドの手に委《ゆだ》ねられた。石膏《せっこう》と厚紙を用いた突貫工事で、祭壇のうえに築かれたのが、自然が再現された山だった。

全体の形として、綺麗《きれい》な三角錐《さんかくすい》というには歪《いびつ》な凹凸が目についた。ごつごつとして白茶けた肌合いも露《あらわ》に、大小様々の岩山がいくつも積み重なることで、ようやく山の体をなしているという風だった。あちらこちらの低木の植えこみも、適当に疎《まば》らな感じがあって、かえって自然な印象なのだ。

頂上に巡らされたのが、円状の柵《さく》だった。その中央に立つのが樫《かし》の木であり、突端に三角の三色旗を靡《なび》かせて、それは「自由の木」と呼ばれていた。

革命が勃発《ぼっぱつ》してからというもの、象徴的な意味を付与されながら、ことあるごとに植樹が行われてきたが、人工の山の頂《いただき》に聳《そび》えるそれは、まさしく運動の総決算の感があった。

山と並び、それと競うように屹立《きつりつ》しているのが、地面から数えて高さ十五メートルという円柱だった。「民衆の柱」と呼ばれるそれは、頂点の四角の台座にヘラクレス像を載せていた。そのヘラクレス像が掌《てのひら》に載せているのが球体で、球体の上に立つのが自由の女神の小像であるという、こちらは古典古代めいた意匠になっていた。

シャン・ドゥ・ラ・レユニオンの山には、山肌に螺旋《らせん》を描いて登っていく小道が切りこまれていた。青服を着た国民公会の議員たちは、その小道に歩を進め、そのまま頂の近くまで登っていった。

小道の途中の斜面や台地に配されたのが、白服に赤帯の合唱隊だった。それだけで二千四百人を数えるので、議員の行列と合わせて、もう人だらけである。そうした山を、びっしり山裾《やますそ》を取り囲んだ二十万の群集が、目を細めて仰《あお》ぎみたのだ。

民衆の柱の台座、ヘラクレス像の足元から、喇叭が吹き鳴らされた。天高く音が駆けると、また賛歌が歌われ始めた。そのときサン・ジュストは目撃した。

35——頂点

テュイルリ宮に増して、視界が開けていた。二十万の人民が芝生の広場を隙間《すきま》なく、山裾の際《きわ》にいたるまで埋めていた。

——人、人、人。

数えきれないくらいの頭が並んでいた。その上に突き出しているのは、無数の三色旗だけだった。いや、違う。芸術総監督の意志が隅々まで行きわたっていたかの、先刻までのテュイルリ庭園とは違う。

同じく歌を歌いながら、人々は動いていた。ああ、自分の意志で動いている。ああ、ここが自由の国であれば、フランス人は好きに動くことができる。

娘たちは頭上に花を投げていた。母親たちは祝福を競うように、自らの子をなるだけ高くと腕に掲げた。息子たちは軍刀を鞘《さや》から引き抜き、何かの誓いを立てるかのように、その白刃を突き上げる。父親たちは万歳の形で両手を振り上げている。老人たちは手を合わせ、取るのは祈りの姿勢である。

――それは家族の光景だ。

母親、娘、父親、息子、そして老人と分けられていた意味を、サン・ジュストは理解した。ああ、フランス人は家族を求めた。好きに動いたあげくに、家族を求めた。フランスは家族の絆《きずな》を必要としていたのだ。「最高存在の祭典」は、その絆を結び直すためのものだったのだ。

なんとなれば、この革命で人々は、誰もが自由で平等な個人になった。領地に縛られるわけでもなく、教会に属していなければならないわけでもなく、ギルドに従う義務もなければ、親の仕事を継がなければならないわけでもない。それが自由で平等であるという意味だったが、他面そうした個人であることは淋《さび》しいのだ。心細くて、なんだか怖くも感じてしまって、とてもじゃないが、やりきれないのだ。

だから、保身に走る。誰にも頼れないからと、ことによると強欲にもなる。あるいは下らない仲間を求める。党派を形づくりながら、ときには全体の利益さえ損なわせる。人間なんて勝手だからだ。悲しいくらいに自分のことしか頭にないからだ。それを引っこめ、後回しにできる価値があるとするならば、ひとえに家族だけなのだ。誰かを家族と思えるくらいの友愛《フラテルニテ》を含めた、絶対の連帯感だけなのだ。

――フランスは大きな家族にならなければならない。

自由で平等な個人が利己心の虜《とりこ》になり、あげくに共和国をバラバラにしないようにするためには、家族の絆を常に結び直さなければならない。

――それは可能だ。

とも、サン・ジュストは確信した。それが証拠に山裾に集う家族たちは、それぞれ動作は違いながら、みつめる先はひとつだった。

――山《モンターニュ》だ。

いや、山岳派《モンターニュ》が支えている自由だ。そして、柱だ。民衆が手に入れた自由だ。なるほど、それは生まれながらに与えられているものではあるけれど、必死に手を伸ばさなければ届かない高みにある。なるほど、自由を守り、大地に根づかせようと奮闘する者がいなければ、たちまち倒され、無残に損なわれてしまう。

だからこそ、人々は見上げているのだ。眩《まばゆ》さに目を細めながら、それでも誰ひとりとして逸《そ》らすことなく、一心に見上げているのだ。その視線に誘われながら、頂《いただき》近くのサン・ジュストも、一緒に頭上を仰《あお》ぎみた。

山の頂点に立つのは、やはりロベスピエールだった。自由の木のかたわらにも、演壇が用意されていた。そこに小さな影が近づくにつれ、歌声も引けていった。静けさのなか、再び試みられた演説は、いよいよ天上の声にも感じられるものだった。

「あらゆる存在のなかの存在よ。我々はもうあなたに不正な祈りを届けません。あなたはご自身の御手《みて》による被造物を御存じでありましょう。生きていくための所業の数々として、あなたの目を逃れられるものではありません。しかし、秘されていた思いとしてあるのです。正義と祖国を愛する気持ちとともに、悪《あ》しき信仰と専制政治への憎しみは、我々の心で燃えているのです。人類愛の大義のゆえに、我々の血は駆け巡るのです。それが我らの祈りであり、それが我らの供物《くもつ》であり、それが我らが捧《ささ》げる信仰なのです」

またロベスピエールも頭上を仰いでいた。が、そこにいる者はなく、ただ蒼天《そうてん》があるばかりである。いるとすれば、神だ。それが古臭いというならば、まさしく最高存在だ。それのみに仕《つか》えるロベスピエールは、足元から仰ぎみる人民の導き手だった。守り手であり、裁き手であり、つまるところ、フランス革命の法王だった。

――やはりフランスは一丸となり……。

そう呟《つぶや》きかけた刹那《せつな》、サン・ジュストは首を竦《すく》めた。

どおんと大音量で号砲が轟《とどろ》いていた。なるほど、砲兵隊も行進してきた。同道してきた喇叭《らっぱ》隊《たい》や太鼓隊も、このまま大人しくしているはずがない。

また音の嵐になった。なかんずく人々の歓声は、ひとつの言葉に収斂《しゅうれん》していた。

「共和国《ヴィーヴ・ラ・レピュブリーク》ばんざい、共和国ばんざい」

うまくいく。そう心に繰り返したとき、サン・ジュストは知らず涙を流していたことに気づいた。ああ、うまくいく。全てが、うまくいく。

王を殺し、ジロンド派を追放し、のみかエベール派、ダントン派と粛清する荒仕事までなし遂《と》げたことは、やはり間違いではなかった。ああ、恐怖政治《テルール》は正しかった。一生の後悔になったとしても、それが同時に信念ある徳の政治であるかぎり、こうしてフランスは一丸となることができるからだ。

固い絆で結ばれた家族として、内にまとまれていればこそ、外の戦争にも勝てる。外の戦争に希望が持てれば、いっそう内の団結が固くなる。

――革命は頂点を迎える。

ロベスピエールは演壇を降りた。小道を踏みしめ、そのまま山まで下りてしまった。大歓声に呑《の》まれるかと思いきや、人々は道を開けた。熱狂的な拍手喝采《はくしゅかっさい》を捧げながら、それでも我らが指導者の歩みを邪魔しようとはしなかった。

サン・ジュストは思う。海を裂いたモーゼのようだ。ロベスピエールさんは、やはり革命の法王なのだ。それなのに、だ。

サン・ジュストがいる議員席では、ぶつぶつ私語も生じていた。

「本当に法王気取りだな、ロベスピエールは」

「なんだ、専制君主の座が望みじゃなかったのか」

「法王ならまだしも、一気に神になるつもりかも」

「馬鹿な……。そんな暴挙をフランス人が許すものか」

「それは本人とて承知のうえだろう。現に自分で頂上から下りてきたじゃないか」

「そうだな、高いところに上るほど、転がり落ちるのも早い」

サン・ジュストは目を向けた。誰と見分けられたわけではなかったが、右に左に目を動かして、せめて睥睨《へいげい》しないではいられなかった。

――きさまらは、なにをみた。

この「最高存在の祭典」から全体なにを読んだのだ。不敬な声の主を突き止められないのならば、ここにいる議員のひとりひとりの襟《えり》をつかんで、いちいち問い質《ただ》したいくらいだった。なんとなれば、フランスは全体で、ひとつの家族にならなければならないのだ。その絆を不断に確かめ合わなければならないのだ。

――食《は》み出し者がいるならば……。

そこまで続けて、サン・ジュストは息を抜いた。まあ、いいさ。食み出し者がいるならば、この俺《おれ》がいつでも踏み潰《つぶ》してやる。だから、いい。今日のところは、まあ、いい。

36――草月法

進められたのは、教育改革ならびに人民の教化だけではなかった。

ダントン派の処刑に先立つ芽月《ジェルミナール》十二日あるいは四月一日、国民公会《コンヴァンシオン》は公安委員カルノの発議を受けて、執行評議会ならびに大臣職の廃止を決議していた。以後の行政大権は、議会の公安委員会に監督される、十二の執行理事会に委《ゆだ》ねられることになった。

同日、警察局の創設も可決された。同じように公安委員会に直属する形だった。この警察局を実行の手段として、芽月二十七日あるいは四月十六日に定められた「陰謀犯の弾圧ならびに貴族の追放に関する一般警察法」においては、公安委員会にも広範な司法権限が認められることになった。

その前日の芽月二十六日あるいは四月十五日の議会では、公安委員ルイ・アントワーヌ・レオン・ドゥ・サン・ジュストの発議で、陰謀等の政治犯罪あるいは反革命犯罪については、管轄《かんかつ》がパリの革命裁判所に一本化されることが決められた。

さらに花月《フロレアール》十九日あるいは五月八日の議会では、同じく公安委員のジョルジュ・オーギュスト・クートンの発議で、地方の革命裁判所、革命委員会等々、派遣委員が特設した司法機関の一切が廃止されることが明言された。

法案は全て即日の可決をみた。異論を唱える議員もなく、国民公会は静かだった。ああ、誰も逆らえるわけがない。

——権力は集中される。

公安委員会に。いや、ロベスピエールさんに。それは人事の問題でもあった。芽月三十日あるいは四月十九日には、地方において国家権力を体現する派遣委員そのものが、一気に二十一人も任務を解かれ、即日パリに召還されることになった。

そのパリでは花月二十三日または五月十二日、エベール派の市長パーシュが逮捕された。後任が革命裁判所の訴追検事補佐、レスコ・フルリオだった。すでに着任している第一助役のパヤン、第二助役のモワーヌ、ルバンとあわせ、全てロベスピエールに連なる人間である。

革命裁判所の所長エルマンは、新たに警察局を任されることになった。後任の所長がデュマだが、どちらもロベスピエール派であることに変わりはない。

議会にとっても、革命裁判所にとっても、パリ市政庁にとってさえ、しばしば脅威となってきたのが諸街区だったが、その区民集会、人民協会《ソシエテ・ポピュレール》の類《たぐい》も解散が相次いだ。花月、そして草月《プレリアール》も今に至るまでの間に、パリ四十八区のうち実に四十区で活動が停止された。

新聞の数も減った。出され続けるのは官報か、あるいは政府の補助金を受ける新聞だけで、これが大量に刷られたところで、人々も以前のようには熱心に読まなくなった。

かたわら、革命犯罪人の処刑は続いた。

花月三日あるいは四月二十二日には、デュヴァル・デプレメニル、ル・シャプリエ、トゥーレという元議員と、マルゼルブ、シャトーブリアンという文化人が処刑された。

花月九日もしくは四月二十八日には、元陸軍大臣ラ・トゥール・デュ・パンと、元パリ警察庁次官ティルー・ドゥ・クローヌが、断頭台に送られた。

花月十九日あるいは五月八日には、有名な化学者ラヴォワジエを含む二十八人の元徴税請負人が、今なお許されざる革命前の罪を問われて、その命を奪われた。

花月二十一日あるいは五月十日には、ルイ十六世の妹エリザベート王女が、まさにルイ十六世の妹だという理由において、死ななければならなかった。

――それでも、まだ足りないのだ。

「最高存在《エートル・シュープレーム》の祭典」の興奮覚めやらない草月二十二日あるいは六月十日、車椅子《くるまいす》の闘士クートンは公安委員会の名において、国民公会に「革命裁判所の改組と犯罪抑止の強化」に関する報告を行った。

「祖国の敵を罰するとき、遅れが許されるのは、その敵を確認する時間だけに限られなくてはなりません。大事は連中を罰するより、連中を根絶させることにあるのです」

そう訴えたクートンの提案は、弁護士は廃止される、予審も廃止される、物証あるいは心証があれば、必ずしも証言は必要としない等々、訴訟手続きの簡略化を図るものだった。

いうまでもなく、恐怖政治《テルール》を加速させる措置である。この法律が可決されれば、革命犯罪人は逮捕投獄されたが最後で、どんどん断頭台に送られることになる。

リュアンという、ラ・シャラント・アンフェリウール県の選出議員が声を上げた。

「重大な議案です。クートン議員の報告は印刷に回され、その内容は文章として精査されるべきかと。もちろん、即日の投票は不可能です。あわせて、審議の延長を要求いたします」

セーヌ・エ・オワーズ県の出身議員ルコワントルが続き、丁寧な議論が尽くされるためにも、その延長には期限が切られるべきではないと主張した。

これに公安委員会委員で中道派のバレールは、自由が輝かしい勝利を手にしているようにみえる今こそ、祖国の敵がいや増して大胆に陰謀を企《くわだ》てているときであれば、いくらなんでも無制限の延長は容《い》れがたいと応じた。

二日ではどうか、いや、三日と綱引きが始まったが、そのとき議長席から立ち上がり、自ら演台に向かったのが、マクシミリヤン・ロベスピエールだった。

「この二カ月というもの、諸君らは公安委員会に、現行法より広範な法を作れと求めてきたのではありませんか。なぜならば、この二カ月というもの、国民公会は暗殺者どもの剣に脅《おびや》かされてきたのです」

二カ月というのは、革命裁判所の強化が着手されて二カ月、芽月二十六日から花月十九日を経て、この草月二十二日に至る二カ月なのだが、「暗殺者どもの剣に脅かされてきた」とまで語気を強められながら、誰も反論できなかったのは他でもない。

暗殺未遂《みすい》事件が起きていた。草月三日あるいは五月二十二日、かつて王家の富籤《とみくじ》局《きょく》に勤め、一七九二年八月十日にも兵士として王宮を警備していたアドミラという男が、テュイルリ宮から出てきた公安委員、コロー・デルボワに短銃を撃ち放したのだ。

弾丸は居合わせた錠前屋ジョフロワのほうに当たり、暗殺は失敗に終わった。が、逮捕された後の取り調べでは、夕方まで数時間も待ち伏せしながら、本当に狙《ねら》っていたのはロベスピエールの命だったとも証言した。

続く草月四日あるいは五月二十三日、やはり夕方の話で、今度はデュプレイ屋敷のほうに来客があった。ロベスピエールさんに会いたいと訪ねてきたのは、二十歳《はたち》のパリ娘セシル・ルノーだった。

新たなシャルロット・コルデーを予感して、家主のほうで調べたところ、やはりといおうか、こちらも懐《ふところ》に包丁と短剣を忍ばせていた。

「ただ暴君の顔をみたかっただけです」

そう供述したものの、殺意は否定できなかった。アドミラならびにルノーの線から捜査を進めると、共犯者の逮捕は全部で五十人を数える展開にもなった。

人民の父ともいうべき議員を殺そうとした輩《やから》、その大罪の印として、牢獄《ろうごく》では逮捕された全員が赤服を着せられた。一種の見せしめだったが、そのことから事件は「赤服事件」とも呼ばれるようになっていた。

いずれにせよ、議員が命の危険に曝《さら》されていたことは事実だった。わけてもロベスピエールのところには、「殺してやる」という類の脅《おど》し文句が綴《つづ》られた無署名の手紙が、それこそ毎日のように配達される有様だった。

これを放置してよいはずがない。なお放置すべしと強弁するなら、すでにしてロベスピエールの死を望むと公言したにも等しい。そんな暴言は許されない。今のフランスで許されるわけがない。

議会でもロベスピエールの介入に異を唱える者はなかった。革命裁判所の訴訟手続きの簡略化を許す法律、いわゆる草月法は即日の可決をみた。強化されるばかりの恐怖政治に、もとより誰が逆らえるでもなかった。

――しかしだ。

舌打ちしながら、サン・ジュストは窓を閉めた。

どんどん暑くなるばかりの季節であれば、本当なら大きく開け放して、涼やかな風を呼びこみたいところだった。が、今度ばかりは閉じないではいられない。

――テュイルリ宮で張り上げられる怒鳴り声の応酬が……。

筒抜けで外に洩《も》れてしまうとなれば、さすがに閉じないではいられない。その「緑《ヴェール》の間」と呼ばれる部屋こそ、フランスという国家の中枢なのだと、知らぬ者もないほどであれば、まして喧嘩沙汰《けんかざた》など伏せて隠さなければならない。

37——強行突破

草月《プレリアール》二十三日あるいは六月十一日、草月法が可決された翌日の公安委員会は、大荒れの展開になっていた。楕円《だえん》の卓に出席予定の委員が揃《そろ》うや、一番に詰問したのはボサボサ頭のビヨー・ヴァレンヌだった。

「草月法ほど重要な法案を提出するのに、どうして我々のところには、事前になんの相談もなかったのか」

戦地に出ていたサン・ジュストは知らない。が、その革命裁判所の権限を強化する法律について、クートンが準備段階から内容を諮《はか》った相手は、ひとりロベスピエールだけだったようだ。

「だから、何度もいうが、ただ忙しかっただけだ。誰もが『最高存在《エートル・シュープレーム》の祭典』の準備に追われていた。ああ、ビヨー・ヴァレンヌ、君とて奔走していたではないか。公安委員会で稟議《りんぎ》にかける余裕などなかった。ましてや保安委員会との合同会議など持てるわけが……」

「保安委員会の話などしていない。あちらさんも確かに不満に思っているに違いないが、この私には関係ない。私が腹に据えかねるのは、クートン、あなたが公安委員会の名前で発議したことだ」

「名前を使ったことが悪いと？　事前の相談がなく、ましてや中身を知らされていたわけでもないのにと？」

はんと鼻で笑うと、クートンは手元のハンドルを回した。車椅子《くるまいす》を後退させて、楕円の卓から離れると、そのままサン・ジュストがいる窓辺まで移動してきた。であれば、それは捨《す》て台詞《ぜりふ》のようにも聞こえた。

「はん、それでビヨー・ヴァレンヌ、私に勝手に名前を使われたからと、なにか君に不都合でもあったのか」

「そういう問題ではなかろう。公安委員会の名前というのは……」

「手続きにこだわるのかね」

別な方向から声が入った。今度はロベスピエールだった。ああ、ビヨー・ヴァレンヌ、君はこだわる性格だったのか、そんなにも手続きに。

「それならば、きちんと手続きを踏まなかった点については、私から陳謝させてもらう」

「いや、公安委員会の名前を使ったのはクートンであり、ロベスピエール、あなたではない」

「それも形ばかりの話だ。法案の作成には私も関与していた。いや、むしろ私が主体となって進めた。クートンが演壇に立ったのは、たまたま私が議長を務める番だったからだ」

「それは、そうかもしれないが……」

「私が陳謝することで、この話は終わりにしてくれるね」

ロベスピエールもまた強引だった。クートンの態度とあわせて察するに、二人ながら最初から強行突破するつもりでいたようだった。

「ときにビヨー・ヴァレンヌ、法律の中身については、君も納得してくれているんだね」

「それは……、いや、だから、きちんと吟味したわけではないので……」

「告発手続きに関していえば、公安・保安両委員会の権限も強化された。我々にとっても不利な法律とは思えないが」

「そうかもしれんが……」

「煮え切らないな。あるいは薄情だというべきか。どうしてといって、君が懇意にしているコロー・デルボワだって、凶弾の餌食《えじき》にされかかっているのだよ」

「それとこれとは……」

「別ではないだろう。このままでは君の相棒に銃を向けた輩《やから》が、いつまでも罰せられないままになるのだから」

聞いていたサン・ジュストは、思わず失笑してしまった。形にこだわるというならば、ビヨー・ヴァレンヌは「懇意」だの、「相棒」だのという言葉にこそ、こだわって然《しか》るべきだった。公安委員会はひとつだからだ。誰と誰が組みになって、なかを割るものではないからだ。

なおコロー・デルボワと一緒にされるとすれば、含意はひとつしかありえない。

――エベール派の生き残り、か。

サン・ジュストは心に吐き捨てた。本当ならエベールと一緒に粛清してもよかった。我が身の危うさを知ればこそ、ビヨー・ヴァレンヌも、コロー・デルボワも、続く矛先をダントン派に向けるのに必死になったものだが、それも今から仕切り直せないわけではない。

――少なくとも意見を伺う義理はない。

おひとよしにも聞いてやって、あげくに邪魔されるのであれば、それこそ元も子もなくなってしまう。パリを留守にしていたからと、やや下がる格好になっていたが、ここは自分が出るしかないと、サン・ジュストは窓辺を離れた。

「無視された理由は、ビヨー・ヴァレンヌ、誰よりあなたが御存じのはずだ」

「きさま、サン・ジュスト。無視された、だと。無視されたのか、やはり私は」

「そうです。無視されて然るべきなのだから、それも仕方がない」

「なんだと。私が無視されて然るべきだと。理由をいえ。返答の次第によっては……」

「だって、自分に任せろと、貧民対策なら自分がこだわってきた分野だから、是非にも自分に任せろといって、ようやく花月《フロレアール》二十五日だったんですよ」

「…………」

「ええ、風月《ヴァントーズ》法の話です」

革命犯罪人の財産を没収して、それを貧民に分配する。かかる風月法がサン・ジュストの発議で議会を通過したのは、風月十三日あるいは三月三日のことだった。条項のひとつには、没収されるべき財産を所有する囚人で、死刑または追放刑を宣せられた者の一覧を作成するべく、六つの「人民委員会」が設置されると明記されていた。

――それが、なかなか形にならない。

サン・ジュストは苦々しく覚えてきた。作業に自薦しておきながら、ビヨー・ヴァレンヌは動かなかった。必要な吏員《りいん》が集まらないとか、革命裁判所は忙しいようだとか、様々に理由を設けながら、ひたすら先延ばしにしようとした。

風月法は土台が物議を醸《かも》した法律だった。当時のパリの民衆の勢いに当てられて、議会を通過させざるをえなかったものの、議員の大半は平原派《プレーヌ》のブルジョワたちを中心に、今も快く思っていない。公安・保安両委員会のなかでも、諸手《もろて》を挙げて賛成という委員は少数派にすぎない。実は気が進まないという意を受けて、要するにビヨー・ヴァレンヌは罷業《サボタージュ》に徹していたのである。

サン・ジュストは業《ごう》を煮やし、芽月《ジェルミナール》二十六日あるいは四月十五日の法令で期限を設けた。それが花月十五日あるいは五月四日だったが、ビヨー・ヴァレンヌの発議で「人民委員会」が設立されたのが、さらに遅れた花月二十五日または五月十四日のことで、それでも六つの予定に対して、たったの二つだった。

「ええ、風月法の施行は、まだ目処《めど》も立っていない」

この仕事ぶりじゃあ、無視されても仕方がない。新しい法案の吟味に使う時間があるなら、さっさと自分の仕事を果たせといわれても仕方がない。声に出したサン・ジュストのみならず、そうした様子にはクートンやロベスピエールも苛々《いらいら》していたようだった。

風月法だけではない。自分たちが提出する法案についても、同じような罷業で応《こた》えられるのではないか、それこそ事前に法案など吟味させれば、ああでもない、こうでもないと粘られて、議会への提出が大幅に遅れてしまうのではないかと案じたのだ。

だから、強引に運んだ。草月法には保安委員会の参加を求めず、名前を借りた公安委員会の面々にさえ内容を伏せた。いきなり議会に提案して、即日の可決を捥《も》ぎ取り、かかる既成事実をもって強行突破するしかないと考えた。

——それができない形勢でもない。

現にビヨー・ヴァレンヌは言葉を失っていた。作業の遅れを責められるどころか、まっすぐ罷業を告発されたも同然であれば、当たり前である。公安委員会の名前、名前とごねるどころか、なりゆきによっては、その椅子さえなくしかねない。いや、罷業を意図的な妨害と解された日には、反革命の態度とも責められかねないのだ。やはりエベール派の残党なのだと、逮捕・処刑の計画が蒸し返されないともかぎらないのだ。

——もとより、権力は集中されている。

誰も我々には逆らえない。わけてもロベスピエールさんには逆らえない。そう心に意気ごんだとき、サン・ジュストは額に伝う汗に気づいた。

やはり暑い。窓を閉め切りにしていたのでは、むしむしした空気が籠《こも》って、息苦しくて仕方がない。そろそろ静かになったことだし、硝子窓《ガラスまど》を開放しようと、サン・ジュストが踵《きびす》を返したときだった。

ばんと扉が開けられた。飛びこんできたのは保安委員のルバだった。サン・ジュストは眉間に険しい皺《しわ》を寄せた。向こうでも会議が行われていたのか。やはり草月法に対する不満が持ち上がっていたのか。いや、違う。

「議会に出ていたのですが……」

と、ルバは始めた。草月法に修正が加えられました。議員の不可侵性を特記する修正です。公安・保安両委員会の権限を限定する修正です。

38——反攻

——新たなる敵は……。

ブールドン・ドゥ・ロワーズ、ルコワントル・ドゥ・ヴェルサイユ、メルラン・ドゥ・ドゥエイ……。草月《プレリアール》二十三日または六月十一日の国民公会《コンヴァンシオン》で、前日通過の法案の修正にかかったのが、そうした議員の面々だった。

草月法で「市民を直接革命裁判所に引き渡す権限は、その訴追検事と公安・保安両委員会に与えられる」とされた条項について、国民公会の議員はどうなるのか、議員の不可侵性に抵触するのではないかと、大騒ぎしたのが始まりだった。

あげくに「両委員会の命令で議員が逮捕されても、国民公会がその者に対する告発を可決した後でなければ、革命裁判所に送られることはない」と修正したが、それも翌草月二十四日あるいは六月十二日の議会で取り消された。ロベスピエール、クートンの両者に求められて、さらなる抵抗はできなくなった。

――こちらが姿をみせない間に、ちょこちょこと……。

ブールドン・ドゥ・ロワーズ、ルコワントル・ドゥ・ヴェルサイユ、メルラン・ドゥ・ドゥエイ、いずれの議員もダントン派の残党である。いや、ダントン派も本流というわけでなく、強《し》いて分ければダントンに近かったという程度だが、いずれにせよ、これがロベスピエールの独裁と退《しりぞ》けながら、現下の恐怖政治《テルール》に反感を隠さなかった。

――食《は》み出し者は許さない。

もちろん、その思いは変わっていない。が、まあ、いいと流してしまう気分も否《いな》めなかった。ああ、まともに相手にしちゃいられない。ビヨー・ヴァレンヌ、コロー・デルボワというようなエベール派の残党もそうだが、サン・ジュストにすれば敵とも呼びたくない思いがあるのだ。

――小さいからだ。

大物は全て片づけた。今いるのは小物だけだ。とてもじゃないが、ダントンやデムーランとは比べられない。エベールやショーメット、モモロあたりと並べてみても、はっきりと品が落ちる。

実際に、なにができるわけでもない。ひとの目を盗むような、空き巣めいた議会工作が、まさしく関の山なのだ。

――下らない連中といえば……。

フーシェ、タリアン、フレロン、バラスというような名前も挙がる。こちらは派遣委員である。

地方に赴任するや、中央の権威を笠《かさ》に無茶をしてきた連中、必要以上に人を殺したり、理由もなく税金を集めたり、あるいは無神論の宗教を押しつけたりして、任務の解任とパリ召還を余儀なくされた面々だが、これが下らなかったのだ。

こちらは独裁に反感を抱《いだ》く気概もなかった。ただ自分が地方で犯してきた罪を咎《とが》められたくない、断頭台に送られたくない、できれば政治生活を続けたいと、それだけだ。実際のところ、逆らいもしない。消極的な抵抗すら試みない。それどころか、ロベスピエールに手紙を出したり、あるいはデュプレイ屋敷を訪ねたりで、巧みに擦《す》り寄ろうとしてくる始末だ。

草月二十三日または六月十一日の夜にしても、フーシェはジャコバン・クラブで必死だった。派遣された先のヌヴェールから人民協会《ソシエテ・ポピュレール》の代表を招いて、現地での脱キリスト教化運動はショーメットの仕事だ、自分は関係していないと証言させたのだ。

もちろん是非にも聞いてくださいと、ロベスピエールのところにも人を遣わした。アラスの昔馴染《むかしなじ》みなのだと古い話まで持ち出しながら、集会では下にも置かない懇《ねん》ろな迎え方だったという。

——しかし、ロベスピエールさんは素気《すげ》ない。

連中の哀願など一顧だにしないどころか、ほとんど気づくことさえしない。ひたすらに正邪を分けることで、徳の政治を全《まっと》うすることしか頭にない。

それは向こうでも気づかざるをえなかった。気づけば、さすがに大人しく裁きを待ちはしない。タリアンなどボルドー赴任中に拵《こしら》えた愛人、テレサ・カバリュスがすでに逮捕されているため、しばらく様子見という態度も取れない。俄《にわ》かに反ロベスピエールの旗幟《きし》を鮮明にしながら、なにやら水面下で不穏な動きを始めた様子もないではなく……。

——敵は多い。

エベール派、ダントン派と粛清したとき、もう敵などいないかに思われた。実際のところ、芽月《ジェルミナール》、花月《フロレアール》のあたりまでは、声ひとつ上がらなかった。ありとあらゆるフランス人がロベスピエールを畏《おそ》れ、あるいは敬うばかりだった。

それが草月のあたりから、違ってきた。独裁者呼ばわりしたり、暗殺を企《くわだ》てる者が出てきたり、あるいは公安委員会の会議で苦情をいったり、議会の発議に異を唱えたりと、少しずつだが、反攻の様子が垣間《かいま》みえるようになった。

——とはいえ、小さい。そして、下らない。

小さい、下らないといって、侮《あなど》るつもりはなかった。必死は必死だったからだ。恐怖政治の最中《さなか》であれば、まさに己の命がかかっているからだ。それでもサン・ジュストは思わずにいられないのだ。

――ゴミどもめ、いつでも踏み潰《つぶ》してやる。

その気になれば、造作もなかった。誰彼と名前さえ挙げてもらえば、もう明日には断頭台に送ることができる。なんらかの譬《たと》えでなく、本当に逮捕から処刑まで一日あれば十分なのである。

――名前さえ挙げてもらえば……。

サン・ジュストは唇を嚙《か》んだ。草月二十四日あるいは六月十二日の議会で、草月法の修正を撤回させたときだった。ロベスピエールは激昂《げっこう》のあまり、演壇から告発めいた言葉さえ投げつけた。

「山岳《モンターニュ》派のなかに党派を作り、自ら首領になろうとしている者がいる」

「そんなことは考えたこともない」

そうブールドン・ドゥ・ロワーズが応じたが、はじめロベスピエールは無視を決めた。

「まさしく恥辱の極みだ。私の同僚のある者が、中傷によって迷わされ、我々の意図や我々の仕事に対して……」

「今述べられていることが、きちんとした証拠によって証明されることを要求する。あ、今まさに私のことを極悪人といったのだから」

そうまで食いつかれて、ロベスピエールはようやく目を向けた。しかし、だ。

「私はブールドンと名前を挙げた覚えはない。もちろん、私が言葉で描いてみせた横顔を、自分のものだと認めたいというのなら、それを止めようとは思わないが」

「だったら、名前を挙げろ。はっきりと挙げてみせよ」

「それが必要であると判断したとき、私はその名前を挙げる」

ロベスピエールは最後まで名前を挙げなかった。ブールドンをみやり、メルラン・ドゥ・ドゥエイに目を向け、タリアンを睨《にら》みつけることまでしても、結局は誰の名前も挙げなかった。

それをサン・ジュストは悔しい思いで見守った。同時に痛感せざるをえなかったところ、エベール派、なかんずくダントン派の粛清は、やはり大きかったと。

強く立ち直ってくれたとはいえ、ロベスピエールの心には容易に癒《い》えない傷が残ったようだった。誰の名前も挙げられない。挙げれば殺すことになるから、簡単には挙げられない。自分に厳しくなってしまうのは、あのときの自分の決断を、あるいは自分の行為を、はたまた政治上の必要までを振り返り、それら全てを理屈としては仮に肯定できたとしても、なお感情が許さないからなのだ。

――別な言い方をすれば、怖い。

名指しに踏み出すことができないのは、刹那《せつな》に癒えない傷が疼《うず》いて、あの堪えがたい痛みを思い起こさせるからだ。二度と御免だと萎縮《いしゅく》したが最後で、もう心はがんじがらめに恐怖に捕われてしまうのだ。

――この俺《おれ》が汚れて済むなら、ひとつも辞さないものを……。

ただ名指しさえしてくれれば、いつでも血に塗《まみ》れるものを……。そうした悔しさを胸に抱きながら、このときもサン・ジュストは確かめることしかできなかった。

「本当に大丈夫なのですか」

「ああ、心配ない」

と、ロベスピエールは答えた。表情も穏やかに安んじて、なるほど、このデュプレイ屋敷に留《とど》まるかぎり、なにも心配ないだろう。門番然と身構えている家主がいて、不穏な輩《やから》は近づけない。下宿人の耳には余計な雑音ひとつ入らないように、家中が神経を尖らせている。が、一歩でも外に出れば、反攻は止まる素ぶりもないほどなのだ。

どれも小さな攻撃ながら、どれも狙《ねら》いは、はっきりロベスピエールに定められていた。

草月二十五日あるいは六月十三日には、デムーランのところで編集助手を務めていた、ロック・マルカンディエという男が逮捕された。パリ四十八街区《セクシオン》に檄文《げきぶん》を送りつけ、「ロベスピエールの独裁に抗《あらが》い蜂起《ほうき》する」ことを呼びかけたからだった。

かたわらで、「赤服事件」の審理も大詰めに来ていた。共犯のひとりとされたのが、マダム・サン・タマラントで、王党派の未亡人ということだった。今のパレ・エガリテで、その昔にパレ・ロワイヤルと呼ばれた頃《ころ》から賭博場《とばくじょう》を営んでいたが、調べを進めてみると、そこにオーギュスタン・ロベスピエール、つまりは「清廉の士《アンコリュプティブル》」の弟が出入りしていたことが判明したのだ。

だから、どうという話ではない。オーギュスタン・ロベスピエールが罪に問われるわけではない。

「しかし、こんなものまで出回って……」

続けながら、サン・ジュストは上着の隠しから取り出した。畳まれていた紙片を開いて、ロベスピエールの前の卓に広げてみせた。それはパリのあちらこちらに撒《ま》かれた檄文の類《たぐい》だった。

あるいは風刺というべきなのかもしれないが、いずれにせよ大見出しには「ロベスピエール、博打《ばくち》を楽しむ」と印字されていた。ただ「ロベスピエール」と記して、マクシミリヤンも、オーギュスタンも区別がない。

「オーギュスタンのことは叱《しか》りつけた。アラスに帰れと怒鳴りつけることまでした。いや、本当にパリから追い出したいくらいだ」

「弟さんのことは、ともかくとして、こんな紙片が配られるとなると……」

「印刷元を突きとめても、告発はできないよ。ただロベスピエールと書いただけだからね。オーギュスタンのことだと開き直られたら、それ以上は追及できないからね」

とはいえ、かたわらの挿絵はといえば、弁護士風の鬘《かつら》に丸眼鏡《まるめがね》をかけて、明らかに兄の肖像なのだから、「独裁者」を中傷せんとする悪意は否定しようもない。

「こんなもの、気にしないさ」

ロベスピエールは、自分を冷やかすような笑みを浮かべた。下らない。かかずらっている暇がない。そうやって肩まで竦《すく》めてみせてから、真顔に戻った。

「実際、わかる人がわかってくれれば、それでいいと思っている。きっとわかってもらえるとも自信がある。私には一点の恥じるところもないからね。他人から後ろ指を指されるような真似《まね》はしていないからね」

39——清廉の士

確かにロベスピエールには隙《すき》がなかった。博打《ばくち》は無論のこと、酒であれ、女であれ、世の悪徳とは完全に無縁な暮らしぶりである。その禁欲的な様はといえば、その昔の苦行僧さながらなのである。

議員風情《ふぜい》の収入では説明がつかない豪邸を構えているでもなし、それどころかデュプレイ屋敷の下宿代を四千フランも滞納しているほどだった。

家主から苦情が出るなら、これも醜聞になるのかもしれないが、政治活動に私財を投じたあげくの貧乏であり、また借金であると聞けば、モーリス・デュプレイならずとも文句をいう気など失《う》せる。

「ああ、どれだけでも責めるがいい。どれだけでも粗《あら》を探すがいい。私なら受けて立とう。むしろ、それこそが私の望みだ」

とも、ロベスピエールは続けた。サン・ジュストは怪訝《けげん》な顔をして説明を求めた。今度の「清廉の士《アンコリュプティブル》」は、どこか無理が感じられる破顔だった。

「つまりは無駄を悟らせるのさ。卑劣な中傷ごときで、この私という牙城《がじょう》を突き崩すことなどできないと、きちんと思い知らせてやるのだ」

「それは、ええ、そうでしょうが、今日のカトリーヌ・テオの一件もあります」

サン・ジュストは切り返した。さすがのロベスピエールも今度は表情を少し変えた。

草月二十七日あるいは六月十五日の今日、保安委員会委員のヴァディエは国民公会《コンヴァンシオン》に新たな陰謀を告発していた。

カトリーヌ・テオというのは、パリの巷《ちまた》に「神の母」と呼ばれている老女だった。一種の新興宗教の教祖で、コントルスカルプ街のこぢんまりした住まいに、それなりの信者を集めていた。

この天啓派に連なる秘密結社を、ヴァディエは反革命組織として告発した。「救世主が再臨して、近く貧しい日々を終わらせる」という預言が、国家転覆の企《くわだ》てを意味していると取り沙汰《ざた》しながら、カトリーヌ・テオをはじめ、かつてオルレアン公の侍医を務めたケヴルモン・ラモット、シャストノワ侯爵《こうしゃく》夫人、さらにカトリックの聖職者で、憲法制定国民議会の議員でもあったドン・ジェルルと、教団の面々を告発したのだ。

「一七八九年以来のつきあいでしょう。あなたがドン・ジェルルと親しいことは、政治の世界では知らぬ者もいないくらいだ」

と、サン・ジュストは続けた。教団にモーリス・デュプレイの義理の妹さんがいたことも、うまくありません。詰まらない事件とはいえ、できれば関《かか》わりたくありませんでした。

「友人知人の関与もさることながら、『最高存在《エートル・シュープレーム》』の信仰を虚仮《こけ》にされたことが、私には腹立たしくてならないよ」

清廉の士のほうは、そういった感想だった。なんでも家宅捜索を試みたところ、「神の母」は手紙でロベスピエールのことを、「最高存在の子」であるとか、「主《しゅ》イエスの再来」であるとか呼んで、つまりは預言の救世主とみなしていたというのだ。

真偽のほどは知れない。ただ、そのことは大々的に触れ回られた。結果として、ルソーの世界観を反映させた「最高存在」の信仰が、詰まらない新興宗教と同一視される向きが生まれた。それを遺憾《いかん》に思うといって、ロベスピエールは苦々しく吐き捨てるのだ。

「ヴァディエは無神論者だからね」

エベール派ならずとも、カトリック教会の瓦解《がかい》において、無神論に傾倒した輩《やから》は少なくなかった。キリスト教は無論のこと、この手合いは「最高存在」の信仰も認めない。が、それが問題だというロベスピエールを、サン・ジュストとしては正さずにはおれなかった。

「問題はヴァディエが保安委員であることです。保安委員会の名前で告発された事実をもって、我々は奴《やつ》を警戒しなければならないというのです」

「あ、ああ、そうだな」

そう認めて、顔を真っ赤に激昂していたロベスピエールも、とたんに頰《ほお》を硬直させた。巷に「両委員会」と呼ばれる公安委員会と保安委員会は、ともに国民公会の一委員会ながら、形としては何者にも管理監督されない国家の最高機関である。かかる両委員会は従前、行政の公安委員会、司法の保安委員会と、大まかな役割分担において棲み分けを行っていた。

エベール派の断罪然《しか》り、ダントン派の粛清然りで、それが公安委員会の意向で始められた一件であれ、逮捕、裁判、処刑の措置は、いちいち保安委員会の監督命令で行われた通りである。

この図式が崩れていた。芽月十二日あるいは四月一日に創設された警察局は公安委員会の直属とされ、さらに公安委員会そのものにも、芽月二十七日あるいは四月十六日の法令で、広範な司法権限が認められたのだ。

芽月二十六日または四月十五日、花月十九日または五月八日、そして草月二十二日または六月十日と相次いだ革命裁判所の強化にせよ、公安委員会の主導で進められるのでは、それまで監督してきた保安委員会としては、面白かろうはずもなかった。

保安委員会が公式に遺憾の意を表明したわけではなかった。法制化の審議において、議会で異議を申し立てたわけでもない。それでも不満は確実に蓄積しているのだ。それがカトリーヌ・テオ事件のようなときに、はからずも表面化してしまうのだ。

「もちろん、保安委員会にも同志はいます。ルバ、それにダヴィッドは向こうを抑えてくれるでしょう。しかし……」

「いつまで抑えきれるかわからない。が、それをいうなら、公安委員会とて同じだな」

サン・ジュストは頷《うなず》かないわけにはいかなかった。独裁といい、権力の集中といい、そのための法制化といいながら、それを個人に帰すことができるわけではなかった。少なくとも形としては、強くなるのは諸々《もろもろ》の機関であり、わけても公安委員会なのだ。

公安委員会の指導者は、もちろんロベスピエールである。それが集団指導体制だとしても、「三頭政治」なる言葉が巷にあるように、ロベスピエール、クートン、サン・ジュストの三者を中心に運営されている。が、他の委員を完全に掌握できているわけではなかった。

ビヨー・ヴァレンヌ、コロー・デルボワといった、エベール派の残党だけではない。バレールあたりにせよ、なにを考えているのかわからない。専《もっぱ》ら戦争を担当しているカルノなども、こちらは同じく戦地に出るサン・ジュストと合わなかった。

「これから戻る戦地でも、カルノの命令には従わないつもりです。ええ、あんな悠長な戦い方では、勝てるものも勝てない」

もとより上司というわけでなく、命令される立場ではありませんし。そう続けたサン・ジュストは夏なのに厚ぼったい外套《がいとう》で、すっかり旅装になっていた。しばしパリから離れるための大きな荷物まで背負い、その日のサン・ジュストはデュプレイ屋敷に、もともと出張の挨拶《あいさつ》のために来ていた。また派遣委員の任務に戻りますと。北部方面軍を指導して、今度は必ず戦勝を持ち帰りますと。

「あるいは、その前に……」

「なんだね、サン・ジュスト」

「やはり潰していきましょうか」

「…………」

「まだ今なら動けます。議員でも、派遣委員でも、保安委員でも、公安委員でも、不穏な連中を革命裁判所に送るくらいは造作もない」

「いや、サン・ジュスト、それは必要ない。ああ、君は戦地に急ぐべきだ。君は君の仕事に励んでほしい」

「ロベスピエールさん、それでよろしいのですか、本当に」

「ああ、私なりに考えもないではない」

とも、ロベスピエールは付け足した。先を続けたそうにもみえたが、サン・ジュストはそれは何かとは聞かなかった。聞きたい話が聞けそうな風もなく、それなら聞かないほうがマシだった。

「わかりました」

すんなり引きとったのは、ロベスピエールの政権は当面なら揺るぎようがないからだった。公安委員会の支配も、ましてや保安委員会の掌握も万全ではないながら、かたわらでパリ市政庁のほうは完全に押さえていた。

これを動員すれば、国民公会にも圧力をかけられる。なかんずく、アンリオが率いる国民衛兵隊は、現下のパリで唯一の軍事力なのである。

それがロベスピエールの掌中にある。なにが起きても、当面は凌《しの》ぎきれる。

「それでも変わりはしませんよ」

サン・ジュストは旅立ち前の会話を締め括《くく》ることにした。いえ、変えようとする努力が間違っているとはいいません。人間は変わらないとも、変われないともいう気はありません。とはいえ、変われない人間もいるのです。上辺《うわべ》の身を慎むことがあったとしても、中身までは絶対に変わらない人間も、残念ながらいるのです。ロベスピエールさん、そのことだけは、どうか忘れないでください。

40――決戦

サン・ジュストは、ほとんど真上という角度で仰《あお》いだ。夏の空に浮かんでいたのは、爪の先の大きさほどの黒点だった。

地上からは黒点にしかみえないが、その実は丈夫な布で仕立てられた大きな風船に、人間が乗れるくらいの籠《かご》が吊《つ》り下げられている。そこにクートゥル隊長以下、数人の兵士が乗りこんで、「フランス空軍」としての任務を遂行《すいこう》していたのだ。

そう呼ばれていたのは、気球部隊だった。

紙工場を経営していたモンゴルフィエ兄弟が、紙袋に熱風を送りこんで、最初の気球を飛ばすことに成功したのが、一七八三年の話である。

熱した空気が水素に替えられ、素材も紙から布になり、それからも気球は日進月歩の勢いで進化を遂《と》げた。一七八五年には英仏海峡、すなわちフランスでは「カレー海峡」と呼ばれ、イギリスでは「ドーヴァー海峡」といわれる海峡を渡ることにも成功した。

今や注目の最新技術であれば、軍用への転化が図られないわけがない。

公安委員会が軍用気球の製造とその実戦投入を決めたのは、共和暦第二年草月《プレリアール》あるいは一七九四年五月下旬、つまりは今年の、つい先月の話である。

それでも気球は完成していた。決定に先がけて製造に着手されていたのかもしれないが、サン・ジュストが二度目の派遣で戦地に赴いたときまでには、もう実戦投入が可能になっていた。

――使わない手はない。

サン・ジュストは気球を上げた。気球が戦争に有効であることは確実だったし、それが飛ぶ理屈とて理解できないではなかった。

とはいえ、実際に飛ばしてみると、ふらふら、ゆらゆら、なんとも頼りないものだなと、嘆息も禁じえなかった。なるほど、空に浮かんでいるのだ。どこにも足場がないのだ。前後左右いずれかに動きたいと望んでも、どこかにかけて、足を蹴《け》り出すこともできないのだ。

――ただ同じ場所に留《とど》まることさえ容易でない。

七時間前に上げられたときと、ほぼ変わらない位置を保っていられたのは、一本の太綱のおかげだった。

太綱は一方が気球の籠に結ばれ、他方が巻き取りの機械に通じている。この、馬が曳《ひ》かなければ回らないほど大きな仕掛けが、しっかりと地上に据えられているために、気球は不動の浮遊を続けられたのである。

――さもなくば、風で吹き飛ばされる。

気球をみつめるサン・ジュストは、その頼りなさに今のフランスを重ねないではいられなかった。ああ、この国を繋《つな》ぎとめているのも、ほんの太綱一本でしかない。いや、太綱ほどの強さもないかもしれない。せいぜいが並綱で、しかも方々に解《ほつ》れが生じているかもしれない。

それが切れれば、フランスはどこに飛んでいくのかわからない。確かなのは今の高みから転落して、泥に塗《まみ》れることだけだ。のみか、粉々に砕け散るしかなくなるのだ。それだけは避けたいと思うなら、この命脈を切るわけにはいかないのだ。

――だから、戦争は勝たなければならない。

目を気球から下に移せば、空を汚していたのは今度は黒褐色の煙だった。火薬が燃えた痕跡《こんせき》だったり、突撃する騎兵隊の土煙だったり、いずれにせよ、戦闘が行われている印である。

どおん、どおんと砲声も轟《とどろ》いていた。サン・ジュストは戦場に来ていた。それも砲撃の振動が小刻みに足元を震わせる、最前線の本営まで出ていた。

遥《はる》か後方の事務机にしがみつき、そこで書類を決裁して、事足れりとはしたくなかった。軍人でもなければ、自身が鉄砲を撃てるわけでも、作戦を指揮できるわけでもない。それでもサン・ジュストは、現場に立たないではいられなかった。そこに勝利があるのなら、少しでも近くにいて、無理にも手元に引き寄せないではいられないのだ。

——戦勝の報で、政権は安定する。

いくらか問題を内在させていようとも、それを表面化させずに抑えられる。別な言い方をすれば、内政を正すための時間が稼げる。だから、勝たなければならない。自分に任せてほしいと、戦争こそがロベスピエールの面前で請け負った本来の仕事であるなら、これだけは勝っておかなければならない。

——フランスを繋ぎとめる綱を太くするために……。

自分に言い聞かせるほどに、呼吸が苦しくなることを、サン・ジュストも自覚しないわけではなかった。

——きっと、うまくいく。

全てが、うまくいく。「最高存在《エートル・シュープレーム》の祭典」に心を高揚させるまま、そうもパリでは楽観の言葉を走らせたものだが、戦地に戻れば軽々《けいけい》に吐き出せるものではなかった。

サン・ジュストが留守にした十日ほどの間に、フランス軍は戦線を押し返されていた。アルデンヌ方面軍は六度目の挑戦で渡河に成功し、サンブル河東岸に地歩を確保したはずだった。それが西岸に退却を強《し》いられていたのだ。

サン・ジュストは再度の渡河を指導した。前回同様の激戦を演じたあげく、七度目の挑戦が報われたのが、草月三十日あるいは六月十八日のことだった。

ピシュグリュ将軍の北部方面軍は、同じ日付でイープル占領に成功していた。さらに東進して、ブリュッセルへの道を進むはずだ。

コーブルク将軍の軍勢、すなわちオーストリア軍を主軸とする敵同盟軍の主力が、こちらに展開しているがゆえの快進撃だが、それにしてもアルデンヌ方面軍が後《おく》れをとっては、フランス軍としての戦略全体が一挙に破綻《はたん》してしまう。

――まさに決戦。

ここで退《ひ》くわけにはいかなかった。サン・ジュストは再び頭上の黒点を見上げた。ああ、あの気球にさえ乗れば、もうはっきりみえるはずだ。この先に広がっているのは、全てベルギーの土地なのだ。

眼前の軍隊さえ突破すれば、その完全制圧がみえてくる。ブリュッセルへの道が開けるからである。この都に北上して、ピシュグリュ将軍の北部方面軍と合流できれば、この戦線における勝利が確定する。ここが最重要の戦線であるならば、対フランス大同盟を向こうに回した戦争全体にも、決定的な影響を及ぼす。

――フランスが勝つも負けるも、目の前の戦場にかかっているのだ。

ジュールダン将軍を首将に据えると、サン・ジュストは軍勢を休ませなかった。サンブル渡河に成功するや、すぐさま着手させたのが、東岸の都市シャルルロワの包囲だった。

塹壕《ざんごう》陣地を築き、そこから砲撃を繰り返して数日、火薬の音が止《や》んだ静けさに総攻撃の前触れを読んだか、籠城《ろうじょう》のオーストリア軍は休戦交渉使節《メッシドール》を送りこんできた。収穫月《メッシドール》七日あるいは六月二十五日、つまりは昨日の話である。

降伏を容《い》れる諸々《もろもろ》の条件も、きちんと文書化されていた。指揮官を人質に預けるだの、大砲と備蓄食糧は残していくだの、それこそ軍旗だけは持ち出させてほしいだの、軍刀は外していくだのに至るまで……。

「我々が欲しいのは都市であり、そんな紙くずではない」

と、サン・ジュストは答えた。ああ、シャルルロワさえ明け渡してくれるなら、自由に退去してくれて構わない。使節となった敵将校の返答が、こうだった。

「しかし、守備隊が自由退去を許されるなど、我々にとっては不名誉なことなのです」

「我々はあなた方に名誉を与えることも、不名誉を与えることもできない。あなた方がフランス国民に名誉を与えることも、不名誉を与えることもできないのと同じだ。我々とあなた方の間には、なんら共有できる価値がないのだ」

そう突き放されて、二千八百名の守備隊は夕刻までにシャルルロワを出た。なんの条件もつかない本当の自由退去で、もちろん将兵は自慢の軍刀を腰に帯びながら出ていった。見送るサン・ジュストとしては、こっそりと息を吐《つ》かずにいられなかった。

なにより都市の占拠を急ぎたいというのが、本音だった。完全包囲で情報を遮断していたことが幸いして、オーストリア軍の守備隊は知らずにいたが、実はコーブルク将軍が自ら救援の軍を率いて接近中だった。例の同盟軍の主力で、これがフランス軍がシャルルロワを占拠するとほぼ同時に、姿を現したのだ。

――まさに間一髪。

サン・ジュストが振り返るのは、そのシャルルロワの城外に急遽《きゅうきょ》設けられた本営だった。これまた即席に拵《こしら》えられた現場の地図を、組み立て式の卓いっぱいに広げながら、さらに続けないではいられない。

――あるいは、一難去って、また一難というべきか。

まさに一服する暇もない。両軍ともに夜の間に布陣を整え、戦闘が開始されたのが、収穫月八日あるいは六月二十六日、つまりは今朝《けさ》の夜明け前だった。ひとたび戦況のことを思えば、地図を眺めるサン・ジュストの目つきは、ほとんど睨《にら》むくらいになる。

41――フルーリュス

――今度は背水の陣か。

渡河を果たしたフランス軍は、文字通りにサンブル河を背にしていた。まさに逃げ場がない。できれば野戦に及びたくない地勢だった。

包囲戦で築いた塹壕《ざんごう》陣地を利用しながら、ジュールダン将軍は待ちの布陣を構えた。いつでも籠城《ろうじょう》に切り換えられる守りの布陣で、シャルルロワを中央に据えた地図を検《あらた》めれば、それが一目瞭然《いちもくりょうぜん》だった。

すなわち、西に六キロ地点に置いたドーリエ旅団から始めて、半円の弧を描くようにモンテーギュ師団、クレベール師団、モルロ師団と並べ、これを全体の左翼としてある。

都市前面の中央軍は、前衛にシャンピオネ師団、二列にデュボワ騎兵師団、後衛に予備としてアトリ旅団と、何段にも重ねていく。

さらに右翼にルフェーヴル師団、マルソー師団と並べて、まさに全体としてシャルルロワを保持する布陣なのである。

──これにコーブルク将軍の同盟軍は、どう仕掛けてくるか。

戦闘が始まる前の偵察によれば、敵軍も半円形の布陣だった。いいかえれば、こちらの布陣につきあうように、西の右翼にオラニエ師団、ラトゥール師団、中央にカスダノヴィッチ師団、東の左翼にカウニッツ師団、カール大公師団、ボーリュー師団と置いてきたのだ。

──包囲戦の布陣か。

とも、解釈された。野戦には及ばないのか。どんどん輪を狭めて、フランス軍をシャルルロワに下がらせる気か。そうして取られた要地を取り戻すという、陣取り合戦をやる気なのか。

「それならそれで、こちらも受けて立ちましょう」

と、ジュールダン将軍も気勢を上げていた。なるほど、こちらは端《はな》から待ちの布陣である。展開によっては、軍勢をシャルルロワに引き揚げる腹もないではないのだ。

──しかし、だ。

シャルルロワは大都市ではなかった。十万を数える全軍は収容できない。城外に築かれた塹壕陣地を合わせて将兵を収め、そのうえで籠城戦に移行する選択肢もないではないが、その場合は兵糧《ひょうろう》に不安がある。派遣委員として、後方支援に全般的な責任を有するサン・ジュストにすれば、極力とりたくない選択だった。

しかして、敵軍は戦闘を開始した。野戦だ。はじめに砲声が轟《とどろ》いたのが右翼で、オラニエ師団がフランス軍の左翼ドーリエ旅団に仕掛けてきた。

ドーリエ旅団が健闘し、さらにモンテーギュ師団が一部を加勢に回したことで、オラニエ師団は退却した。敵は総員が疲弊して、さらに西のフォルシー村まで敗走を余儀なくされた。

亡命フランス貴族ラトゥールが率いる軍も、モンテーギュ師団に新たな攻勢をかけてきた。一進一退の攻防になり、十時にはドーリエ旅団を投入、クレベール師団には北のピエトン河方面を大きく迂回《うかい》、敵軍の背後を突かせたこともあり、昼頃《ひるごろ》から形勢を徐々に友軍有利に持ちこんだ。

二時にはシャルルロワ西方のモンソーの森に陣地を構えて、組織的な砲撃を行えるようになった。同盟軍のラトゥール師団は四時には退却してしまい、そのまま今の五時にいたっている。

それとして、サン・ジュストは緒戦の段階から、首を傾《かし》げないではいられなかった。

――なぜ兵力を集めない。

野戦を挑むつもりなら、コーブルク将軍が取るべき常套策《じょうとうさく》は、一点突破であるべきだった。フランス軍は守りの布陣であるために、予想される全方位に兵を分けなければならない。反対に攻める同盟軍のほうは、どこか一カ所を破ればよいのだ。少なくともシャルルロワは、それで奪還できるのだ。

――解《げ》せない。

コーブルク将軍の意図を読み切らなければならなかった。サン・ジュストは気球を上げることにした。ジュールダン将軍に命令させて、「フランス空軍」の出動を整えたのは、午前十時の時点だった。

「戦場を俯瞰《ふかん》し、敵兵団の動きを正確に把握せよ」

かかる命令に気球が答えを返したところ、戦闘が行われていたのは、西方だけではなかった。中央でも、東方でも、同じように師団単位の衝突戦が展開されていた。

――小さな戦闘を積み重ねて……。

全体として勝利を収めるというのが、コーブルク将軍の目論見《もくろみ》らしかった。展開が容易に読めなかったというのは、ひとつには兵数の問題もあった。フランス軍の十万に対して、同盟軍は八万といわれていた。気球に目算させてみても、大きくは違わなかった。

すなわち、数的優位はフランス軍にある。同盟軍が自ら野戦をしかけるためには、かかる劣勢を跳ね返さなければならない。それを地勢の優位に乗じて図るのかと思いきや、コーブルク将軍は小さな戦闘を積み重ねることで、克服しようとしたようだった。

すなわち一点集中で大戦闘を行えば、十万対八万の戦いになる。差は二万、いかんともしがたい。小戦闘にすれば、その兵力差が薄まる。三万三千対二万六千なら、差は七千。一万対八千なら、差は二千。戦いを小さくすればするほど、無視できるくらいの僅《きん》差《さ》になる、同盟軍の勝機が大きくなると、それがコーブルク将軍の着想らしかった。

――さて、そううまくいくか。

中央の戦いは、同盟軍カスダノヴィッチ師団の前進を、フランス軍モルロ師団が迎え撃ち、これを後退させていた。兵力を集中されれば、シャルルロワを奪還されかねなかった危険個所だが、あっけないくらいの印象で敵軍の姿を遠ざけることに成功した。

戦闘の焦点は自《おの》ずと残る東方、フルーリュス村に絞られていった。

同盟軍の左翼において、主力をなすのは中央寄りのカウニッツ師団、その五縦隊だった。その前進にフランス軍は、中央前衛のシャンピオネ師団が側面から応戦した。後方からはデュボワ将軍の騎兵師団も突撃を敢行したが、専《もっぱ》らオーストリア兵でなるカウニッツ師団は、寄せ集めの他師団とは一味も二味も違ったのだ。

粘り強い戦いぶりに徐々に押しこまれ、フランス軍は午後には中央の危険地帯近くにまで攻めこまれた。フルーリュス村の東三キロ、「エッピニーの丘」と呼ばれる高台に布陣すると、そこからオーストリア軍は砲撃に専心したのだ。

それが今も続いている。フランス軍は塹壕陣地に潜んで、じっと堪《こら》えている状況である。

サン・ジュストが地図を睨《にら》んでいた机に、ジュールダン将軍がやってきた。大きな丸い目をして、しかも左右の眉《まゆ》までが見事な半円を描くため、なんだか梟《ふくろう》を彷彿とさせる男だ。それが告げてきたことには、派遣委員閣下、ここらで戦闘を立て直したいと思いますと。

「左翼のクレベール師団から六大隊と六遊撃隊を割《さ》いて、エッピニー攻略に向かわせたい。あわせて、シャンピオネ師団に総攻撃を敢行させたい」

将軍の意図は地図を確かめて、すぐにわかった。シャルルロワの西方には、鬱蒼《うっそう》たる緑のモンソーの森がある。その陰に隠れて、友軍の左翼は中央軍からはみえない。もちろん、敵のカウニッツ師団からもみえない。さすが妙策といえるが、独断で命令を出さず、わざわざ相談してきたからには理由がある。

「問題は敵の右翼、それに中央軍か」

と、サン・ジュストは受けた。敵軍のオラニエ、ラトゥール、カスダノヴィッチ各師団は、いずれも一度は退却を余儀なくされた兵力である。が、これらが戦場に復帰すれば、クレベール師団は背後を突かれ、あるいは側面を打たれて、せっかくの梃入《てこい》れも水泡に帰しかねない。

「すぐ気球に確かめさせよう」

サン・ジュストは空軍兵士を動かした。兵士は左右の手に持つ旗を操ることで、遥《はる》か上空の気球に本営の命令を伝えた。それが終わると、旗を望遠鏡に持ちかえて、今度は籠《かご》からの返事を確かめにかかる。

「クートゥル隊長閣下、了解との返事です」

ひとまず答えたあとも、兵士は望遠鏡を覗《のぞ》いたままだった。ええ、空の上でも望遠鏡を覗いています。ああ、旗が用意されました。報告が寄せられます。

「ええと、オラニエ、ラトゥールの西部二師団は、ともにモンス街道に退《ひ》いたままであると。中央のカスダノヴィッチ師団も、ブリュッセル街道に下がって、出てくる様子がないと。いずれも戦闘が行われている地点から、十キロ以上離れたところにいると」

「介入される恐れはないな」

と、サン・ジュストは受けた。作戦に支障なしと理解して、ジュールダン将軍は早くも伝令を呼びつけようとした。

「いや、まて、将軍」

「派遣委員閣下、なにか」

「クレベール師団の投入、シャンピオネ師団の総攻撃、これに先駆けて、デュボワ師団の騎兵隊に、敵陣突破を試みさせてみるというのは」

「一案ですが、右翼はいかがいたします」

と、ジュールダンは慎重だった。右翼でも戦闘は続いていた。ルフェーヴル師団とカール大公師団、マルソー師団とこれまた亡命フランス貴族のボーリュー師団が、それぞれに対峙《たいじ》して、激戦を繰り広げていたのだ。

一進一退といいたいところだが、フルーリュス村の南方、より中央軍に近い陣地ランビュサールを、同盟軍のボーリュー師団に奪われていた。ジュールダンが別して確かめたというのも、そのボーリュー師団がエッピニーの丘に介入しないよう、牽制《けんせい》しているのがデュボワ騎兵師団であり、これが動いた間隙《かんげき》を突かれては、作戦が崩壊する危惧《きぐ》が拭《ぬぐ》えないからなのだ。

「アトリ旅団を右翼に回そう」

と、サン・ジュストは即断した。アトリ旅団は中央軍の後衛である。

「それは予備の兵力です。というより、シャルルロワを守る最後の盾だ。出撃させてしまえば、ええ、派遣委員閣下、この本営さえ裸同然になってしまいます」

「それが、なんだという。たとえ豪華な服に飾られても、負けたのでは仕方がない」

「しかし、無理をしては」

「ここで決めなければ勝利はない。長期戦に持ち込まれたら、干上がるのはフランス軍のほうだ」

「派遣委員閣下の焦る気持ちもわかりますが……」

「焦ってなどいない。今こそ決戦のときなのだ」

「…………」

「我々は、なめられているのだぞ」

と、サン・ジュストは叩《たた》きつけた。実際のところ、コーブルク将軍の小戦闘作戦には、侮《あなど》りの気持ちが隠されていた。兵の多寡《たか》も、僅差にすれば埋められる。そう踏んで疑わないのは、個々のフランス兵なら怖くない、兵士の質は決して高くはないと考えているからなのだ。

「ブルボン王家の軍隊ほどには怖くないと思われているのだ。士官学校出の貴族でなければ、指揮などできないと考えているのだ。共和国の兵士など物の数ではない。まして や祖国を救おうという熱意だけの志願兵など、赤子も同然。そう見下《みくだ》したからこそ、小戦闘を挑んできたのだ。ならば、負けるわけにはいくまい。革命の子供たちの勇気と底力を、今こそ目にものみせてやらなければなるまい」

本営に数秒の沈黙が流れた。元から大きな目を増して大きく見開きながら、ジュールダン将軍が伝令に告げたのは、その直後のことだった。

「全軍に伝えよ。クレベール師団、シャンピオネ師団、デュボワ騎兵師団は、エッピニーにカウニッツ師団を討つ。アトリ旅団はルフェーヴル師団に合流、ランビュサールのボーリュー師団を攻め立てる。マルソー師団はこれを側面から砲撃で援護」

「恐れながら、将軍閣下、そうしますと、サン・ジュスト議員がいったよりも……」

「よいのだ。これよりフランス軍は総攻撃にかかる」

42——馬車を用意しろ

全軍が動き出した。シャルルロワの本営も高台にあり、そのことは気球に頼らずとも知れた。

突撃喇叭《とつげきらっぱ》が吹き鳴らされていた。同時に太鼓の律動が、戦場の空気を細かく刻み始めている。シャンピオネ師団が隊伍《たいご》を組んで前進していた。恐らくはモンソーの森の向こう側でも、クレベール師団が今か今かと突撃の瞬間に備えていることだろう。が、銃声は、まだだ。聞こえてくるのは、敵軍の砲声だけだ。

「今だ」

再び喇叭が猛《たけ》り響いた。ただ傍観している者にも、ぶわと鳥肌を立たせるような地鳴りを伴い、始められたのがデュボワ師団の騎馬突撃だった。

どおん、どおんと重い音が轟《とどろ》いた。もう直後には着弾して、方々に煙の柱を立たせる砲撃を縫いながら、早駆けするフランス騎兵の群れは、あたかも一匹の巨大な怪物をみるようだった。それが残酷な牙《きば》を剝《む》きながら、敵陣深くに身を投じる。

「………」

みえなかった。もうもうと立ち上る《のぼ》土煙に、敵か味方かも俄《にわ》かに判然としない混戦に、その後の戦況は本営からでは、容易に確かめることができなかった。

その間にも銃声が重なり始める。シャンピオネ師団が敵陣に走りこんだ。クレベール師団までが、森陰の迂回《うかい》にかかったかもしれない。が、なにも確かなことはわからない。

「空軍」

と、サン・ジュストは仕事を求めた。兵士は手旗で連絡を取り、先刻と同じように望遠鏡を覗《のぞ》き覗き答えを待った。ええと、方形陣が作れず、あ、いや。

「友軍の騎馬突撃に、敵軍の歩兵たちは方形陣を作る時間も与えられず」

「だから、なんだ」

「大混乱が生じたところに、シャンピオネ師団、ついでクレベール師団が突撃、たまらずに敵軍は、大砲五十門を放置して逃走した模様」

「つまり？」

「エッピニーは勝ちました」

「ランビュサールは？」

「お待ちください」

空軍は仕事を急いだが、もはや問うまでもないようだった。こちらの東方面でも砂煙が上がっていたが、ぞろぞろと一線をなしながら、ランビュサールから抜け出していく隊列だけは、すでに目視で認められた。

こちらでも勝ったのだ。アトリ旅団がルフェーヴル師団に合流して、マルソー師団の援護を得ながら総攻撃を敢行、同盟軍のボーリュー師団にランビュサールの保持を断念させ、フルーリュス村に退却させてしまったのだ。

サン・ジュストは上着の隠しを探り、懐中時計を取り出してみた。午後の六時、夏季であれば、まだまだ日は落ちないものの、早暁《そうぎょう》から数えて「フルーリュスの戦い」は、丸十二時間も続いたことになる。

「どうやら終わったようですな」

そう声をかけて、ジュールダン将軍は笑みを浮かべた。が、サン・ジュストは軽々《けいけい》に終幕を宣言することができなかった。望遠鏡を覗いていた空軍兵士が、こちらを振り返っていたからだ。

その曇り顔には、ジュールダン将軍も気がついた。

「しかし、ランビュサールの帰趨《きすう》なら、もう知れているぞ」

「違います。エッピニーの丘です」

「エッピニーの丘だと」

サン・ジュストが質《ただ》す間にも、兵士は望遠鏡を覗きなおした。ええと、また手旗が送られてきました。

「新たな軍団が前進。ええと、軍旗が掲げられています。描かれた家紋から、恐らく指揮官はランベスク侯と思われ……」

「ランベスク侯というと、その昔にルイ十六世に仕えていた男か」

「ロレーヌ公家の流れ、シャルルマーニュの血を引くと、それが自慢の男でもあります」

「ならば、叩《たた》きつぶせ」

サン・ジュストが次に時計を確かめようと思いついたとき、時刻は七時になっていた。いくらか余裕ができたのは、戦場が静かになっていたからである。いや、喊声《かんせい》のようなものは時おり聞こえてくるが、銃声も、砲声も、突撃喇叭も、もう遠くなって久しかった。

「ランベスク侯が退却していきます。結局のところ、小競《こぜ》り合いの程度で、あきらめた模様です」

「御苦労、もう気球を下ろしていいぞ」

そう命令したサン・ジュストに、ジュールダン将軍が手を差し出してきた。こちらも応じると、がっちり握手に取りながら、将軍は冗談めかした。派遣委員閣下、今度こそ同意してくださるでしょうな。

「どうやら終わったようだと」

サン・ジュストも笑みで答えた。ええ、将軍、喜んで同意しますとも。

「ただ戦勝祝いの酒だけは、将軍のほうで配ってください」

「戦勝祝いの酒ですと」

「シャルルロワに運びこんであります」

「なんと……」

「派遣委員は後方の支援、補給の手配が、本来の職務ですから」

「全く、サン・ジュスト議員には恐れ入る」

そうやって抱擁《ほうよう》を交わし、ならば後ほどと将軍と別れるときまでは、サン・ジュストも笑顔だった。が、すっかり背中を向けてしまうと、もう厳しい表情になっていた。

「馬車を用意しろ」

と、サン・ジュストは居合わせた兵士に命じた。

「馬車ですか」

兵士のほうは呆気《あっけ》に取られた顔だった。早くも戦勝祝いのことが伝わったのか、戦場のほうからは大きな歓声が上がっていた。それで聞き取れなかったのか。いや、恐らくは意味がつかめなかったのだろう。

兵士なりに頭は巡らせたようだった。

「派遣委員閣下、戦場は泥濘《ぬかるみ》になっております。視察を御希望なら馬のほうが……」

「そうではない。パリに戻るのだ」

「パリに？　これから？」

「いいから、命じられた仕事を急げ」

いうが早いか、サン・ジュストは旅支度にかかった。そうして本営の幕舎に進んだところで、くらりと眩暈《めまい》に襲われた。ほんの一瞬ながら、あるいは意識が飛んだというべきだろうか。

――疲れている。

無理もない。自分で銃を担《かつ》いだわけではないとはいえ、日がな一日戦場にいたのだ。常に戦況を睨《にら》んでいたからには、ある意味では待機の間に休める兵士より過酷な一日だったのだ。

戦闘が始まってから十二時間超というが、派遣委員のサン・ジュストは補給の手配から、作戦の立案から、他方面軍への連絡、パリへの報告と追われ、昨日からほとんど寝ていなかった。

――それでも、パリに戻らなければならない。

馬車でなら寝ていけるからな。そう強がりながら、サン・ジュストも認めないわけではなかった。ああ、ジュールダン将軍のいう通りだ。さあ、決戦だ、さあ、総攻撃だと逸《はや》りながら、確かに俺《おれ》は焦っていた。戦争を終えなければならないと焦っていた。一刻も早くパリに戻らなければならないと、それればかり考えていた。

実際のところ、胸に重苦しいのは不吉な予感どころではなかった。サン・ジュストの懸念《けねん》は、すでにして確信に近かった。これだけの激戦を制してなお、将兵たちと一緒に戦勝を喜ぶ気にもなれないというのは、パリ政局の悪化が火をみるより明らかだからなのだ。

――ロベスピエールさんは……。

問題を解決しているとは思われなかった。むしろ、ひどくしている。間違いなく、ひどくしている。この俺がパリを留守にする一秒ごと、ひどくしている。

――ならば、一秒でも早く帰らなければ……。

サン・ジュストは再び声を張り上げた。速歩で飛ばす。替え馬の用意も頼む。やはりといおうか、事態の悪化を食い止めるには、そうやって焦りに焦り、急ぎに急ぐしかないようだった。

主要参考文献

・J・ミシュレ『フランス革命史』（上下）桑原武夫／多田道太郎／樋口謹一訳　中公文庫　2006年
・R・ダーントン『革命前夜の地下出版』関根素子／二宮宏之訳　岩波書店　2000年
・R・シャルチエ『フランス革命の文化的起源』松浦義弘訳　岩波書店　1999年
・G・ルフェーヴル『1789年―フランス革命序論』高橋幸八郎／柴田三千雄／遅塚忠躬訳　岩波文庫　1998年
・G・ルフェーブル『フランス革命と農民』柴田三千雄訳　未来社　1956年
・S・シャーマ『フランス革命の主役たち』（上中下）栩木泰訳　中央公論社　1994年
・F・ブリュシュ／S・リアル／J・テュラール『フランス革命史』國府田武訳　白水社文庫クセジュ　1992年
・B・ディディエ『フランス革命の文学』小西嘉幸訳　白水社文庫クセジュ　1991年
・R・セディヨ『フランス革命の代償』山崎耕一訳　草思社　1991年
・E・バーク『フランス革命の省察』半澤孝麿訳　みすず書房　1989年
・J・スタロバンスキー『フランス革命と芸術』井上堯裕訳　法政大学出版局　1989年
・G・セレブリャコワ『フランス革命期の女たち』（上下）西本昭治訳　岩波新書　1973年

・スタール夫人『フランス革命文明論』（第1巻〜第3巻）井伊玄太郎訳　雄松堂出版　1993年
・A・ソブール『フランス革命と民衆』井上幸治監訳　新評論　1983年
・A・ソブール『フランス革命』（上下）小場瀬卓三／渡辺淳訳　岩波新書　1953年
・G・リューデ『フランス革命と群衆』前川貞次郎／野口名隆／服部春彦訳　ミネルヴァ書房　1963年
・A・マチエ『フランス大革命』（上中下）ねづまさし／市原豊太訳　岩波文庫　1958〜1959年
・J・M・トムソン『ロベスピエールとフランス革命』樋口謹一訳　岩波新書　1955年
・遅塚忠躬『フランス革命を生きた「テロリスト」』NHK出版　2011年
・遅塚忠躬『ロベスピエールとドリヴィエ』東京大学出版会　1986年
・新人物往来社編『王妃マリー・アントワネット』新人物往来社　2010年
・安達正勝『フランス革命の志士たち』筑摩選書　2012年
・安達正勝『物語　フランス革命』中公新書　2008年
・野々垣友枝『1789年　フランス革命論』大学教育出版　2001年
・河野健二『フランス革命の思想と行動』岩波書店　1995年
・河野健二／樋口謹一『世界の歴史15　フランス革命』河出文庫　1989年
・河野健二『フランス革命二〇〇年』朝日選書　1987年
・河野健二『フランス革命小史』岩波新書　1959年

・柴田三千雄『フランス革命』岩波書店 1989年
・柴田三千雄『パリのフランス革命』東京大学出版会 1988年
・芝生瑞和『図説 フランス革命』河出書房新社 1989年
・多木浩二『絵で見るフランス革命』岩波新書 1989年
・川島ルミ子『フランス革命秘話』大修館書店 1989年
・田村秀夫『フランス革命』中央大学出版部 1976年
・前川貞次郎『フランス革命史研究』創文社 1956年

◇

・Artarit, J., *Robespierre*, Paris, 2009.
・Attar, F., *Aux armes, citoyens!: Naissance et fonctions du bellicisme révolutionnaire*, Paris, 2010.
・Bessand-Massenet, P., *Femmes sous la Révolution*, Paris, 2005.
・Bessand-Massenet, P., *Robespierre: L'homme et l'idée*, Paris, 2001.
・Biard, M., *Parlez-vous sans-culotte?: Dictionnaire du "Père Duchesne", 1790–1794*, Paris, 2009
・Bonn, G., *La Révolution française et Camille Desmoulins*, Paris, 2010.
・Carrot, G., *La garde nationale*, 1789–1871, Paris, 2001.
・Claretie, J., *Camille Desmoulins, Lucile Desmoulins*, Paris, 1875.
・Cubells, M., *La Révolution française: La guerre et la frontière*, Paris, 2000.
・Dingli, L., *Robespierre*, Paris, 2004.
・Dupuy, R., *La garde nationale*, 1789–1872, Paris, 2010.

- Dupuy, R., *La République jacobine: Terreur, guerre et gouvernement révolutionnaire, 1792–1794*, Paris, 2005.
- Fayard, J. F., *Les 100 jours de Robespierre, Les complots de la fin*, Paris, 2005.
- Gallo, M., *L'homme Robespierre: Histoire d'une solitude*, Paris, 1994.
- Gallo, M., *Révolution française: Aux armes, citoyens! 1793–1799*, Paris, 2009.
- Hardman, J., *The French revolution sourcebook*, London, 1999.
- Haydon, C., and Doyle, W., *Robespierre*, Cambridge, 1999.
- Martin, J.C., *La Vendée et la Révolution: Accepter la mémoire pour écrire l'histoire*, Paris, 2007.
- Mason, L., *Singing the French revolution: Popular culture and politics, 1787–1799*, London, 1996.
- Mathan, A.de, *Girondins jusqu'au tombeau: Une révolte bordelaise dans la Révolution*, Bordeaux, 2004.
- Mathiez, A., *Le club des Cordeliers pendant la crise de Varennes, et le massacre du Champ de Mars*, Paris, 1910.
- McPhee, P., *Living the French revolution, 1789–99*, New York, 2006.
- McPhee, P., *Robespierre: A revolutionary life*, New Haven, 2012.
- Monnier, R., *À Paris sous la Révolution*, Paris, 2008.
- Palmer, R.R., *Twelve who ruled: The year of the terror in the French revolution*, Princeton, 2005.

- Popkin, J.D., *La presse de la Révolution: Journaux et journalistes, 1789–1799*, Paris, 2011.
- Robespierre, M. de, *Œuvres de Maximilien Robespierre, T. 1–T. 10*, Paris, 2000.
- Robinet, J.F., *Danton homme d'État*, Paris, 1889.
- Saint-Just, *Œuvres complètes*, Paris, 2003.
- Schmidt, J., *Robespierre*, Paris, 2011.
- Scurr, R., *Fatal purity: Robespierre and the French revolution*, New York, 2006.
- Soboul, A., *La Ire République (1792–1804)*, Paris, 1968.
- Vinot, B., *Saint-Just*, Paris, 1985.
- Vovelle, M., *Combats pour la révolution française*, Paris, 2001.
- Vovelle, M., *Les Jacobins, De Robespierre à Chevènement*, Paris, 1999.
- Walter, G. édit., *Actes du tribunal révolutionnaire*, Paris, 1968.

解説

革命をめぐる人間たちのにおい

重里徹也

二〇一五年一月七日。世界中に衝撃が走った。

フランスの週刊紙「シャルリーエブド」の本社をイスラム過激派が襲撃し、現場に居合わせた編集長や風刺画家、警察官らが銃殺されたのだ。

ただ、その後のヨーロッパの人々の態度も議論を呼ぶものだった。パリで約二百万人による反テロ行進が繰り広げられたのをはじめ、政治家や知識人が口々に「シャルリーエブド」への支持を表明した。「私はシャルリー」という言葉も何度か見聞きした。

もちろん、テロは言語道断の暴挙であり、決して許されない。いかなる理由があろうとも、暴力は認めないというのは、私たちの社会の基本だろう。その意味では、私もヨーロッパの人々に共感した。

しかし、違和感を抱くこともあった。襲撃後もこの週刊紙は発行され、表紙を風刺画が飾った。その表紙を描いた風刺画家が「表現の自由とは『しかし』が後に付くものではない」と言ったのだ。「表現の自由」に例外はないという言い方には深い疑問を持った。

彼が描いた表紙の絵は、イスラム教預言者のムハンマド（マホメット）が「私はシャルリー」と書かれたプラカードを掲げるものだった。同時に「すべては許される」との見出しが付けられていた。

フランスの知識人たちがこの週刊紙の態度を支持する言葉に接して、私の疑問はさらに募った。

例を挙げれば、「フランス革命によって表現の自由を獲得した以上、その価値をイスラム教の戒律の下位に置くことは受け入れられない」「原理原則の問題なのだ」「フランスの新聞は一七八九年の革命以来、事実を伝えることを重視する英米の新聞と比べ、より意見を表明する特徴があり、客観性よりも主張に重点が置かれてきた」といったものだ。

表現の自由はフランスにおいては絶対的な価値であり、それより優先する価値はないというのだろうか。どうも、その背景にはフランス革命があるらしい。

これらの報道に接して、私が抱いた素朴な感想や疑念を三つ挙げておこう。

まず、表現の自由は尊重されるべき価値だが、それと拮抗するような価値もあるのではないかということだ。特に人権やプライバシーは、メディアで長年働いた者としても、きわめて重要な価値だと思える。場合によっては「表現の自由」とのバランスを考えるべきなのではないだろうか。

今回のイスラム教に対する風刺画は度を超した侮辱とはいえないだろうか。そもそもイスラム教は、偶像崇拝を禁じていたのではなかったか。他人の信仰をからかったり、傷つけたりする表現や言論が無制限に許されるものだろうか。そこには自ずとコード（制約）があるのではないか。それを取り払ったというフランス革命とは一体、何なんだろう。

次に「すべてが許される」という言葉に、ドストエフスキーの文学世界を想起させられて興味深かった。長編小説『カラマーゾフの兄弟』で登場人物の一人が「すべてが許される」と話す場面がある。ただ、この場合、「もし、神が存在しないならば」という仮定条件がつく。なるほど、フランス革命とは「神」を殺す事件だったのだろう。このロシアの文豪がフランス革命をどのように考えていたのかを振り返っていたのだ。

私は、ドストエフスキーがスターリンやポル・ポトの圧政はもちろん、オウム真理教による地下鉄サリン事件や、福島の原発事故まで予言していたのではないかという思いにかられることがある。だから、彼が小説を執筆するにあたって多大な刺激を受けたと思われるフランス革命の実態を知ることに否応なく誘われもするのだ。

三つ目は「シャルリーエブド」の中心メンバーが「一九六八年世代」だと報じられたことだ。日本でいえば、全共闘世代になる。彼らはフランス革命の延長上で行動したのだろうか。それが今もこんな形で続いているのだろうか。日本の全共闘世代はこの国の戦後史にどんな役回りを演じたのだろう。そのためにもフランス革命を知る必要があるのではないか。

長い前置きになった。私は改めてフランス革命について考えることの重要さを思ったのだ。佐藤賢一はフランス革命がヨーロッパ史上最大の事件とどこかで話していたが、これは控えめな表現かもしれない。その影響の大きさを考えれば、世界史上最大の事件といえるのではないか。フランス革命を知ることは現代人にとって必須の教養であり、人類社会を考える時の土台を成すのではないか。

私たちはたとえば、司馬遼太郎の小説によって、歴史を見る目を養ってきた。戦国時代に対する考え方、幕末・維新へのまなざし、空海の不思議さや義経の悲劇を司馬に学んだ人は少なくないだろう。あるいは辻邦生によってローマの皇帝を思ったり、黒岩重吾によって日本の古代史を楽しんだり、遠藤周作によって来日したキリスト教宣教師の苦難を思い浮かべたりした人もいるだろう。歴史や戦《いくさ》を描いた文学作品ということでいえば、シェイクスピアや平家物語、太平記から、吉川英治や池波正太郎まで、さまざまな作品が思い浮かぶはずだ。

人間という動物の生涯は、自分が主人公の物語を一人一人が描くことで成り立っている。歴史を見つめることは、その物語を味わうことだ。そのために小説というジャンルはきわめて有効な働きをする。そこでは個々の人間の生涯が描き出す物語が、大きな物語の枠組みの中でつづられるのだから。

佐藤賢一の『小説フランス革命』は前述した通り、とても重要な、しかもすぐれて現代的な意味を持つ、しかし、極度に複雑なフランス革命というものを物語で描く壮大な試みだ。文庫本で全十八巻、四百字詰め原稿用紙にして六千枚に及ぶ大長編だが、実に読みやすい。個々の登場人物の輪郭がくっきりとしているうえ、どの人物も陰影が豊かで、立体感があり、どこかで知人のような親しみを持ってしまうのだ。わかりやすく、しかし、奥行きのある歴史絵巻が楽しめる。

この『小説フランス革命』のすぐに気づく特徴は、登場人物たちの間でしきりに言葉がかわされ、至るところで興味深い会話が繰り広げられることだ。その言葉の裏には、その人物の感情、イデオロギー、世界観や死生観、打算や損得勘定、性欲や権力欲など、数え切れないものが張り付いている。それにしても、何と濃い言葉の密度だろう。時に生死をかけた言葉の応酬によって、政治が動き、歴史がつくられていく。あるいは時代状況が動くことで、人物たちが言葉を発せざるをえなくなる。

佐藤は当時の新聞や小冊子、議事録などを徹底的に読み込み、その発言を小説の中に丁寧に盛り込んでいる。場面の一つ一つが生き生きと描かれ、読者がまるでそこに居合わせたような臨場感とともに物語を楽しめるのはそのためだ。時に恐怖を実感し、あるいは喜びを味わいながら、登場人物たちの喜怒哀楽も、緊張と安らぎも、焦燥と諦念も体感できる。

言葉はそれを発する人物と共にある。佐藤はしきりに彼らの肉声を響かせ、体温を伝えようとし、その体臭までを漂わせる。革命をめぐる人間たちのにおいが、全編を通じて、ひしひしと伝わってくる。

人間とは神聖な行為から下劣な犯罪まで、どこまで幅広いことをしてしまう動物なのだろう。表向きの公の顔から、私生活の素顔まで、何と変化の大きな表情を持つものなのだろう。

この小説の臨場感については、佐藤の執筆姿勢が見逃せない。この大作は全体で六年の月日を描いているが、佐藤も同じ六年間を執筆に費やした。物語の時の移ろいと作者の過ごした時間の経過が同じだというのは、小説にどんな作用を及ぼしているのだろう。

また、佐藤は登場人物たちの言動を示す史料を彼らの出番が来てから読み込んだ。事前にまとめて読んだ方が彼らの人物像が把握しやすく、小説の設計図が引きやすい。しかし、あえてそれをしなかった。結果論を避けたのだ。このために歴史を鳥瞰《ちょうかん》するというよりは、個々の人物に寄り添い、その息づかいを伝える作品になった。この低い視点によって、読者はパリやベルサイユのさまざまな場所に引っ張り込まれ、同時代を生きるような思いで人物たちと同じ空気を吸うことになる。

私たちはこの小説を読みながら、ダントンとロベスピエールの違いをそれぞれの身になって考える。一体、どちらの生き方に説得力があるのか。どちらが革命に近いのか。サン・ジュストが行動する動機は何なのかと思いをはせる。彼の胸の底にあるのは何なのか。時に弱気になるデムーランに感情移入し、その情の深い妻の毅然とした姿に心ひかれる。英雄たちを裁かねばならない判事たちの当惑に同情する。

佐藤はフランス革命をたどりながら、いくつものドラマに光をあてていく。政治の大きな流れに巻き込まれざるをえない個々の運命。昨日は熱狂して支持したのに今日は冷たく石を投げつける民衆の変わりやすい心（人々とは驚くほどに気まぐれなものだ）。居合わせた人たちから何もかも根こそぎ奪っていく革命の非情。革命という激動期だからこそ、人間存在の根っこがあらわにされる。読者はこの世について考える数々のヒントを与えられることになる。

先に私は三つの「感想や疑念」を挙げた。いずれも私なりの視点から、フランス革命について知り、考えることの重要さを数えたものだ。この『小説フランス革命』を読み終えて、これらの疑問にさまざまに色が着き、においがしみ込み、手触りが与えられるのを感じた。

　これらの問いの答えが簡単に見つかるわけではない。しかし、私たちは佐藤の小説によって、人類史を今も揺るがす激動の六年間を生きることができ、革命の急所を繰り返し教えられた。この大長編を通して、問いは大いに深められ、物語が動くたびに考える筋道を示されたように思う。それこそが優れた小説の功徳であり、たまらない楽しみなのだろう。

　この歴史巨編に二〇一四年、第六十八回毎日出版文化賞特別賞が贈られた。革命前夜の不穏な空気からその終焉《しゅうえん》まで、フランス革命の全容を鮮やかに描いたことが高く評価された。


（しげさと・てつや　聖徳大学教授、元毎日新聞論説委員）

小説フランス革命 1～18巻 関連年表

（　　の部分が本巻に該当）

1

1774年5月10日	ルイ16世即位
1775年4月19日	アメリカ独立戦争開始
1777年6月29日	ネッケルが財務長官に就任
1778年2月6日	フランスとアメリカが同盟締結
1781年2月19日	ネッケルが財務長官を解任される
1787年8月14日	国王政府がパリ高等法院をトロワに追放
	――王家と貴族が税制をめぐり対立――
1788年7月21日	ドーフィネ州三部会開催
8月8日	国王政府が全国三部会の召集を布告
8月16日	「国家の破産」が宣言される
8月26日	ネッケルが財務長官に復職
	――この年フランス全土で大凶作――
1789年1月	シェイエスが『第三身分とは何か』を出版

3月23日	マルセイユで暴動
3月25日	エクス・アン・プロヴァンスで暴動
4月27～28日	パリで工場経営者宅が民衆に襲われる（レヴェイヨン事件）
5月5日	ヴェルサイユで全国三部会が開幕
同日	ミラボーが『全国三部会新聞』発刊
6月4日	王太子ルイ・フランソワ死去
6月17日	第三身分代表議員が国民議会の設立を宣言
1789年6月19日	ミラボーの父死去
6月20日	球戯場の誓い。国民議会は憲法が制定されるまで解散しないと宣誓
6月23日	王が議会に親臨、国民議会に解散を命じる
6月27日	王が譲歩、第一・第二身分代表議員に国民議会への合流を勧告
7月7日	国民議会が憲法制定国民議会へと名称を変更
	——王が議会へ軍隊を差し向ける——
7月11日	ネッケルが財務長官を罷免される
7月12日	デムーランの演説を契機にパリの民衆が蜂起

3

1789年7月14日 パリ市民によりバスティーユ要塞陥落
——地方都市に反乱が広まる——
7月15日 バイイがパリ市長に、ラ・ファイエットが国民衛兵隊司令官に就任
7月16日 ネッケルがみたび財務長官に就任
7月17日 ルイ16世がパリを訪問、革命と和解
7月28日 ブリソが『フランスの愛国者』紙を発刊
8月4日 議会で封建制の廃止が決議される
8月26日 議会で「人間と市民の権利に関する宣言」（人権宣言）が採択される
9月16日 マラが『人民の友』紙を発刊
10月5～6日 パリの女たちによるヴェルサイユ行進。国王一家もパリに移動

4

1789年10月9日 ギヨタンが議会で断頭台の採用を提案
10月10日 タレイランが議会で教会財産の国有化を訴える
10月19日 憲法制定国民議会がパリに移動
10月29日 新しい選挙法・マルク銀貨法案が議会で可決
11月2日 教会財産の国有化が可決される

11月頭	ブルトン・クラブが憲法友の会と改称し、集会場をパリのジャコバン僧院に置く（ジャコバン・クラブの発足）
11月28日	デムーランが『フランスとブラバンの革命』紙を発刊
12月19日	アッシニャ（当初国債、のちに紙幣としても流通）発売開始
1790年1月15日	全国で83の県の設置が決まる
3月31日	ロベスピエールがジャコバン・クラブの代表に
4月27日	コルドリエ僧院に人権友の会が設立される（コルドリエ・クラブの発足）
1790年5月12日	パレ・ロワイヤルで1789年クラブが発足
5月22日	宣戦講和の権限が国王と議会で分有されることが決議される
6月19日	世襲貴族の廃止が議会で決まる
7月12日	聖職者の俸給制などを盛り込んだ聖職者民事基本法が成立
7月14日	パリで第一回全国連盟祭
8月5日	駐屯地ナンシーで兵士の暴動（ナンシー事件）
9月4日	ネッケル辞職

1790年9月初旬　エベールが『デュシェーヌ親爺』紙を発行

1790年11月30日　ミラボーがジャコバン・クラブの代表に

12月27日　司祭グレゴワール師が聖職者民事基本法に最初に宣誓

12月29日　デムーランとリュシルが結婚

1791年1月　宣誓聖職者と宣誓拒否聖職者が議会で対立、シスマ（教会大分裂）の引き金に

1月29日　ミラボーが第44代憲法制定国民議会議長に

2月19日　内親王二人がローマへ出立。これを契機に亡命禁止法の議論が活性化

4月2日　ミラボー死去。後日、国葬でパンテオンに偉人として埋葬される

6

1791年6月20〜21日　国王一家がパリを脱出、ヴァレンヌで捕らえられる（ヴァレンヌ事件）

7

1791年6月21日　一部議員が国王逃亡を誘拐にすりかえて発表、廃位を阻止
7月14日　パリで第二回全国連盟祭
7月16日　ジャコバン・クラブ分裂、フイヤン・クラブ発足
7月17日　シャン・ドゥ・マルスの虐殺

1791年8月27日　ピルニッツ宣言。オーストリアとプロイセンがフランスの革命に軍事介入する可能性を示す
9月3日　91年憲法が議会で採択
9月14日　ルイ16世が憲法に宣誓、憲法制定が確定
9月30日　ロベスピエールら現職全員が議員資格を失う
10月1日　新しい議員たちによる立法議会が開幕
——秋から天候が崩れ大凶作に——
11月9日　亡命貴族の断罪と財産没収が法案化
11月16日　ペティオンがラ・ファイエットを選挙で破りパリ市長に
11月25日　宣誓拒否僧監視委員会が発足

8

9

1791年11月28日　ロベスピエールが再びジャコバン・クラブの代表に
12月3日　亡命中の王弟プロヴァンス伯とアルトワ伯が帰国拒否声明
——王、議会ともに主戦論に傾く——
12月18日　ロベスピエールがジャコバン・クラブで反戦演説
1792年1月24日　立法議会が全国5万人規模の徴兵を決定
3月3日　エタンプで物価高騰の抑制を求めて庶民が市長を殺害（エタンプ事件）
3月23日　ロランが内務大臣に任命され、ジロンド派内閣成立
3月25日　フランスがオーストリアに最後通牒を出す
4月20日　オーストリアに宣戦布告
——フランス軍、緒戦に敗退——
6月13日　ジロンド派の閣僚が解任される
6月20日　パリの民衆がテュイルリ宮へ押しかけ国王に抗議、しかし蜂起は不発に終わる

11

1792年7月6日	デムーランに長男誕生
7月11日	議会が「祖国は危機にあり」と宣言
7月25日	ブラウンシュヴァイク宣言。オーストリア・プロイセン両国がフランス王家の解放を求める
8月10日	パリの民衆が蜂起しテュイルリ宮で戦闘。王権停止（8月10日の蜂起）
8月11日	臨時執行評議会成立。ダントンが法務大臣、デムーランが国璽尚書に
8月13日	国王一家がタンプル塔へ幽閉される

12

1792年9月2〜6日	パリ各地の監獄で反革命容疑者を民衆が虐殺（九月虐殺）
9月20日	ヴァルミィの戦いでデュムーリエ将軍率いるフランス軍がプロイセン軍に勝利
9月21日	国民公会開幕、ペティオンが初代議長に。王政廃止を決議
9月22日	共和政の樹立（フランス共和国第1年1月1日）
11月6日	ジェマップの戦いでフランス軍がオーストリア軍に勝利、約ひと月でベルギー全域を制圧

1792年11月13日	国民公会で国王裁判を求めるサン・ジュストの名演説
11月27日	フランスがサヴォワを併合
12月11日	ルイ16世の裁判が始まる
1793年1月20日	ルイ16世の死刑が確定
1月21日	ルイ16世がギロチンで処刑される
1793年1月31日	フランスがニースを併合
	——急激な物価高騰——
2月1日	国民公会がイギリスとオランダに宣戦布告
2月14日	フランスがモナコを併合
2月24日	国民公会がフランス全土からの30万徴兵を決議
2月25日	パリで食糧暴動
3月10日	革命裁判所の設立。同日、ヴァンデの反乱。これをきっかけに、フランス西部が内乱状態に
4月6日	公安委員会の発足
4月9日	派遣委員制度の発足

13

1793年5月21日	十二人委員会の発足	14
5月31日～6月2日	アンリオ率いる国民衛兵と民衆が国民公会を包囲、ジロンド派の追放と、ジャコバン派の独裁が始まる	
6月3日	亡命貴族の土地売却に関する法律が国民公会で決議される	
6月24日	共和国憲法（93年憲法）の成立	
1793年7月13日	マラが暗殺される	15
7月27日	ロベスピエールが公安委員会に加入	
8月23日	国民総動員令による国民皆兵制が始まる	
8月27日	トゥーロンの王党派が蜂起、イギリスに港を開く	
9月5日	パリの民衆がふたたび蜂起、国民公会で恐怖政治（テルール）の設置が決議される	
9月17日	嫌疑者法の成立	
9月29日	一般最高価格法の成立	

1793年10月5日 革命暦（共和暦）が採用される（フランス共和国第2年1月19日）
10月16日 マリー・アントワネットが処刑される
10月31日 ブリソらジロンド派が処刑される
11月8日 ロラン夫人が処刑される
11月10日 パリで理性の祭典。脱キリスト教運動が急速に進む
12月5日 デムーランが『コルドリエ街の古株』紙を発刊
12月19日 ナポレオンらの活躍によりトゥーロン奪還、
この頃ヴァンデの反乱軍も次々に鎮圧される

1794年 ——食糧不足がいっそう深刻に——
3月3日 反革命者の財産を没収し貧者救済にあてる風月法が成立
3月5日 エベールを中心としたコルドリエ派が蜂起、失敗に終わる
3月24日 エベール派が処刑される

16

1794年4月1日 執行評議会と大臣職の廃止、警察局の創設
——公安委員会への権力集中が始まる——

17

4月5日　ダントン、デムーランらダントン派が処刑される
4月13日　リュシルが処刑される
5月10日　ルイ16世の妹エリザベート王女が処刑される
5月23日　ロベスピエールの暗殺未遂（赤服事件）
6月4日　共通フランス語の統一、フランス各地の方言の廃止
6月8日　シャン・ドゥ・マルスで最高存在の祭典。ロベスピエールの絶頂期
6月10日　訴訟手続きの簡略化を図る草月法が成立。恐怖政治の加速
6月26日　フルーリュスの戦いでフランス軍がオーストリア軍を破る

1794年7月26日　ロベスピエールが国民公会で政治の浄化を訴えるが、議員ら猛反発
7月27日　国民公会がロベスピエールに逮捕の決議、パリ自治委員会が蜂起（テルミドール九日の反動）
7月28日　ロベスピエール、サン・ジュストら処刑される

18

初出誌　「小説すばる」二〇一二年四月号〜二〇一二年九月号

二〇一三年六月に刊行された単行本『徳の政治　小説フランス革命XI』と、
二〇一三年九月に刊行された単行本『革命の終焉　小説フランス革命XII』
（共に集英社刊）の二冊を文庫化にあたり再編集し、三分冊しました。
本書はその二冊目にあたります。

集英社文庫

ダントン派《は》の処刑《しょけい》　小説《しょうせつ》フランス革命《かくめい》17

2015年4月25日　第1刷
2020年10月10日　第2刷

定価はカバーに表示してあります。

著　者　佐藤賢一《さとうけんいち》
発行者　徳永　真
発行所　株式会社　集英社
東京都千代田区一ツ橋2-5-10　〒101-8050
電話　【編集部】03-3230-6095
【読者係】03-3230-6080
【販売部】03-3230-6393(書店専用)
印　刷　凸版印刷株式会社
製　本　凸版印刷株式会社

フォーマットデザイン　アリヤマデザインストア
マークデザイン　居山浩二

ISBN978-4-08-745307-2 C0193